La narración de Arthur Gordon Pym

Edgar Allan Poe

La narración de Arthur Gordon Pym

Nueva traducción al español
traducido del inglés por María Rita Marozzi

ROSETTA EDU

Título original: *The Narrative of Arthur Gordon Pym of Nantucket*

Primera publicación: 1838

Rosetta Edu Ltd.
© 2025 para la traducción al español: María Rita Marozzi

Primera edición: Noviembre 2025

Publicado por Rosetta Edu
Londres, noviembre 2025
www.rosettaedu.com

ISBN: 978-1-83647-148-6

CLÁSICOS EN ESPAÑOL

Rosetta Edu presenta en esta colección libros clásicos de la literatura universal en nuevas traducciones al español, con un lenguaje actual, comprensible y fiel al original.

Las ediciones consisten en textos íntegros y las traducciones prestan especial atención al vocabulario, dado que es el mismo contenido que ofrecemos en nuestras célebres ediciones bilingües utilizadas por estudiantes avanzados de lengua extranjera o de literatura moderna.

Acompañando la calidad del texto, los libros están impresos sobre papel de calidad, en formato de bolsillo o tapa dura, y con letra legible y de buen tamaño para dar un acceso más amplio a estas obras.

Rosetta Edu
Londres
www.rosettaedu.com

INDICE

LA NARRACIÓN

DE

ARTHUR GORDON PYM.

DE NANTUCKET.

ABARCA LOS PORMENORES DE UN MOTÍN Y DE UNA ATROZ
CARNICERÍA A BORDO DEL BERGANTÍN ESTADOUNIDENSE
GRAMPUS, DURANTE SU TRAVESÍA HACIA LOS MARES DEL
SUR, EN EL MES DE JUNIO DE 1827.
CON RELATOS DE LA RECAPTURA DEL BUQUE POR PARTE
DE LOS SOBREVIVIENTES; DE SU NAUFRAGIO Y DE LOS
POSTERIORES Y HORRIBLES PADECIMIENTOS SUFRIDOS
A CAUSA DEL HAMBRE; DE SU RESCATE GRACIAS AL
BERGANTÍN BRITÁNICO JANE GUY; DEL BREVE CRUCERO
DE ESTE ÚLTIMO NAVÍO POR EL OCÉANO ANTÁRTICO; DE
SU CAPTURA Y DE LA MASACRE DE SU TRIPULACIÓN EN
MEDIO DE UN GRUPO DE ISLAS SITUADAS EN
EL PARALELO OCHENTA Y CUATRO DE LATITUD SUR;
JUNTO CON LAS INCREÍBLES AVENTURAS Y
DESCUBRIMIENTOS
AÚN MÁS HACIA EL SUR
QUE DIERON ORIGEN A AQUELLA PENOSA CALAMIDAD.

NOTA PRELIMINAR

Tras mi regreso a los Estados Unidos hace unos pocos meses, luego de una extraordinaria serie de aventuras en los mares del Sur, y en todas partes, las cuales se cuentan en las páginas siguientes, un accidente me acercó a un grupo de varios caballeros en Richmond, Virginia, quienes sintieron un profundo interés en todo lo relacionado con las regiones que yo había visitado, y me instaban constantemente, como una obligación, a contar mi relato al público. Yo tenía varias razones, no obstante, para negarme a hacerlo, algunas de las cuales eran de una naturaleza estrictamente privada, y no le interesaba a ninguna persona más que a mí mismo; otras no tanto. Una situación que me desalentaba era que, al no haber llevado un registro durante gran parte del tiempo en el que estuve ausente, temía no ser capaz de escribir, simplemente de memoria, un relato tan minucioso como para tener la *apariencia* de aquella verdad que efectivamente poseería, exceptuando solo la exageración natural e inevitable a la que todos somos propensos cuando detallamos acontecimientos que han tenido una influencia poderosa despertando las facultades imaginativas.

Otra razón era, que los incidentes a narrar eran de una naturaleza tan absolutamente maravillosa que, infundadas como podían ser mis afirmaciones (excepto por el testimonio de un solo individuo, y él, un indio mestizo), solo podía esperar que mi familia creyese, y aquellos amigos que habían tenido razón alguna, a lo largo de sus vidas para confiar en mi autenticidad —siendo la probabilidad que el público en general considerase lo que yo presento meramente como una ficción atrevida e ingeniosa—. Una sospecha acerca de mis habilidades como escritor fue, sin embargo, una de las principales causas que me impidieron cumplir con las sugerencias de mis asesores.

Entre aquellos caballeros de Virginia, quienes expresaron el mayor interés en mi relato, más precisamente en lo que respecta a aquella parte que se refiere al Océano Atlántico, estaba el señor Poe, por estos días, editor del *Southern Literary Messenger*,[1] una revista mensual, publicada por el señor Thomas W. White, en la ciudad de Richmond. Él me aconsejó seriamente, entre otros,

---

1 *Southern Literary Messenger: Mensajero Literario del Sur.*

que prepare de inmediato una descripción completa de lo que yo había visto y experimentado, y que confíe en la perspicacia y el sentido común del insistente público, con gran factibilidad de que por más dura que sea, en lo que a la mera autoría se refiere, mi libro debería prosperar, la falta de tacto, si la hubiera, le daría la mejor chance de ser aceptada como verdad.

Pese a esta descripción, no tomé la decisión de hacer lo que él me sugirió. Luego él me propuso (al descubrir que yo no impulsaría este asunto) que le permitiese redactar, con sus propias palabras, un relato de la primera parte de mis aventuras, a partir de hechos aportados por mí, publicándolos en el *Southern Messenger*, *bajo la apariencia de una ficción*. A esto, sin objeciones, di mi consentimiento, estableciendo solamente que se debería conservar mi nombre real. Dos números de la ficción simulada salieron, por consiguiente, en el *Messenger* de enero y febrero (1837), y para que pudiese ser considerada como ficción, el nombre del señor Poe se anexó a los artículos en el índice de la revista.

La forma en la cual esta estrategia fue recibida me ha inducido finalmente a realizar una recopilación y publicación regular de las aventuras en cuestión, porque he descubierto que, a pesar del aire de fábula que le ha sido impregnado muy ingeniosamente a parte de mi relato que apareció en el *Messenger* (sin alterar o distorsionar un solo dato), el público aún no estaba del todo dispuesto a recibirlo como fábula, y le enviaron varias cartas a la dirección del señor P., expresando claramente lo contrario. Por lo tanto llegué a la conclusión de que los hechos en mi relato mostrarían una tal naturalidad que llevarían consigo la evidencia suficiente de su propia autenticidad, y de que yo por consiguiente tenía poco que temer al puntaje de la incredulidad popular.

Hecho este *exposé*,[2] se notará de inmediato cuánto de lo que sigue afirmo que es obra mía; y también se entenderá que ningún hecho está tergiversado en las primeras páginas que fueron escritas por el señor Poe. Incluso para aquellos lectores que no han visto el *Messenger*, será innecesario destacar donde termina su parte y comienza la mía; la diferencia de estilo será percibida con facilidad.

A. G. PYM.

2   *Exposé:* Exposición.

LA NARRACIÓN DE A. GORDON PYM

CAPÍTULO I

Me llamo Arthur Gordon Pym. Mi padre era un respetable comerciante de pertrechos para la marina, en Nantucket, donde yo nací. Mi abuelo materno era un procurador con buena clientela. Era un hombre afortunado en todo, y había ganado bastante dinero especulando con las acciones del Edgarton New Bank, como se llamaba antaño. Con estos y otros medios había logrado reunir un buen capital. Creo que me quería más que a nadie en el mundo, y yo esperaba heredar, a su muerte, la mayor parte de sus bienes. Al cumplir los seis años me envió a la escuela del viejo señor Ricketts, un señor manco y con costumbres excéntricas... muy conocido por casi todos los que habían visitado New Bedford. Permanecí en su colegio hasta los dieciséis años, para luego ir a la academia que el señor E. Ronald tenía en la montaña. Aquí me hice amigo íntimo del hijo del señor Barnard, un capitán de fragata, que solía navegar por cuenta de la casa Lloyd y Vredenburgh... El señor Barnard también era muy conocido en New Bedford y estoy seguro de que tenía muchos contactos en Edgarton. Su hijo se llamaba Augustus y tenía casi dos años más que yo. Había ido a pescar ballenas con su padre a bordo del John Donaldson, y siempre me estaba hablando de sus aventuras en el océano Pacífico del Sur.

Yo solía ir a su casa con frecuencia, donde permanecía todo el día, y a veces, toda la noche. Dormíamos en la misma cama, y se las ingeniaba para mantenerme despierto casi hasta el alba, contándome historias de los nativos de la isla de Tinian y de otros lugares que había visitado en sus viajes. Al fin, no pude evitar sentirme interesado por lo que me contaba, y gradualmente fui sintiendo más ganas de salir al mar. Yo poseía un barco de vela llamado Ariel, que valdría unos setenta y cinco dólares. Tenía media cubierta o camarote, y estaba equipado como un velero... no recuerdo su tonelaje, pero cabían en él, cómodamente, diez personas. Con esta embarcación, teníamos la costumbre de cometer las locuras más temerarias del mundo; y, al recordarlas ahora me sorprendo de estar vivo.

Voy a narrar una de estas aventuras, a modo de introducción

de un relato más extenso y memorable. Una noche hubo una fiesta en casa del señor Barnard, y al final de la fiesta, Augustus y yo estábamos bastante ebrios. Como de costumbre, en estos casos, preferí quedarme a dormir allí en lugar de regresar a mi casa. Augustus se acostó muy tranquilo, en mi opinión, (era cerca de la una cuando terminó la reunión), y sin hablar ni una palabra de su tema favorito. Llevaríamos acostados media hora, y yo me estaba quedando dormido, cuando de repente, se levantó y, lanzó una terrible promesa, diciendo que no dormiría por ninguno de los Arthur Pym del mundo cristiano, cuando soplaba una brisa tan hermosa del sudoeste. Jamás en la vida me sentí tan sorprendido, sin saber lo que él planeaba, y pensé que el vino y los licores que él había bebido lo habían trastornado por completo. Pero continuó hablando muy serenamente, diciendo que él sabía que yo me imaginaba que él estaba borracho, pero que jamás en su vida había estado más sobrio. Y añadió que tan solo estaba cansado de estar echado en la cama como un perro en una noche tan hermosa, y que tenía decidido levantarse, vestirse, y salir a hacer una travesura con mi barco. Apenas puedo expresar lo que pasó por mi cabeza; pero, ni bien las palabras salieron de su boca, sentí gran excitación y placer, y pensé que su loca idea era una de las cosas más maravillosas y razonables del mundo. Soplaba un ventarrón y hacía mucho frío —estábamos a fines de octubre—. Salté de la cama, sin embargo, en una especie de éxtasis, y le dije que yo era tan valiente como él, y que estaba tan harto como él de estar en la cama como un perro, y que me hallaba tan dispuesto a divertirme o cometer cualquier locura como cualquier Augustus Barnard de Nantucket.

Nos vestimos sin perder tiempo y corrimos adonde estaba amarrada la barca. Se hallaba en el viejo muelle, cerca del depósito de maderas de Pankey & Co., casi golpeando de lado contra los troncos ásperos. Augustus saltó adentro y se puso a sacar el agua, porque estaba casi llena. Una vez hecho esto, izamos el foque y la vela mayor, las mantuvimos desplegadas y nos metimos decididamente mar adentro.

Como he dicho antes, soplaba un viento fresco del sudoeste. La noche estaba despejada y fría. Augustus tomó al timón y yo me ubiqué junto al mástil, sobre la cubierta del camarote. Surcábamos las aguas a gran velocidad... sin decir palabra desde que habíamos soltado las amarras en el muelle. En un momento, le pregunté a mi compañero qué dirección pensaba tomar y cuándo calculaba que estaríamos de vuelta. Se puso a silbar durante unos instantes, y luego me dijo de manera tajante:

—Yo voy al mar... tú puedes irte a casa, si así lo consideras.

Al volver la vista hacia él, me di cuenta enseguida de que, a pesar de su fingida *nonchalance*,[3] estaba muy alterado. Lo veía claramente a la luz de la luna... tenía el rostro más pálido que el mármol, y le temblaban de tal manera las manos, que apenas podía controlar el timón. Comprendí que algo no andaba bien y me asusté mucho. Por aquel entonces yo sabía muy poco acerca del manejo de un barco y ahora dependía enteramente de la pericia náutica de mi amigo. Además, el viento se había intensificado repentinamente y nos íbamos alejando rápidamente de tierra... aún así sentí vergüenza de revelar mi preocupación, y durante casi media hora guardé un silencio absoluto. Sin embargo, no pude contenerme más y hablé con Augustus acerca de la conveniencia de regresar. Como antes, tardó casi un minuto en responderme o en dar muestras de haber oído mi indicación.

—En un rato —dijo finalmente—, hay tiempo suficiente... en un rato estamos en casa.

Esperaba esta respuesta; pero había algo en el tono de estas palabras que me provocó una sensación de miedo indescriptible. Volví a mirar a mi amigo con atención. Tenía los labios completamente morados, y sus rodillas temblaban tanto que apenas podía mantenerse en pie.

—Por Dios, Augustus —exclamé, ahora, realmente asustado—. ¿Qué te duele...? ¿Qué te sucede...? ¿Qué *vas* a hacer?

—¡Suceder! —dijo balbuceando, en la más evidente sorpresa, soltando al mismo tiempo el timón, y cayéndose al fondo del barco—. ¿Suceder...? ¿Por qué? Nada es el... problema... vamos a casa... ¿n... n... no lo ves?

Entonces comprendí lo que sucedía. Corrí hacia él para ayudarlo a levantarse. Estaba borracho —terriblemente borracho—. Ya no podía mantenerse en pie, ni hablar, ni ver. Tenía los ojos completamente vidriosos; y cuando lo solté, en medio de mi desesperación, rodó como un tronco en el agua sucia del fondo, de dónde acababa de levantarlo. Era evidente que, durante la noche, había bebido mucho más de lo que yo sospeché, y que su conducta en la cama había sido el resultado de un estado de

3   *Nonchalance:* Despreocupación, indiferencia.

embriaguez importante... un estado que, así como sucede en la demencia, muchas veces le permite a la víctima imitar el comportamiento exterior de una persona en sus cabales. Además, el ambiente frío había producido su efecto natural... la energía mental comenzó a decaer antes de influir en su estado, y la percepción confusa que indudablemente tuvo de su peligrosa situación contribuyó a apresurar la catástrofe. Ahora se encontraba completamente inconsciente, y no había probabilidad alguna de que se recobrase por unas cuantas horas.

Tal vez sea muy difícil entender la magnitud de mi terror. Los vapores del vino se habían disipado, dejándome tímido y a la vez indeciso. Yo sabía que era incapaz de manejar el barco, y que un viento fuerte y una marea baja intensa nos precipitaban hacia la destrucción. Evidentemente, se estaba levantando una tempestad a nuestras espaldas; no teníamos brújula ni provisiones, y era claro que, si manteníamos nuestro rumbo, perderíamos de vista la tierra antes de que el día termine. Estos pensamientos, junto con muchos otros igualmente espantosos, pasaban por mi mente con una rapidez inusitada, y por unos instantes me paralizaron dejándome incapaz de hacer algo. El barco iba cortando las aguas a una velocidad terrorífica —desplegadas las velas al viento sin un rizo en el foque ni en la vela mayor—, con la proa deslizándose enteramente bajo la espuma. Fue realmente un milagro que no zozobrase, porque Augustus, como he dicho antes, había abandonado el timón y yo estaba demasiado perturbado como para pensar en tomarlo. Pero, afortunadamente, la barca se mantuvo a flote, y poco a poco yo fui recuperando algún grado de serenidad. El viento seguía arreciando espantosamente, y cada vez que salíamos a flote de un salto, sentíamos romper las olas contra nuestro casco, y nos inundaba el agua. Yo tenía los miembros tan entumecidos que casi no tenía sensibilidad. Finalmente, impulsado por la valentía que da la desesperación, corrí al mástil y largué toda la vela mayor. Como era de esperar, cayó volando por fuera de la borda, y, al empaparse de agua, arrastró consigo al mástil. Solo este accidente me salvó de la muerte inminente. Solo con el foque, navegué velozmente delante del viento, inundándonos de cuando en cuando, pero libre del temor de una muerte inmediata. Empuñé el timón y respiré con más libertad al ver que aún nos quedaba una esperanza de salvación. Augustus seguía inconsciente en el fondo del barco, y dado que corría inminente peligro de ahogarse (porque había unos treinta centímetros de agua donde él estaba), me las ingenié para levantarlo, y dejarlo sentado pasándole una cuerda por la cintura, atada a una argolla de la cubierta de la borda. En consecuencia, teniendo arregladas las cosas del mejor modo posible, en mi estado de perturbación y entumecimiento, me encomendé a Dios y me preparé para soportar lo que sobreviniese, con toda la fortaleza de mi voluntad.

Apenas había tomado esta decisión, de improviso, un alarido estrepitoso y prolongado, como si procediese de las gargantas de mil demonios, pareció envolver el barco por todas partes. Jamás en la vida olvidaré el terror tan angustiante e intenso que experimenté en aquel momento. Se me erizó el cabello... sentí que la sangre se congelaba en mis venas... mi corazón dejaba de latir, y sin siquiera alzar la vista para averiguar la causa de esta señal de alarma, me desplomé inconsciente sobre el cuerpo de mi compañero.

Cuando recuperé la consciencia, me hallaba en el camarote de un ballenero (el Penguin) que se dirigía a Nantucket. Varias personas se encontraban paradas frente a mí, y Augustus, más pálido que la muerte, me frotaba las manos. Al ver que yo abría los ojos, sus exclamaciones de gratitud y alegría provocaron alternadamente risa y llanto en los rudos personajes allí presentes. Entonces se nos explicó el misterio de nuestra salvación. Habíamos sido atropellados por el ballenero, que navegaba a ceñida por el viento, intentando acercarse a Nantucket con todas las velas que podía desplegar, y en consecuencia yendo casi en ángulo recto a nuestro curso. Varios hombres estaban atentos a lo que sucedía adelante, pero ninguno de ellos vio nuestra barca hasta el momento en que ya era imposible evitar el choque, y sus gritos de aviso eran los que me habían asustado de un modo tan terrible. Según me contaron, el enorme barco pasó inmediatamente sobre nosotros, con tanta facilidad como nuestra pequeña embarcación hubiese pasado por encima de una pluma, sin notar el más leve impedimento en su marcha. Ni un grito de la víctima surgió de la cubierta... solo se oyó un chillido débil y áspero mezclado con el rugir del viento y del agua, mientras el barco frágil, que se sumergía, rozó por un instante la quilla del destructor, pero eso fue todo. Creyendo que nuestra barca (que, como se recordará, estaba desmantelada) era un casco a la deriva, simple e inútil, el capitán (capitán E. T. Block, de New London) siguió su ruta sin preocuparse más por este asunto. Afortunadamente, dos de los vigías afirmaron con seguridad que habían visto a una persona en el timón, y plantearon la posibilidad de salvarla. La discusión continuó, cuando Block se enojó y, poco después, dijo que «no era asunto suyo estar vigilando constantemente los cascarones de proa; que su barco no estaba para ocuparse de una semejante tontería; y que si había algún hombre en el agua, nadie tenía la culpa más que él mismo, y que podía ahogarse e irse al diablo», o cosa por el estilo. Henderson, el primer oficial de cubierta, se hizo cargo del asunto, en verdad, tan indignado como toda la tripulación, ante aquellas palabras que revelaban una crueldad horrenda. Sintiéndose apoyado por los marineros; habló claramente, le dijo al capitán que era digno de estar en galeras, y que desobedecería sus órdenes aunque lo ahorcasen por eso, al poner pie en tierra. Empujando a Block (que se puso pálido y no respondió nada), se dirigió a la popa, empuñó el timón y con voz firme dijo: ¡Virar a proa! La gente voló a sus puestos, y el barco viró correctamente. Todo esto había llevado casi cinco minutos, y las posibilidades de salvación eran muy escasas, admitiendo que hubiese alguien a bordo del barco. Sin embargo, como el lector ha visto, Augustus y yo fuimos rescatados; y nuestra salvación pareció deberse a dos de esas casualidades impensadas y afortunadas que los sabios y los piadosos atribuyen a la especial intervención de la Providencia.

Mientras el barco permanecía detenido, el oficial de cubierta bajó la lancha y saltó dentro de ella con los dos hombres que, creo, afirmaron haberme visto al timón. Se habían alejado del sotavento (la luna aún brillando luminosa), cuando el barco dio un violento giro hacia barlovento, y Henderson, en ese mismo instante, levantándose de su asiento, le gritó a la tripulación que retroceda. No decía nada más... repetía con impaciencia su grito:

—¡Retrocedan! ¡Retrocedan!

La tripulación cumplió la orden de retroceder lo más rápido posible, pero a esta altura el barco se había dado la vuelta, y se había puesto en marcha, a pesar de que todos los marineros se esforzaban por acortar velas. A pesar del peligro de ese intento, el oficial de cubierta se aferró a las cadenas de amarre en cuanto estuvieron a su alcance. Otro enorme tropiezo sacó fuera del agua la banda de estribor del barco casi hasta la quilla, y entonces se hizo lo suficientemente evidente el origen de su ansiedad. El cuerpo de un hombre se veía sujeto del modo más singular al casco liso y reluciente (el Penguin estaba revestido de cobre y tenía herrajes de cobre), chocando violentamente contra él a cada movimiento del barco. Luego de varios esfuerzos inútiles, realizados durante las sacudidas del barco, y ante el inminente riesgo de inundación, fui rescatado de esa situación peligrosa y fui subido a bordo —ya que aquel cuerpo era el mío—. Al parecer, uno de los pernos de madera del casco se había salido y abierto paso a través de la chapa de cobre, y había detenido mi marcha cuando yo pasaba por debajo del barco, fijándome a su fondo de un modo extraordinario. La cabeza del perno había atravesado el cuello del chaleco de lana verde que llevaba puesto, y había rasgado la parte posterior de mi cuello entre dos tendones, hasta la altura de la oreja derecha. Inmediatamente me tendieron en la cama... aunque parecía que había perdido la vida. No había ningún médico a bordo. Sin embargo, el capitán me brindó todos los cuidados... para quedar bien, supongo, ante los ojos de su tripulación, por su conducta deleznable en la parte inicial de la aventura.

Mientras tanto, Henderson se había vuelto a apartar del barco, pese a que ahora soplaba un viento casi huracanado. No habían pasado muchos minutos cuando tropezó con algunos fragmentos de nuestra barca, y poco después uno de los hombres que lo acompañaban aseguró que pudo oír un grito pidiendo auxilio, a intervalos, en medio del rugido de la tempestad. Esto indujo a los arriesgados marineros a perseverar en la búsqueda durante más de media hora, aunque el capitán Block les hacía reiteradas señales para que regresen, y aunque cada minuto que pasaban sobre las aguas en un bote tan frágil se exponían al más inminente y mortal peligro. Realmente, es casi imposible concebir cómo la diminuta embarcación en la que estaban pudo escapar de la destrucción en un instante. Pero estaba construida para el servicio ballenero y se hallaba provista, como tenía motivos para creerlo, de depósitos de aire, al modo de los botes salvavidas que se emplean en la costa de Gales.

Después de haber buscado en vano durante el espacio de tiempo mencionado, decidieron regresar al barco; pero apenas habían tomado esta resolución un grito débil surgió de un objeto oscuro que pasaba flotando rápidamente cerca de ellos. Se lanzaron en su persecución y enseguida lo alcanzaron. Resultó ser la cubierta intacta del tumbadillo del Ariel. Augustus se agitaba junto al mismo, al parecer en los últimos estertores de la agonía. Al agarrarlo, vieron que estaba atado con una cuerda a la madera flotante. Esta cuerda, como se recordará, era la que yo le había echado alrededor del pecho y anudado a la argolla, para mantenerle en posición erguida y, al hacerlo así, yo había preparado, sin saberlo, el medio para conservar su vida. El Ariel era de endeble construcción y, al pasar por debajo del Penguin, su armazón saltó en pedazos, lógicamente; la cubierta del tumbadillo, como era de esperar, fue levantada por la fuerza del agua al entrar allí y, al ser separada de cuajo de las vigas maestras, quedó flotando (con otros fragmentos, sin duda) en la superficie, sosteniendo a flote a Augustus, quien escapó así de una muerte terrible.

Hasta media hora después de haber sido puesto a bordo del Penguin no pudo dar cuenta de sí, ni entender las explicaciones que le daban acerca de la naturaleza del accidente que le había sucedido a nuestra barca. Al fin, se repuso del todo y habló mucho de sus sensaciones mientras estuvo en el agua. La primera vez que recobró en algo el conocimiento se halló debajo del agua, girando con velocidad vertiginosa y atado a una cuerda que daba tres o cuatro vueltas muy apretadas cerca del cuello. Un instante después se sintió elevado súbitamente; su cabeza chocó violentamente con un cuerpo duro y volvió a sumirse en la inconsciencia. Al recobrarse de nuevo, se hallaba en plena posesión de sus sentidos, aunque estuviese confuso en grado sumo y tuviese nublada la razón. Ahora se daba cuenta de que había sucedido algún accidente y de que estaba en el agua, aunque tenía la boca por encima de la superficie y podía respirar con cierta libertad. Tal vez en aquellos momentos la cubierta iba empujada velozmente por el viento y él era arrastrado tras ella, como si flotase de espaldas. Naturalmente, mientras conservase aquella posición era casi imposible que se ahogase. De pronto, un golpe de mar lo arrojó directamente sobre el puente, donde procuró mantenerse, lanzando a intervalos gritos de socorro. Exactamente un momento antes de ser descubierto por el señor Henderson, se había visto obligado a soltar su asidero por falta de fuerzas y, al caer en el mar, se había dado por perdido. Durante todo el tiempo de su lucha no había tenido el más leve recuerdo del Ariel, ni de ninguno de los asuntos relacionados con la causa de su desastre. Un vago sentimiento de terror y de desesperación se había apoderado por completo de sus facultades. Cuando finalmente fue recogido, le habían abandonado todas sus facultades mentales; y. como dije antes, llevaba casi una hora a bordo del Penguin hasta que se dio cuenta de su situación. Por lo que se refiere a mí, fui reanimado de un estado que bordeaba casi la muerte (y después de haber probado en vano todos los demás medios durante tres horas y media) gracias a vigorosas fricciones con franelas mojadas en aceite caliente, procedimiento sugerido por Augustus. La herida de mi cuello, aunque tenía un aspecto terrible, era de poca importancia, en realidad, y me repuse pronto de sus efectos.

El Penguin entró en puerto cerca de las nueve de la mañana, después de haber capeado una de las borrascas más recias desencadenadas en Nantucket. Augustus y yo logramos llegar a la casa del señor Barnard para la hora del desayuno... que, por suerte, se había retrasado un poco, debido a una fiesta la noche anterior. Supongo que todos los que estaban sentados a la mesa se hallaban demasiado cansados como para advertir nuestro aspecto de agotamiento... porque, naturalmente, no habríamos resistido un examen demasiado estricto. Sin embargo, los colegiales pueden realizar maravillas para fingir, y creo firmemente que ninguno de nuestros amigos de Nantucket tuvo la más mínima sospecha de que la terrible historia contada por unos marineros en la ciudad —acerca de que habían sido chocados por una embarcación en el mar y de que se habían ahogado unos treinta o cuarenta pobres diablos— tenía que ver con nuestro velero Ariel, con mi compañero y conmigo mismo. Los dos hemos hablado muchas veces del asunto... pero nunca sin estremecernos. En una de nuestras conversaciones, Augustus me confesó francamente que jamás en su vida había experimentado semejante sensación de angustia como cuando a bordo de nuestra pequeña embarcación se dio cuenta del grado de embriaguez que tenía, y sintió que se estaba hundiendo bajo sus efectos.

CAPÍTULO II

Por cuestiones de mero prejuicio, ya sea en pro o en contra, solemos sacar deducciones con total certeza, aún a partir de los datos más sencillos. Se podría suponer que una catástrofe como la que acabo de relatar habría enfriado, en efecto, mi incipiente pasión por el mar. Por el contrario, nunca experimenté un deseo tan vivo por las arriesgadas aventuras de la vida del navegante como lo tuve una semana después de nuestra salvación milagrosa. Este breve periodo fue suficiente para borrar de mi memoria las sombras y para iluminar vívidamente todos los aspectos agradablemente pintorescos, todo el encanto visual de este accidente peligrosísimo. Mis conversaciones con Augustus cada día eran más frecuentes y cada vez más interesantes. Él tenía una manera de relatar las historias del océano (más de la mitad de las cuales sospecho ahora que eran inventadas) adaptándolas bien para impresionar mi temperamento entusiasta y mi imaginación algo sombría pero intensa. También es extraño que me entusiasmase más la vida marinera cuando él describía los momentos más terribles de sufrimiento y desesperación. Me interesaba menos el costado alegre del cuadro. Mis visiones eran de naufragios y de hambruna; de muerte o cautiverio entre hordas bárbaras; de una vida arrastrada entre penas y lágrimas, sobre una roca gris y desolada, en un océano inaccesible y desconocido. Tales visiones o deseos —pues tal era el carácter que tenían— son comunes, según me habían asegurado, en la numerosa cantidad de hombres melancólicos... y de la época de la cual hablo; yo las consideraba tan solo como visiones proféticas de un destino que yo sentía que se iba a cumplir. Augustus estaba totalmente identificado con mi modo de pensar. De hecho, es probable que nuestra profunda comunicación hubiese sido el resultado de un intercambio recíproco de nuestras personalidades.

Unos dieciocho meses después del desastre del Ariel, la firma Lloyd y Vredenburgh (una empresa relacionada de alguna manera con los señores Enderby, creo, de Liverpool) estaba reparando y equipando al bergantín Grampus para salir a cazar ballenas. Era un barco gigante, en malas condiciones para salir al mar, aún cuando se le hicieron todas las reparaciones que se le podían hacer. No sé porqué fue elegido en favor de otros barcos buenos, pertenecientes a los mismos dueños... pero así fue. El señor Barnard fue designado al mando y Augustus iba a acompañarlo. Mientras se preparaba el bergantín, él insistía constantemente sobre la excelente oportunidad que se me ofrecía para satisfacer mis deseos de viajar. De ningún modo encontró en mí una persona poco dispuesta a escuchar... pero el asunto no era tan fácil de solucionar. Mi padre no se oponía de manera directa; pero mi madre se ponía histérica con solo mencionar el proyecto; y, más que todo, mi abuelo, de quién yo tanto esperaba, juró que no me dejaría ni un chelín sí volvía a hablarle del asunto. Pero estas dificultades, lejos de desanimarme, no hacían más que avivar mi deseo. Decidí partir a toda costa; y, en cuanto le comuniqué mi resolución a Augustus, comenzamos a armar un plan para lograrlo. Mientras tanto, me abstuve de hablar con mis parientes acerca del viaje, y como me dedicaba ostensiblemente a mis estudios habituales, se suponía que había abandonado el proyecto. Desde entonces, he examinado a menudo mi conducta en aquella ocasión con sentimientos tanto de molestia como de sorpresa. La profunda hipocresía que utilicé para la consecución de mi proyecto —hipocresía imperante en cada palabra y acto de mi vida durante un espacio de tiempo tan prolongado—, solo pude tolerarla debido al loco y ardiente deseo de llevar a cabo mis ansiados anhelos de viajar.

Para llevar a cabo mi engañoso plan, me vi necesariamente obligado a delegar muchos de los preparativos a Augustus, que pasaba gran parte del día a bordo del Grampus, ayudando a su padre en los trabajos que se llevaban a cabo en la cámara y en la bodega. No obstante, por la noche nos reuníamos para hablar de nuestros sueños. Después de pasar casi un mes así, sin dar con un plan que nos pareciese realizable, mi amigo me dijo que finalmente ya había dispuesto todas las cosas necesarias. Yo tenía un pariente que vivía en New Bedford, un tal señor Ross, en cuya casa solía pasar dos o tres semanas de vez en cuando. El bergantín debía salir al mar hacia mediados de junio (junio, 1827), y habíamos acordado que, un par de días antes de la salida del barco, mi padre recibiría, como de costumbre, una carta del señor Ross pidiéndole que me enviase a pasar quince días con Robert y Emmet (sus hijos). Augustus se encargó de escribir la carta y hacerla llegar a destino. Y mientras se suponía que yo estaba en camino hacia New Bedford, me reuniría con mi compañero, quien tendría preparado un escondite para mí en el Grampus. Me aseguró que este escondite sería lo suficientemente cómodo como para permanecer en él muchos días, durante los cuales nadie podría verme. Cuando el bergantín estuviese tan lejos de tierra que le fuese imposible volver atrás, entonces, me dijo, me instalaría en el camarote con todas las comodidades; y en cuanto a su padre, seguramente se reiría de la broma. En el camino encontraríamos barcos suficientes como para enviar una carta a mi casa explicándoles la aventura a mis padres.

La mitad de junio llegó finalmente, y el plan estaba perfectamente desarrollado. La nota había sido escrita y entregada, y un lunes por la mañana salí de mi casa fingiendo que iba a embarcarme en el vapor para New Bedford. Sin embargo fui al encuentro de Augustus, que me estaba esperando en una esquina. Nuestro plan inicial era que yo debía esconderme hasta que anocheciera, y luego deslizarme a bordo del bergantín subrepticiamente; pero como había una niebla muy densa que jugaba a nuestro favor, acordamos no perder tiempo escondiéndome. Augustus tomó el camino del muelle y yo lo seguí a corta distancia, envuelto en una gruesa capa de marinero, que me había traído para que no pudiese ser reconocido. Pero al doblar la segunda esquina, después de pasar el pozo del señor Edmund, quien apareció, justo frente a mí, mirándome a la cara, fue mi abuelo, el señor Peterson.

—¡Válgame Dios, Gordon! —exclamó, luego de un silencio prolongado—. ¿Por qué, por qué... de quién es esa capa tan sucia que llevas puesta?

—¡Señor! —respondí, fingiendo tanto como pude, como lo requerían las circunstancias en ese momento, un aire de gran sorpresa, y hablando en el más rudo de los tonos imaginables.

»¡Señor!, usted está equivocado... en primer lugar, no me llamo Gordon ni Gordin, ni cosa que se le parezca, y, usted, pillo, tendría que tener más confianza conmigo para llamar sucia mi capa de abrigo nueva. —Juro que no podía contener la risa al ver la extraña manera en que el anciano recibió mi magnífica respuesta. Retrocedió dos o tres pasos, primero se puso muy pálido y luego excesivamente colorado, se sacó los anteojos, luego, se los puso, echó a correr tras de mí, amenazándome con el paraguas en alto. Pero se detuvo en seguida, como si, de repente, hubiese recordado algo; y, girando, se fue rengueando por la calle, temblando de ira y murmurando entre dientes:

—No sirven... anteojos nuevos... Habría jurado que era Gordon... maldiciones.

Luego de este tropiezo, continuamos la marcha con mayor prudencia y llegamos a nuestro punto de destino a salvo. A bordo se encontraban un par de marineros, y estaban muy ocupados haciendo algo en el castillo de proa. Sabíamos muy bien que el capitán Barnard se encontraba ocupado en Lloyd y Vredenburgh y que permanecería allí hasta el anochecer, de modo que no teníamos nada que temer al respecto. En primer lugar, Augustus se acercó al costado del barco, y poco tiempo después yo lo seguí, sin que los marineros ocupados advirtieran mi llegada. Primero nos dirigimos a la cabina, donde no encontramos a nadie. Estaba muy confortablemente arreglada, cosa rara en un ballenero. Había cuatro excelentes camarotes, con camas anchas y cómodas. Observé que también había una gran estufa, y una alfombra de buena calidad, mullida y amplia que cubría el suelo de la cabina y de los camarotes. El techo tenía unos dos metros de alto. En pocas palabras, todo parecía mucho más agradable y espacioso de lo que me había imaginado. Pero Augustus me dejó poco tiempo para observar, insistiendo en la necesidad de que me ocultase lo antes posible. Se dirigió a su camarote, que se hallaba a estribor del bergantín, junto al mamparo. Al entrar, cerró la puerta con llave. Pensé que nunca en mi vida había visto un cuarto tan bonito como ese. Tenía unos tres metros de largo, y tenía una sola cama, que como ya dije era espaciosa y cómoda. En la parte más cercana al mamparo había un espacio de algo menos de medio metro cuadrado con una mesa, una silla y una estantería llena de libros, principalmente libros de viajes y travesías. Había también otras pequeñas comodidades, entre las que no debo olvidar una especie de caja de seguridad o refrigerador, en el cual Augustus había preparado una selecta provisión de conservas y bebidas.

Augustus presionó con los nudillos cierto sector de la alfombra, que estaba en un rincón del espacio que acabo de mencionar, mostrándome que una porción del piso, de unos cien centímetros cuadrados, había sido cortada cuidadosamente y ajustada de nuevo. Mientras presionaba, esta porción se levantó en un extremo lo suficiente como para introducir su dedo. De este modo, levantó la boca de la trampa (que estaba asegurada con clavos a la alfombra), y descubrí que conducía a la bodega de la popa. Luego encendió una pequeña vela con un fósforo, la colocó en una linterna sorda y descendió por la abertura, invitándome a que lo siguiera. Lo hice, y luego cerró la tapa del agujero, usando un clavo que tenía en su parte de abajo... la alfombra, por supuesto, volvía a su posición inicial en el piso del camarote, ocultando todos los rastros de la abertura.

La vela daba una luz tan débil, que apenas podía seguir mi camino a través de la desconcertante cantidad de maderas en la que me encontraba ahora. Pero, poco a poco, mis ojos se fueron acostumbrando a la oscuridad y seguí adelante con menos dificultad, agarrado de los faldones de la chaqueta de mi amigo. Me llevó al fin, después de serpentear por numerosos pasillos, estrechos y tortuosos, hasta una caja reforzada con hierro, como las que suelen utilizarse para embalar porcelana fina. Tenía más de un metro de alto por casi dos de largo, pero era muy angosta. Encima de ella había dos grandes barriles de aceite vacíos, y sobre estos había una gran cantidad de esteras de paja apiladas hasta el techo. Y todo alrededor amontonado, lo más apretado posible, hasta encajar en el techo, un verdadero caos de toda clase de provisiones para barcos, junto con una mezcla heterogénea de cajones, cestas, barriles y bultos, de modo que pareció un milagro que hubiésemos encontrado un paso para llegar hasta la caja. Luego me enteré de que Augustus había dirigido expresamente la estiba de esta bodega con el propósito de procurarme un escondite, teniendo como único ayudante en su trabajo a un hombre que no pertenecía a la tripulación del bergantín.

Mi compañero me mostró que uno de los lados de la caja podía abrirse a voluntad. Lo apartó y quedó al descubierto el interior, cosa que me divirtió mucho. Un colchón de una de las camas de la cámara cubría todo el fondo, y contenía casi todos los artículos de confort del barco que podían caber en un espacio tan reducido, permitiéndome, al mismo tiempo, el lugar suficiente para acomodarme allí, sentado o completamente acostado. Había, entre otras cosas, libros, pluma, tinta y papel, tres mantas, una gran jarra con agua, un barril de galletas, tres o cuatro salamines de Boloña, un jamón enorme, una pierna de cordero asado en fiambre y media docena de botellas de licores y refrescos. Inmediatamente procedí a tomar posesión de mi reducido aposento, y esto con más satisfacción, estoy seguro, que un monarca al entrar en un palacio nuevo. Luego, Augustus me enseñó el método para cerrar el lado abierto de la caja y, sosteniendo la vela junto al techo, me mostró una gruesa cuerda negra que corría a lo largo de él. Me explicó que esta iba desde mi escondite, a través de todos los recovecos necesarios entre los trastos viejos, hasta un clavo del techo de la bodega, inmediatamente debajo de la puerta de la trampa que daba a su camarote. Por medio de esta cuerda yo podía encontrar la salida fácilmente, sin su guía, en caso de que un accidente imprevisto me obligara a dar este paso. Luego se despidió, dejándome el farol, con abundante provisión de velas y fósforos, y prometió venir a verme siempre que pudiera hacerlo sin llamar la atención. Esto sucedió el 17 de junio.

Permanecí allí tres días y noches (según mis cálculos), sin salir de mi escondite excepto dos veces con el propósito de estirar mis piernas, manteniéndome de pie entre dos cajones que había exactamente frente a la abertura. Durante todo ese tiempo no supe nada de Augustus; pero esto me preocupaba poco, pues sabía que el bergantín estaba a punto de zarpar y en el ajetreo de esos momentos no era fácil que encontrase ocasión de bajar a verme. Por último, oí que la trampa se abría y se cerraba, y en seguida me llamó en voz baja preguntándome si todo estaba bien y si necesitaba algo.

—Nada —contesté—. Estoy todo lo bien que se puede estar. ¿Cuándo zarpará el bergantín?

—Levaremos anclas antes de media hora —respondió.

»Vine a decírtelo, porque tenía miedo que te alarmase mi ausencia. No podré bajar de nuevo por algún tiempo... tal vez por tres o cuatro días. A bordo todo marcha bien. Una vez que yo suba y cierre la trampa, sigue la cuerda hasta el clavo. Allí encontrarás mi reloj... puede serte útil para darte cuenta del tiempo, dado que no ves la luz del día. Apuesto a que no eres capaz de decirme cuánto tiempo llevas escondido, solo tres días, hoy es veintiuno. Yo mismo te traería el reloj, pero tengo miedo de que noten mi ausencia. —Y sin decir nada más, se retiró.

Al cabo de una hora percibí claramente que el bergantín se ponía en movimiento, y me alegró haber comenzado por fin el viaje. Satisfecho con esta idea, decidí tranquilizar mi espíritu en la medida de lo posible, y esperar el curso de los acontecimientos hasta que pudiese cambiar mi caja por los camarotes más espaciosos, aunque apenas más confortables. Mi primera preocupación fue obtener el reloj. Dejando la vela encendida, fui a tientas en la oscuridad, siguiendo las innumerables vueltas de la cuerda, en algunas de las cuales descubrí que, después de avanzar con esfuerzo, volvía a estar a dos pasos de mi primera posición. Por fin, llegué al clavo, y habiendo obtenido el objeto de mi viaje, regresé con él a salvo. Me puse a revisar los libros que habían sido cuidadosamente provistos, y elegí la expedición de Lewis y Clark a la desembocadura del Columbia. Con esta lectura me distraje un buen rato, y cuando sentí que me dominaba el sueño, apagué la luz con sumo cuidado y en seguida caí en un sueño profundo.

Al despertar me sentí extrañamente confundido, y transcurrió algún tiempo antes de que pudiese recordar las diversas circunstancias de mi situación. Poco a poco, fui recordando todo. Encendí la luz para ver la hora en el reloj; pero se había quedado sin cuerda y, por consiguiente, me quedé sin medio alguno de averiguar cuánto tiempo había dormido. Tenía los miembros entumecidos, y tuve que ponerme de pie entre las cajas para aliviarlos. Al sentir ahora un hambre casi devoradora, me acordé del fiambre de cordero, que había comido antes de irme a dormir, y que me pareció excelente. ¡Lo que me asombró fue descubrir que se hallaba en completo estado de putrefacción! Esta circunstancia me llenó de inquietud; porque, comparándolo con la confusión mental que había experimentado al despertarme, sospeché que había estado durmiendo durante un tiempo exageradamente largo. La atmósfera enrarecida de la bodega podría haber contribuido en algo a ello y, a la larga, podría producir efectos más serios. Me dolía mucho la cabeza; creía que respiraba con dificultad y, en una palabra, me sentía agobiado por una multitud de sentimientos melancólicos. Sin embargo, no me atrevía a abrir la trampa o hacer otra cosa y, dando cuerda a mi reloj, me sentí lo más satisfecho posible.

Durante las insoportables veinticuatro horas que siguieron, nadie vino a ayudarme, y no pude menos que acusar a Augustus de la falta de atención más grosera. Lo que me alarmaba sobre todo era que mi provisión de agua se había reducido a medio litro, y tenía muchísima sed, porque había comido salchichas de Boloña en abundancia, luego de la pérdida del cordero. Me sentí muy inquieto, y ya no me distraían los libros. Además me dominaba el deseo de dormir, pero temblaba ante la idea de entregarme a ello, ante la idea de que pudiese existir una influencia nociva, como la de las emanaciones de la combustión del carbón, en el aire viciado de la bodega. Mientras tanto, los movimientos del bergantín me indicaban que ya estábamos en alta mar, y un zumbido sordo que llegaba a mis oídos, desde muy lejos, me convenció de que no estaba soplando ningún vendaval. No comprendía la ausencia de Augustus. Con seguridad, ya habíamos avanzado lo suficiente en nuestro viaje como para poder subir. Debía haberle sucedido algún accidente... pero por más vueltas que le daba a la idea, no encontraba ninguna razón que me explicara su indiferencia, dejándome tanto tiempo prisionero, a no ser que hubiese muerto repentinamente o se hubiese caído por la borda... y esta idea se me hacía insoportable. Era posible que el bergantín hubiese tropezado con vientos de frente y nos hallásemos aún en las cercanías de Nantucket. Pero tuve que abandonar esta idea; porque en este caso, el barco tendría que haber virado varias veces; y yo estaba plenamente convencido, a juzgar por la constante inclinación a babor, de que navegábamos con brisa firme de estribor. Además, suponiendo que nos hallásemos todavía cerca de la isla, ¿por qué no bajaba Augustus para informarme de esta circunstancia? Pensando de esta manera acerca de esta situación solitaria y triste, resolví aguardar otras veinticuatro horas, y si no recibía ninguna ayuda, me dirigiría a la trampa e intentaría hablar con mi amigo o, al menos, respirar un poco de aire fresco y renovar mi provisión de agua. Preocupado por estos pensamientos y, a pesar de todos mis esfuerzos, caí en un profundo sueño o, más exactamente, sopor. Mis sueños fueron terroríficos y me sentía abrumado por toda clase de calamidades y horrores. Entre otras penurias, me sentía asfixiado entre enormes almohadas, por enormes demonios del aspecto más feroz y siniestro. Serpientes espantosas me enroscaban entre sus anillos y me miraban intensamente con sus ojos relucientes y espantosos. Luego se extendían ante mí desiertos sin límites, y personajes de carácter triste y asombroso. Troncos de árboles inmensamente altos, secos y sin hojas, se elevaban en infinita sucesión hasta donde llegaba mi vista. Sus raíces se sumergían bajo enormes pantanos, cuyas aguas lúgubres yacían intensamente negras, quietas y totalmente siniestras. Y aquellos árboles extraños parecían dotados de energía humana, y balanceando sus esqueléticos brazos de un lado hacia otro, pedían clemencia a las aguas silenciosas, con sus agudos y penetrantes acentos de angustia y de desesperación. La escena cambió; y me encontré, desnudo y solo, en los arenales abrasadores del Saha-ra. A mis pies se hallaba agazapado un feroz león de los trópicos. De repente, abrió sus ojos salvajes y se lanzó sobre mí. Dando un salto convulsivo, se levantó sobre sus patas, dejando al des-cubierto sus dientes horribles. Un instante después, un rugido semejante al trueno, salió de sus fauces enrojecidas, y caí vio-lentamente al suelo. Sofocado por el paroxismo del terror, al fin me sentí parcialmente despierto. Mi pesadilla no había sido del todo una pesadilla. Ahora, al menos controlaba mis sentidos. Las garras de un monstruo enorme y real presionaban mi pecho con fuerza... sentía su aliento cálido en mis oídos... y sus colmillos blancos y espantosos brillaban ante mí en la oscuridad.

Aunque mil vidas hubiesen dependido del movimiento de un miembro o de la articulación de una palabra, no hubiese podi-do moverme ni hablar. La bestia, cualquiera sea, se mantenía en su postura sin intentar ningún ataque violento de inmediato, mientras yo seguía completamente desamparado y, según creía, moribundo bajo sus garras. Sentía que las facultades físicas e intelectuales me abandonaban rápidamente... en una palabra, sentía que me moría y que moría de miedo. Mi cerebro se pa-ralizó... me sentí muy mareado... se me nubló la vista... incluso las pupilas luminosas que me miraban me parecieron más oscu-ras. Haciendo un último gran esfuerzo, elevé una débil plegaria a Dios y me resigné a morir. El sonido de mi voz pareció despertar todo el furor latente del animal. Se precipitó sobre mi cuerpo; pero ¡lo que más me asombró fue cuando, lanzando un gemido sordo y prolongado, comenzó a lamerme la cara y las manos con el mayor y las más extravagantes demostraciones de alegría y cariño! Aunque estaba aturdido y perplejo... no pude olvidar el gemido particular de mi perro, Tigre, un labrador de Terranova, y las caricias que solía prodigarme. Era él. Sentí que la sangre se acumulaba en mis sienes... junto con una sensación de libertad y de vida vertiginosa y consoladora. Me levanté rápidamente del colchón en el que había estado echado y, arrojándome al cuello de mi fiel compañero y amigo, desahogué la gran opresión de mi pecho derramando un caudal de lágrimas enorme.

Como en una ocasión anterior, mis ideas eran muy indefinidas y confusas cuando me levantaba del colchón. Durante un buen rato me resultó casi imposible coordinar mis pensamientos; pero, muy gradualmente, fui recobrando mis facultades mentales, y recordé nuevamente los diversos detalles de mi situación. En vano traté de explicarme la presencia de Tigre y, después de hacer miles de conjeturas acerca de él, me limité a alegrarme de que hubiese venido a compartir mi espantosa soledad, y a reconfortarme con sus caricias. La mayoría de las personas quieren a sus perros... pero yo sentía por Tigre un afecto más allá de lo común; y por cierto, no había ningún ser que se lo mereciese más. Durante siete años, había sido mi compañero inseparable, y en muchas ocasiones había dado prueba de todas las nobles cualidades que apreciamos en los animales. Cuando era cachorro, lo salvé de las garras de un pequeño villano perverso y ruin de Nantucket, que lo llevaba, con una soga al cuello, para arrojarlo al agua; y el perro me devolvió este favor tres años después, salvándome del ataque de un ladrón en plena calle.

Con el reloj en la mano, descubrí al acercármelo al oído que se había quedado sin cuerda otra vez; pero no me sorprendió mucho, porque estaba convencido, a juzgar por el peculiar estado de mis sensaciones, de que había dormido, como antes, durante un largo periodo de tiempo, que no podía precisar. Volaba de fiebre y la sed era insoportable. Busqué a tientas lo que me quedaba de mi provisión de agua, porque no tenía luz, ya que la vela se había consumido por completo, y no podía encontrar la caja de fósforos. Sin embargo, cuando encontré la jarra; descubrí que estaba vacía... Indudablemente, Tigre se había sentido tentado a tomarla, como así también había devorado el resto del cordero, cuyo hueso encontré pelado, al lado de la puerta de la caja. La carne en mal estado no me importaba, pero se me encogió el corazón al pensar en el agua. Me encontraba tan extremadamente débil... tanto que al menor movimiento o esfuerzo temblaba sin control, como si tuviese fiebre amarilla. Para colmo de males, el bergantín cabeceaba y se movía violentamente, y los barriles de aceite que había encima de mi caja corrían el riesgo de caerse en cualquier momento, y bloquear de este modo el único paso de entrada y salida de mi escondite. Además, me sentía terriblemente mareado. Estos hechos provocaron que me dirija hacia la trampa, a toda costa, con el fin de pedir auxilio de inmediato, antes de quedar incapacitado por completo. Una vez que tomé esta decisión, busqué a tientas la caja de fósforos y las velas. Encontré los primeros con cierta dificultad, pero como no encontraba las velas tan pronto como esperaba (ya que recordaba casi con seguridad el lugar donde las había dejado), abandoné la búsqueda en ese momento, y ordenándole a Tigre que se quedara quieto, emprendí con decisión mi camino hacia la trampa.

En este intento, mi gran debilidad se hizo más evidente que nunca. Fue con mucha dificultad que pude avanzar arrastrándome, y mis piernas se doblaban bruscamente; cuando caía de cara al piso, permanecía por espacio de varios minutos en completo estado de insensibilidad. Sin embargo, seguía esforzándome por avanzar poco a poco, temiendo por momentos desmayarme entre los recovecos intrincados y estrechos de los troncos apilados, en cuyo caso el resultado sería mi muerte. Por fin, luego de hacer un gran esfuerzo para avanzar con la poca energía que me quedaba, me golpeé la frente violentamente contra el borde afilado de una enorme caja de hierro reforzada. Este accidente me dejó aturdido solo por unos instantes; pero descubrí, con una angustia imposible de expresar, que los balanceos rápidos y violentos del barco habían arrojado la caja en mi camino, de modo que el paso quedaba definitivamente obstruido. A pesar de mis esfuerzos, no pude moverla ni un centímetro, había quedado tan encajada entre las cajas que la rodeaban y el armazón del barco. Por lo tanto, a pesar de mi debilidad, tenía que abandonar la cuerda que me servía de guía y buscar un nuevo paso, o saltar por encima del obstáculo y reanudar la marcha por el otro lado. La primera alternativa presentaba demasiadas dificultades y peligros como para considerarlos sin estremecerse. En mi situación actual de debilidad física y mental, indefectiblemente perdería mi camino si lo intentaba, y moriría miserablemente en medio de los laberintos sombríos y repugnantes de la bodega. Por lo tanto, sin vacilar, decidí juntar toda mi energía y mi voluntad para intentar, como mejor pudiera, trepar por encima de la caja.

Al ponerme en pie, con este fin, descubrí que la tarea era aún más ardua de lo que mis temores me habían hecho imaginar. A ambos lados de este pequeño paso se levantaba una muralla de troncos pesados, que ante el más mínimo error de mi parte podían caer sobre mi cabeza; o, si esto no sucedía, la senda podía quedar obstruida detrás de mí, por la caída de los troncos, dejándome encerrado entre dos obstáculos. La caja era larga y difícil de manipular, y era imposible apoyarse en ella. En vano, intenté por todos los medios que tenía a mi alcance, llegar al borde superior, con la esperanza de poder subir. Aunque lo hubiese alcanzado, es evidente que mis fuerzas no eran suficientes para la tarea que intentaba, así que era preferible, a este respecto, que no lo consiguiese. Finalmente, al hacer un esfuerzo desesperado para levantar la caja, sentí una fuerte vibración al lado mío. Empujé ansiosamente con mi mano el borde de los tablones y descubrí que uno, muy ancho, estaba flojo. Con la navaja que, afortunadamente, llevaba conmigo, logré, después de mucho trabajo, desclavarla por completo; y al mirar por la abertura descubrí, con gran alegría, que no tenía tablas en el lado contrario... en otras palabras, que carecía de tapa, siendo el fondo la superficie a través de la cual yo me había abierto camino. Ya no tropecé con ninguna dificultad importante al seguir a lo largo de la cuerda hasta que, finalmente, llegué al clavo. Me puse de pie con el corazón palpitante y presioné con suavidad la tapa de la trampa. Esta no se levantó con la facilidad que yo esperaba, y la empujé con más fuerza, temiendo que hubiese alguna otra persona en el camarote que no fuera mi amigo Augustus. Pero, para mi sorpresa, la puerta siguió cerrada, y comencé a inquietarme, porque desde el principio supe que hacía falta poco o ningún esfuerzo para levantarla. La empujé con más fuerza aún... pero siguió firme; empujé con todas mis fuerzas... y tampoco cedió: con furia, con rabia, con desesperación... ella desafiaba todos mis esfuerzos; y era evidente, a juzgar por la firmeza de la resistencia, que el agujero había sido descubierto y clavado, o que le habían colocado encima algún peso enorme, por lo que era inútil tratar de levantarla.

Mis sensaciones fueron de horror extremo y desaliento. En vano trataba de razonar sobre la probable causa de mi encierro definitivo. No podía coordinar una cadena de pensamientos y, al hundirme en el suelo, me asaltaron, irresistiblemente, las fantasías más lúgubres, en las que muertes espantosas por sed, hambre, asfixia y entierro prematuro me abrumaban como desastres inminentes que me sucederían. Al fin, recobré algo de serenidad. Me levanté y palpé con los dedos, buscando las grietas o ranuras de la abertura. Al encontrarlas, las examiné detenidamente, para ver si salía alguna luz del camarote; pero no se veía nada. Entonces introduje la hoja de la navaja entre ellas, hasta que di con un obstáculo duro. Al rasparlo descubrí que era una masa sólida de hierro, la cual, por su extraña ondulación al tacto cuando pasaba la hoja a lo largo de ella, deduje que era una cadena. El único recurso que me quedaba era retroceder en mi camino hasta la caja, y abandonarme allí a mi lamentable destino, o intentar tranquilizar mi mente para pensar algún plan de escape. Inmediatamente llevé a cabo el intento y logré, después de vencer innumerables dificultades, regresar a mi alojamiento. Cuando caí, completamente exhausto, en el colchón, Tigre se tendió a mi lado cuan largo era y parecía como si quisiera consolarme y darme ánimo con sus caricias, y obligándome a recibirlas con gratitud.

Pero lo extraño de su comportamiento me llamó mucho la atención. Después de lamerme la cara y las manos durante un rato, dejó bruscamente de hacerlo y emitió un gemido débil. Al extender mi mano hacia él, siempre lo hallaba acostado sobre el lomo, con las patas en alto. Esta conducta, repetida con frecuencia, me pareció extraña y no podía encontrarle explicación. Como el perro parecía angustiado, pensé que se había lastimado con algo y, agarrándole las patas con mis manos, se las examiné una por una, pero no encontré rastro de herida alguna. Entonces supuse que tendría hambre y le di un trozo de jamón, que devoró con avidez... sin embargo, luego, reanudó sus extraordinarias maniobras. Me imaginé que estaba sufriendo, como yo, los tormentos de la sed, y estaba a punto de dar por buena esta conclusión, cuando se me ocurrió la idea de que solo le había revisado las patas, y que tal vez podría estar herido en el cuerpo o en la cabeza. Le toqué esta última con cuidado, pero no encontré nada. Pero, al pasarle la mano por el lomo, noté una ligera erección del pelo a lo largo de todo su cuerpo. Palpándolo con mi dedo, descubrí una cuerda y, al tirar de ella, descubrí que le rodeaba todo el cuerpo. Al examinarla más profundamente, me encontré con una cosa que parecía un papel carta, sujeto con la cuerda de manera tal, que quedaba inmediatamente debajo de la paleta izquierda del animal.

CAPÍTULO III

Inmediatamente se me ocurrió la idea de que el papel era una nota de Augustus, y que habría sufrido algún accidente inexplicable que le impedía bajar a liberarme de mi celda, por lo que había ideado este medio para informarme de la verdadera situación de las cosas. Temblando de ansiedad, comencé de nuevo a buscar los fósforos y las velas. Tenía un vago recuerdo de haberlos guardado cuidadosamente poco antes de quedarme dormido; y, sin dudas, antes de mi última expedición a la trampa, me hallaba en perfectas condiciones de poder recordar el sitio exacto donde los había dejado. Pero ahora, en vano me esforzaba por recordarlo, y dediqué más de una hora a buscar inútilmente y con fastidio aquellos malditos objetos; nunca, por cierto, me había encontrado en un estado de ansiedad y de incertidumbre más doloroso. Por último, mientras tanteaba todo, con mi cabeza junto al lastre, cerca de la abertura de la caja, y fuera de ella, percibí un débil brillo de luz en dirección a la antecámara. Muy sorprendido, me dirigí hacia aquella luz que parecía estar a pocos pasos de mí. Apenas me moví con esta intención, perdí completamente de vista aquel brillo y, para verlo nuevamente, tuve que andar a lo largo de la caja hasta recobrar exactamente mi posición inicial. Entonces, moviendo la cabeza de un lado a otro con cuidado, vi que, caminando lentamente y con la mayor precaución, en dirección opuesta a la que había seguido al principio, podía acercarme a la luz sin perderla de vista. Enseguida llegué a ella (atravesando innumerables y angustiosos rodeos) y descubrí que la luz procedía de unos fragmentos de mis fósforos, que yacían en un barril vacío caído hacia un lado. Me preguntaba cómo habían llegado a ese lugar, cuando mi mano cayó sobre dos o tres pedazos de cera de vela, que evidentemente habían sido masticados por el perro. De inmediato comprendí que él había devorado toda mi provisión de velas, y perdí la esperanza de leer la nota de Augustus. Los restos de cera estaban tan amalgamados con otros desechos del barril, que renuncié a utilizarlos, y los dejé como estaban. Recogí los fósforos, de los que solo había unas partículas, lo mejor que pude y regresé con ellos, después de muchas dificultades, a la caja, donde Tigre había permanecido. No sabía qué hacer ahora. La oscuridad que reinaba en la bodega era tan intensa que no podía ver mis manos, aunque las acercase a mi cara. Apenas distinguía la tira blanca de papel, pero no mirándola directamente; sino volviendo hacia ella la parte externa de la retina, es decir, mirándola un poco de costado, así descubrí que llegaba a ser perceptible en cierta medida. De este modo puede comprenderse la oscuridad de mi prisión, y la carta de mi amigo, si realmente era una carta de él, solo venía a aumentar mi angustia, atormentando inútilmente a mi espíritu débil y agitado. En vano, daban vueltas en mi cabeza una multitud de recursos para conseguir luz... ideas que un hombre sumido en el sueño inquieto causado por el opio hubiese discurrido con fines similares; ideas que, alternativamente, parecen las más razonables y las más absurdas, según predominen las facultades racionales imaginativas. Por último, se me ocurrió algo que me pareció razonable, sorprendiéndome, justamente, de que no se me hubiese ocurrido antes. Coloqué la hoja de papel al dorso de un libro y, reuniendo los fragmentos de los fósforos que había recogido del barril, los coloqué sobre el papel. Luego, con la palma de la mano, froté todo rápida pero sostenidamente. Una luz clara se difundió inmediatamente por toda la superficie, y si hubiese habido algo escrito en ella, seguramente no hubiese tenido la menor dificultad para leerlo. Sin embargo, no había ni una sílaba... solo una blancura triste y desoladora. La luz se extinguió a los pocos segundos, y sentí que mi corazón se apagaba con ella.

Anteriormente he afirmado más de una vez que mi intelecto, en un periodo anterior a este, se había hallado en un estado que bordeaba la imbecilidad. Es cierto que tuve intervalos de lucidez y, ocasionalmente, de vitalidad, pero estos fueron muy pocos. Cabe recordar que llevaba muchos días, por cierto, respirando la atmósfera pestilente de un agujero cerrado en un buque ballenero, y que durante buena parte de este tiempo había tenido poca provisión de agua. En las últimas catorce o quince horas no tenía más, y tampoco había dormido durante todo ese tiempo. Las provisiones saladas del tipo más estimulante habían sido mi sustento principal y, de hecho, luego de la pérdida del fiambre de cordero, habían sido mi único alimento, exceptuando las galletas; que apenas había comido, porque eran demasiado secas y duras para que mi garganta hinchada y reseca las pudiese tragar. Ahora tenía mucha fiebre, y me sentía sumamente mal. Esto explica por qué transcurrieron tantas horas de abatimiento y de angustia desde mi última aventura con los fósforos, antes de que se me ocurriera que había examinado solo una cara del papel. No describiré mis sentimientos de rabia (ya que creía que estaba más enojado que cualquier otra cosa) cuando me di cuenta del tremendo error que había cometido. Dicho error no hubiese sido tan importante si mi propia insensatez y vehemencia no lo hubiera hecho casi irreparable; en mi desaliento al no hallar ni una sola palabra en el papel, lo desgarré de manera infantil y arrojé sus pedazos, siendo imposible decir dónde.

La parte más difícil del problema pude resolverla mediante la sagacidad de Tigre. Habiendo encontrado, tras una larga búsqueda, un pedazo de la nota, se la di a oler al perro, esforzándome en hacerle comprender que debía traerme el resto de ella. Para mi sorpresa (porque yo no le había enseñado ninguna de las habilidades que dan fama a su raza), pareció entenderme en el acto y, hurgando durante unos momentos, pronto encontró otro pedazo bastante grande. Me lo trajo, esperó un rato y, rozando su hocico contra mi mano, parecía esperar mi aprobación por lo que había hecho. Le di una cariñosa palmada en la cabeza, e inmediatamente se marchó otra vez. Pasaron ahora unos minutos antes de que volviese... pero cuando lo hizo, traía consigo una larga tira que completaba el papel perdido... al parecer, yo solo lo había roto en tres pedazos. Afortunadamente, encontré sin dificultad los escasos fragmentos de fósforos que quedaban, guiado por el brillo que una o dos de las partículas aún emitían. Las dificultades me habían enseñado cuán necesario era la prudencia, y me tomé tiempo para reflexionar acerca de lo que debía hacer. Consideré que era muy probable que hubiese algunas palabras escritas en la cara del papel que no había examinado... pero ¿cuál de las caras era? La unión de los pedazos no me daba ninguna pista en este sentido, aunque me aseguraba que las palabras (si había alguna) se hallaban todas en una de las caras, y unidas correctamente, tal como habían sido escritas. Tenía la imperiosa necesidad de averiguar esta cuestión sin lugar a dudas, porque el fósforo que quedaba sería totalmente insuficiente para un tercer intento si fallaba el que iba a hacer ahora. Coloqué el papel sobre un libro, como lo había hecho antes, y me senté unos minutos a pensar seriamente acerca de la resolución de este asunto. Finalmente, pensé que era casi imposible que el lado escrito presentase alguna imperfección en su superficie, que el delicado sentido del tacto me permitiese detectarlo. Decidí hacer el experimento, e hice deslizar mis dedos cuidadosamente sobre la cara que estaba hacia arriba. Pero no percibí nada, y volví a colocar el papel sobre el libro. Pasé otra vez el dedo índice con suma precaución, cuando descubrí un brillo muy débil, pero aún perceptible, que seguía el paso de mi dedo. Pensé que el brillo debía provenir de algunas pequeñas partículas del fósforo con las que había cubierto el papel en la prueba anterior. Por lo tanto, la otra cara, la de abajo, era la que estaba escrita, si finalmente había algo escrito. Giré de nuevo la nota y comencé a trabajar como lo había hecho previamente. En cuanto froté el fósforo, surgió un resplandor, como antes... pero esta vez se distinguían varias líneas manuscritas, con letras grandes y aparentemente en tinta roja. El destello, aunque suficientemente brillante, duró solo un instante. Pero, si yo no hubiese estado tan emocionado, hubiese tenido tiempo de sobra para repasar por completo las tres frases que aparecieron ante mí... porque vi que eran tres. Sin embargo, ansioso por leer todo de una vez, solo conseguí leer las siete últimas palabras, que decían: «sangre... tu vida depende de permanecer oculto».

Si hubiese podido saber el contenido de toda la nota... el sentido completo de la alerta que mi amigo había intentado enviarme, estoy convencido de que esa advertencia, aunque me hubiese revelado la historia del desastre más inexplicable, no me habría causado ni una pizca del horror atroz e inexpresable que me provocó la advertencia parcial recibida de aquel modo. Y, además, la palabra «sangre», esa palabra suprema —tan rica siempre en misterios, sufrimientos y terror—. ¡Cuán peligrosa parecía ahora!, ¡qué frías y fuertes cayeron sus vagas sílabas (aisladas, como estaban, de las palabras precedentes para calificarla y darle precisión) en medio de aquella sombría prisión, dentro de lo más recóndito de mi alma!

Indudablemente, Augustus había tenido sus buenas razones para desearme que siguiese escondido, y forjé mil conjeturas acerca de lo que habría sucedido; sin dar con ninguna solución satisfactoria del misterio. Ni bien regresé de mi última expedición a la trampa, y antes de que mi atención se viese atraída por la extraña conducta de Tigre, yo había tomado la decisión de hacerme oír, a toda costa, por aquellos que estaban a bordo o, si esto no era posible, tratar de abrirme paso por la cubierta de popa. La seguridad que sentía de ser capaz de realizar uno de estos dos propósitos, en último caso, me había dado el coraje (que de otro modo no hubiese tenido) para soportar mi siniestra situación. Sin embargo las pocas palabras que había podido leer me quitaban estos últimos recursos, y ahora, por primera vez, sentí lo desgraciado que era mi destino. En un ataque de desesperación, me arrojé nuevamente sobre el colchón donde, por espacio de un día y una noche, permanecí en una especie de sopor, aliviado tan solo por intervalos momentáneos de sensatez y de recuerdos.

Volví a levantarme al fin, y me puse a reflexionar sobre los horrores que me acorralaban. Apenas sería posible vivir veinticuatro horas más sin agua; porque desde luego no podía pasar más tiempo sin beber nada. Durante la primera parte de mi encierro había consumido libremente los licores que Augustus me había suministrado; pero solo sirvieron para aumentar la fiebre, sin aplacar en lo más mínimo mi sed. Solo me quedaba un cuarto de pinta, y era una clase de licor de durazno muy fuerte, que me revolvía el estómago. Las salchichas se habían acabado; y del jamón quedaba tan solo un pequeño trozo de corteza; todas las galletas se las había comido Tigre, excepto algunos trozos de una de ellas. Para colmo de males, el dolor de cabeza aumentaba por momentos, sumiéndome en una especie de delirio que me afligía más o menos desde que caí dormido la primera vez. Llevaba ya varias horas respirando con mayor dificultad; pero ahora cada vez que intentaba hacerlo sentía un efecto espasmódico profundamente doloroso en el pecho. Pero existía aún otra causa de inquietud de índole muy distinta, cuyos terrores acosadores habían sido el principal motor para que decida salir de mi letargo en el colchón. Surgió del comportamiento del perro.

Primero observé una alteración en su conducta cuando yo frotaba el fósforo sobre el papel en mi último intento. Mientras frotaba el papel, acercó su nariz a mi mano gruñendo ligeramente; pero yo estaba demasiado exaltado en ese momento como para prestar atención a tal circunstancia. Poco después, como se recordará, me acosté en el colchón y caí en una especie de letargo. Luego sentí como un silbido extraño en mis oídos, y descubrí que procedía de Tigre, que jadeaba y se estremecía en un estado de gran excitación, con los ojos parpadeando de manera intermitente en plena oscuridad. Le hablé, él respondió con un gemido sordo y luego se quedó quieto. Enseguida volví a caer en mi sopor, del cual desperté de la misma manera. Esto se repitió tres o cuatro veces, hasta que, al final, su conducta me provocó un temor tan grande, que me despabilé por completo. Ahora, Tigre estaba echado junto a la puerta de la caja, gruñendo terriblemente, aunque en un tono más bajo, y rechinando los dientes como si estuviese teniendo convulsiones. No había duda alguna de que la falta de agua o la atmósfera viciada de la bodega lo habían vuelto rabioso, y yo no sabía qué hacer con él. No soportaba la idea de matarlo, a pesar de que parecía absolutamente necesaria por mi propia seguridad. Veía claramente sus ojos fijos en mí con una expresión de hostilidad fatídica, y a cada instante suponía que me atacaría. Finalmente, no pude soportar más aquella terrible situación, y decidí salir de la caja a toda costa, y matarlo si su resistencia lo hacía necesario. Para salir tenía que pasar precisamente por encima de su cuerpo, y él ya se había anticipado a mi propósito... levantándose sobre las patas delanteras (como percibí por el cambio de posición de sus ojos) y enseñándome sus colmillos blancos, que eran fácilmente visibles. Levanté los restos de la corteza del jamón y la botella que contenía el licor, los aseguré muy bien contra mi cuerpo, junto con un gran cuchillo de trinchar que Augustus me había dejado; luego, envolviéndome lo mejor que pude en mi chaquetón, hice un movimiento de avance hacia la boca de la caja. Ni bien terminé de hacer esto, el perro saltó a mi garganta emitiendo un fuerte gruñido. Todo el peso de su cuerpo cayó sobre mi hombro derecho, y rodé violentamente hacia la izquierda, mientras el animal enfurecido pasaba por encima de mí. Caí de rodillas, quedando con la cabeza escondida entre las mantas, lo que me libró de un segundo y furioso ataque, durante el cual sentí los agudos colmillos oprimiendo vigorosamente la lana que envolvía mi cuello; sin que, por fortuna, pudiese atravesar todos sus pliegues. Ahora me encontraba debajo del perro, y en unos instantes me hallaría completamente a su merced. La desesperación me dio valor, y levantándome decididamente, me deshice de él sacudiéndolo con fuerza y arrastrando conmigo las mantas del colchón. De inmediato se las arrojé encima, y antes de que él pudiese librarse de ellas, atravesé la puerta y la cerré, dejándolo adentro. Sin embargo, en esta lucha, no había tenido más remedio que dejar caer el trozo de corteza de jamón, y todas mis provisiones quedaron, entonces, reducidas a unos tragos de licor. Cuando me di cuenta de esta situación, me sentí movido por uno de esos ataques de obstinación que es de suponer le hubiesen dado, en circunstancias similares, a un niño malcriado, y llevándome la botella a la boca, me bebí hasta la última gota y la arrojé con rabia contra el suelo.

Apenas había desaparecido el eco del impacto, oí que pronunciaban mi nombre con voz impaciente, pero sigilosa, y que venía de la dirección de proa. Fue tan inesperado algo semejante y tan intensa la emoción que me produjo el sonido, que en vano intenté contestar. Había perdido por completo la facultad del habla, y la angustia que me producía el terror de que mi amigo me creyese muerto y se retirase sin intentar acercarse a mí hizo que me levante entre las cajas que había junto a la puerta de la trampa, temblando convulsivamente, jadeando y luchando por expresarme. Aunque mil mundos hubiesen dependido de una palabra mía, no habría podido articularla. Sentí de pronto un ligero movimiento entre el montón de maderas, un poco más allá de donde yo estaba. Enseguida el ruido se fue debilitando cada vez más, haciéndose más tenue, más lejano... ¿Podré olvidar algún día los sentimientos que experimenté en aquel momento? Se iba alejando... mi amigo, mi compañero, de quien esperaba tanto... se iba alejando... me abandonaba... ¡Se había ido! Me dejaría morir miserablemente, me dejaría perecer en el más horrible y siniestro de los calabozos... y una sola palabra, una sola sílaba me hubiese salvado... ¡aunque esa única sílaba no pude pronunciarla! Estoy seguro de que en aquellos instantes sentí la angustia de la muerte misma mil veces. Me empezó a dar vueltas la cabeza y caí, gravemente enfermo, contra el extremo de la caja.

Al caerme, se me desprendió el cuchillo del cinturón y rodó, produciendo un ruido metálico en el suelo. ¡Jamás habían llegado a mis oídos los compases de una melodía tan dulce! Escuché, con gran ansiedad, para asegurarme del efecto que el ruido produciría en Augustus... porque sabía que la única persona que podría haberme llamado por mi nombre debía de ser él. Todo permaneció en silencio durante unos momentos. Por fin, volví a oír la palabra «¡Arthur!», repetida en voz baja, vacilante. Al revivir la esperanza perdida, recobré de inmediato el habla y grité con toda la fuerza de mi voz:

—¡Augustus! ¡Oh, Augustus...!

—¡Silencio! ¡Cállate, por Dios! —me contestó con voz trémula y agitada—. Estaré contigo inmediatamente... en cuanto pueda abrirme camino a través de la bodega.

Durante un buen rato escuché cómo se movía entre la estiba, y cada momento me parecía un siglo. Finalmente, sentí su mano sobre mi hombro y, en el mismo instante, apoyó una botella de agua en mis labios. Solamente aquellos que han sido rescatados repentinamente de las sombras de la tumba o quienes hayan conocido los insoportables tormentos de la sed bajo circunstancias tan agravadas como las que me rodeaban a mí en esa espantosa prisión pueden darse una idea del indescriptible trance que proporciona un buen trago, el más exquisito de todos los placeres que pueda gozar el hombre.

Cuando hube satisfecho en cierto grado la sed, Augustus sacó del bolsillo tres o cuatro papas cocidas, que devoré con gran avidez. Traía una linterna sorda, y los rayos de su luz me causaban apenas menos gusto que la comida y la bebida, Pero yo estaba impaciente por saber la causa de su prolongada ausencia, y comenzó a contarme lo que había sucedido a bordo durante mi encierro.

CAPÍTULO IV

El bergantín zarpó, como lo había imaginado, aproximadamente una hora después de que Augustus me dejase el reloj. Esto sucedió el 20 de junio. Cabe recordar que por entonces yo llevaba tres días en la bodega; y, durante este periodo, hubo un ajetreo tan incesante a bordo, y tantas corridas de aquí para allá, especialmente en la cabina y en los camarotes, que mi amigo no tuvo tiempo de visitarme sin riesgo de que se descubriese el secreto de la trampa. Cuando finalmente pudo venir, le aseguré que todo iba lo mejor posible; y, por lo tanto no se inquietó mucho por mi situación durante los dos días siguientes, aunque, sin embargo, buscaba siempre una ocasión para bajar. Y el cuarto día, la encontró. Varias veces, durante dicho intervalo de tiempo, él había pensado contarle a su padre la aventura, para que yo pudiera subir enseguida; pero nos hallábamos aún a corta distancia de Nantucket y, por ciertas expresiones que se le habían escapado al capitán Barnard, era probable que me devolviese a tierra si se enteraba de que yo iba a bordo. Además, pensando en esto, según me dijo, Augustus no imaginaba que yo tuviera gran urgencia, o intentara, en tal caso, acercarme a la trampa para que me escuchen. Cuando, entonces, tomó en consideración todo esto, decidió dejarme allí hasta que tuviera oportunidad de visitarme sin que lo advirtieran. Esto, como dije antes, no ocurrió hasta el cuarto día después de traerme el reloj, y el séptimo desde que entré por vez primera en la bodega. Luego, bajó sin traer agua ni provisiones, porque solo tenía la intención de llamar mi atención para que fuese desde la caja hasta la trampa, mientras él subía al camarote y desde allí me tiraba unas provisiones. Cuando bajó con este propósito me encontró dormido, roncando estrepitosamente. Por los cálculos que hice sobre este punto, este debe haber sido el sopor en que caí ni bien regresé de la trampa con el reloj, el cual, por consiguiente, debe haber durado al menos más de tres días y tres noches enteras. Posteriormente he tenido la oportunidad tanto por mi propia experiencia, como por el testimonio de los demás, de conocer los poderosos efectos soporíferos del hedor que despide el aceite de pescado rancio en sitios cerrados; y cuando pienso en el estado de la bodega en que me hallaba encerrado, y el largo periodo durante el cual el bergantín había sido utilizado como ballenero, me inclino a maravillarme que me desperté, en realidad, luego de haber dormido un rato, y no haber dormido ininterrumpidamente durante el periodo mencionado.

Al principio, Augustus me llamó en voz baja y sin cerrar la trampa; pero no le contesté. Entonces cerró la trampa, y me llamó en un tono más alto y, finalmente, en un tono mucho más fuerte; pero yo seguía roncando. Ahora, él no sabía qué hacer. Le llevaría un tiempo abrirse camino a través de la estiba hasta mi caja, y mientras tanto el capitán Barnard, quien necesitaba de sus servicios a cada momento, para arreglar y copiar papeles relacionados con los negocios del viaje, notaría su ausencia. Por lo tanto, luego de pensarlo, decidió subir y esperar otra ocasión para visitarme. Se sintió fácilmente inducido a tomar esta decisión porque mi sueño parecía ser más tranquilo, y no pensaba que yo pudiera tener algún inconveniente. Había acabado de tomar estas decisiones, cuando le llamó la atención un extraño bullicio, que parecía proceder de la cámara. Saltó a través de la trampa lo más rápidamente posible, la cerró y abrió la puerta de su camarote. Ni bien puso los pies en el umbral, una pistola le disparó en la cara y cayó derribado, además, por el golpe de un espeque.

Una mano vigorosa lo sujetaba contra el piso del camarote, oprimiéndole la garganta con fuerza; pero pudo ver lo que estaba sucediendo a su alrededor. Su padre estaba atado de pies y manos, y yacía tendido a lo largo de los peldaños de la escalera de la cámara, cabeza abajo, con una profunda herida en la frente, de la que brotaba un chorro continuo de sangre. No dijo una palabra y, aparentemente, estaba moribundo. Sobre él se inclinaba el primer oficial, mirándolo con una expresión de burla diabólica, mientras registraba detenidamente sus bolsillos, de los que sacó una billetera grande y un cronómetro. Siete de los miembros de la tripulación (el cocinero negro, entre ellos) registraban los camarotes de babor en busca de armas, y pronto estaban equipados con fusiles y municiones. Además de Augustus y del capitán Barnard, había en total nueve hombres en la cámara, entre los cuales se hallaban los más rufianes de la tripulación del bergantín. Los villanos subieron a cubierta, llevándose a mi amigo con ellos, con las manos atadas en la espalda. Se dirigieron directamente al castillo de proa, que estaba vigilado —dos de los amotinados apostados allí, con sus hachas, y otros dos, en la escotilla principal—. El oficial gritó en voz alta:

—¡Eh, me escuchan ahí abajo...! ¡Arriba todos, uno por uno...! ¡Y sin protestas! —Pasaron unos minutos sin que apareciese nadie; finalmente, un inglés, que se había enrolado como aprendiz, apareció llorando desconsoladamente, y le suplicaba al oficial, de la manera más humilde, que no lo mate. La única respuesta fue un hachazo en la cabeza. El pobre hombre cayó sobre la cubierta sin lanzar un gemido, y el cocinero negro lo levantó en brazos como si fuera un niño, y lo arrojó al mar. Al oír el golpe y la caída del cuerpo, los que estaban abajo no se atrevían a subir a la cubierta ni con promesas ni con amenazas, hasta que alguien propuso que se les obligase a salir echándoles humo. Se produjo, entonces, una lucha general, y por un momento creímos que el bergantín podría ser recuperado; sin embargo, los amotinados finalmente lograron cerrar el castillo antes de que pudiesen salir más de seis de sus oponentes. Estos seis, al encontrarse ante un número tan superior de enemigos y sin armas, se entregaron después de una breve lucha. El oficial les dijo unas buenas palabras; sin duda para lograr que los que estaban abajo se rindiesen, ya que ellos podían oír perfectamente lo que se decía en cubierta. El resultado no solo demostró su sagacidad, sino también su maldad diabólica. Al rato, todos los que estaban en el castillo de proa manifestaron su intención de rendirse y, al subir uno por uno, fueron maniatados y obligados a acostarse boca arriba, junto con los otros seis; siendo en total veintisiete los marineros que no habían tomado parte en el motín.

Luego se produjo la escena más horrible que uno pueda imaginar. Los marineros maniatados fueron arrastrados hasta la pasarela. Allí estaba el cocinero con un hacha golpeando a cada víctima en la cabeza mientras era arrojada al mar por los demás amotinados. De este modo perecieron veintidós, y Augustus ya se había dado por vencido, esperando a cada momento que le tocara el turno. Pero parece que los asesinos se cansaron, o que no les gustó, en cierta medida, su sangrienta labor; puesto que hubo una tregua para los cuatro prisioneros restantes, junto con mi amigo, que había sido llevado a cubierta con los demás, mientras el oficial los enviaba abajo por ron y toda la partida de criminales se entregaba a una fiesta que duró hasta la puesta del sol. Luego comenzaron a discutir sobre el destino de los sobrevivientes, que estaban a menos de cuatro pasos de distancia, y oían todo lo que decían. El licor pareció haber aplacado la sed de sangre de algunos de los amotinados, porque se oyeron varias voces en favor de que liberaran a los cautivos, con la condición de que se unieran al motín y participaran de sus beneficios. Pero el cocinero negro (que, en todos los aspectos, era un verdadero demonio, y parecía tener tanta influencia si no más que el oficial mismo) no quería escuchar proposiciones de tal índole, y se levantó repetidas veces con el propósito de reanudar su tarea junto a la pasarela. Afortunadamente, estaba tan borracho, que fue detenido fácilmente por los menos sanguinarios del grupo, entre los cuales se encontraba un encargado de línea, llamado Dirk Peters. Este hombre era hijo de una india de la tribu de los Upsarokas, que viven en los refugios naturales de las Colinas Negras, cerca del curso del río Missouri. Su padre era un comerciante de pieles, creo, o al menos relacionado en cierto modo con los establecimientos comerciales de los indios en el río Lewis. Peters era uno de los hombres de aspecto más feroz que jamás he visto. Era de estatura baja, no medía más que metro y medio, tenía manos y piernas dignas de Hércules. Sus manos, especialmente, eran tan enormemente gruesas y anchas que apenas tenían forma humana. Sus brazos, así como sus piernas, estaban arqueados de un modo muy extraño y parecía que no poseían ninguna flexibilidad. Su cabeza era igualmente deforme, de tamaño inmenso, con una depresión en la coronilla (como la que suelen tener la mayoría de los negros) y completamente calva. Para ocultar esta última deficiencia, que no era producto de la edad, solía llevar una peluca de cualquier material peludo que encontrara a mano, a veces la piel de un perro lanudo o la de un oso gris americano. En el momento a que me refiero llevaba puesta una de estas pieles de oso, lo que contribuía a aumentar la natural ferocidad de su aspecto, el cual representaba el tipo característico del indio Upsaroka. La boca le llegaba casi de oreja a oreja; sus labios eran finos y, como otras partes de su cuerpo, parecían desprovistos de la flexibilidad natural, de modo que su expresión no variaba nunca sea cual fuere la emoción. Se puede concebir cuál era la expresión imperante teniendo en cuenta que tenía los dientes excesivamente largos y prominentes, tanto que los labios no alcanzaban a cubrirlos del todo. Mirado a simple vista, uno podría imaginar que su rostro esta contraído por la risa; pero una mirada más detenida nos daría la escalofriante impresión de que, si aquella expresión era de regocijo, este regocijo debía de ser el de un demonio. Alrededor de este singular personaje circulaban muchas anécdotas entre la gente de mar de Nantucket. Estas anécdotas demostraban su fuerza prodigiosa cuando se hallaba exaltado, y algunas de ellas ponían en duda su cordura. Pero, al parecer, a bordo del Grampus, en la época del motín, era visto con más sentimientos de burla que de cualquier otra cosa. He hablado, en particular, de Dirk Peters porque, feroz como parecía, él fue el principal instrumento de salvación de la vida de Augustus, y porque tendré muchas oportunidades de mencionarlo en el curso de mi relato; relato que, permítanme que lo diga, en sus últimas partes, figuran incidentes de naturaleza tan completamente ajenas a la experiencia humana y por esta razón tan completamente fuera de los límites de la credulidad humana, que sigo escribiéndolo sin esperanza de que den crédito a todo lo que diré, aunque confío en que el tiempo y los progresos de la ciencia comprueben un día las más importantes e improbables de mis afirmaciones.

Después de mucha indecisión y de dos o tres disputas violentas, se resolvió que todos los prisioneros (con excepción de Augustus, a quien Peters decidió conservar como asistente de una manera jocosa) debían ser dejados a la deriva en uno de los botes balleneros más pequeños. El oficial bajó a la cámara a ver si el capitán Barnard todavía estaba vivo, porque, como se recordará, quedó abajo cuando los amotinados subieron. Al rato reaparecieron los dos, el capitán, pálido como la muerte, pero en cierto modo recuperado de los efectos de su herida. Les habló a los marineros con voz apenas perceptible, pidiéndoles que no lo dejasen en el bote, y que volviesen a sus deberes, prometiendo que los harían desembarcar donde ellos quisieran, y sin dar ningún paso para entregarlos a la justicia. Era como si le hubiese hablado al viento. Dos de los rufianes lo tomaron por los brazos y lo arrojaron al bote, que estaba al lado del bergantín, y que había sido arriado mientras el oficial se hallaba en la cámara. Los otros cuatro prisioneros que yacían sobre la cubierta fueron desatados y se les ordenó que siguiesen al capitán, lo cual hicieron sin oponer la menor resistencia; mientras que a Augustus lo dejaron en esa posición dolorosa, a pesar de que solo forcejeaba e imploraba que le permitiesen el triste consuelo de decirle adiós a su padre. Les dieron un puñado de galletas y una jarra de agua; pero no les dieron mástil, vela, remos ni brújula. El bote fue remolcado unos minutos, durante los cuales los amotinados celebraron otra reunión; y luego lo dejaron a la deriva. Mientras tanto se había hecho de noche —no había luna ni brillaba ninguna estrella— y el mar estaba agitado y oscuro, aunque no había mucho viento. En un instante, el bote se perdió de vista, y existían pocas posibilidades de rescatar a los infortunados que iban en él. Sin embargo, este hecho sucedió a 35° 30' de latitud norte y a 61° 20' de longitud oeste y, por consiguiente, a poca distancia de las islas Bermudas. Por lo tanto, Augustus intentó consolarse con la idea de que el bote podía llegar a alcanzar tierra o llegar suficientemente cerca de ella para ser recogido por algún barco costero.

El bergantín largó todas sus velas, y siguió su rumbo inicial hacia el sudoeste; los amotinados habían resuelto emprender una expedición de piratería, en la que, según se pudo deducir, intentarían interceptar el paso de un barco que iba de las islas de Cabo Verde a Puerto Rico. Augustus fue desatado, sin que nadie le prestase atención alguna, y quedó en libertad para acercarse a la escalera de la cámara. Dirk Peters lo trataba con cierta amabilidad, y en una ocasión lo salvó de la brutalidad del cocinero. Pero su situación seguía siendo muy precaria, porque los marineros se emborrachaban continuamente, y él no podía confiar en el buen humor ni en la despreocupación respecto de él. Sin embargo, la preocupación que sentía por mí era lo más triste de la situación y, por cierto, jamás he tenido motivos para dudar de la sinceridad de su afecto. Más de una vez él había pensado revelar el secreto de mi presencia a bordo a los amotinados, pero no se atrevió a hacerlo, en parte por el recuerdo de las atrocidades que ya había visto, y en parte por la esperanza de poder venir a auxiliarme pronto. Para la realización de esto último, estaba constantemente al acecho; pero, a pesar de su vigilancia constante, transcurrieron tres días desde que el bote había sido dejado a merced de las olas, sin que se presentase ninguna posibilidad. Por fin, durante la noche del tercer día, empezó a soplar un fuerte viento del este, y todos los marineros estaban ocupados recogiendo las velas. En medio de la confusión que se produjo, él bajó sin que lo viesen y entró en el camarote. ¡Gran horror y pesar sintió al descubrir que lo habían convertido en almacén de provisiones y depósito de materiales, y que cadenas viejas, que habían sido guardadas debajo de la escalerilla, habían sido sacadas de allí para hacer lugar para un baúl, y estaban colocadas precisamente encima de la trampa! Apartarlas sin que lo notaran era imposible, por lo tanto regresó a cubierta lo más rápidamente que pudo. Al llegar arriba, el oficial lo tomó del cuello y, preguntándole qué había estado haciendo en la cámara, se disponía a arrojarlo al mar por la banda de babor, cuando su vida fue salvada una vez más por la intervención de Dirk Peters. Augustus fue esposado (había varios pares de esposas a bordo) y le ataron fuertemente los pies. Luego lo llevaron a la cámara de proa y lo arrojaron en una de las literas bajas, cerca de los mamparos de proa, asegurándole que no volvería a poner los pies en la cubierta «hasta que el bergantín dejase de serlo». Esta fue la expresión del cocinero que lo arrojó en la litera; y es difícil precisar lo que quería decir con esta frase. Sin embargo, todo el asunto fue, al final de cuentas, favorable para mi salvación, como se verá a continuación.

CAPÍTULO V

Algunos minutos después de que el cocinero hubiese abandonado el castillo de proa, Augustus se hundió en la desesperación, pensando que no saldría vivo de aquella litera. Entonces tomó la decisión de revelar mi situación al primer hombre que se le acercase, pensando que era preferible dejarme librado a mi propia suerte con los amotinados que perecer de sed en la bodega; ya que hacía diez días que yo estaba encerrado y mi jarra de agua contenía una provisión para apenas cuatro días. Mientras él pensaba en esto, se le ocurrió que podría ser posible comunicarse conmigo a través de la bodega principal. En cualquier otra circunstancia, la dificultad y el riesgo de la tarea le hubieran impedido intentarlo; pero ahora le quedaban muy pocas esperanzas de vida y, por consiguiente, poco que perder; en consecuencia, puso toda su alma en la tarea.

Las esposas eran la primera preocupación. Al principio no encontró la forma de quitárselas, y temía fracasar al intentarlo; pero al realizar un examen más exhaustivo descubrió que los hierros entraban y salían fácilmente, con muy poco esfuerzo o inconveniente, simplemente encogiendo las manos; porque ese tipo de esposas eran poco eficaces para sujetar a personas jóvenes, cuyos huesos, más pequeños, ceden fácilmente a la presión. Luego se desató los pies y, dejando la cuerda de manera tal que pudiera ajustarse de nuevo fácilmente en caso de que bajase alguien, se puso a examinar el mamparo en el lugar donde se unía con la litera. La separación aquí era de tablas de pino blando, de unos centímetros de espesor, y vio que le costaría muy poco trabajo abrirse camino a través de ellas. En aquel momento se oyó una voz en la escalera del castillo de proa, y tuvo el tiempo justo para ponerse la esposa de la mano derecha (porque aún no se había quitado la de la izquierda) y ajustarse el nudo corredizo de la cuerda a los tobillos, cuando bajó Dirk Peters, seguido de Tigre, que inmediatamente saltó a la litera y se acostó en ella. El perro había sido traído a bordo por Augustus, quien sabía el cariño que yo le tenía al animal y pensó que me agradaría tenerlo conmigo durante el viaje. Había ido a buscarlo a mi casa inmediatamente después de dejarme en la bodega, pero no se había acordado de decírmelo cuando me trajo el reloj. Desde el comienzo del amotinamiento, Augustus no había vuelto a verlo hasta que apareció con Dirk Peters, y lo había dado por perdido, suponiendo que lo habría echado por la borda alguno de los miserables villanos de la pandilla del oficial. Al parecer se había escondido en un agujero debajo del bote ballenero, de donde no podía salir por falta de espacio para darse vuelta. Finalmente, Peters lo había sacado y por una especie de sentimiento bondadoso que mi amigo supo apreciar muy bien, se lo llevó al castillo de proa para que lo acompañase, dejándole al mismo tiempo algo de comida chatarra y patatas cocidas, con una lata de agua. Luego subió a cubierta, y prometió volver al día siguiente con más comida.

Cuando se fue, Augustus se liberó de las esposas de ambas manos y se desató los pies. Luego levantó la cabeza de la colchoneta en la que había estado echado y, con su cortaplumas (porque los rufianes no lo habían revisado) comenzó a cortar con fuerza una de las tablas de la separación lo más cerca posible al fondo de la litera. Eligió ese lugar porque, si tenía que interrumpirlo bruscamente, podía ocultar lo que estaba haciendo dejando caer la cabecera de la colchoneta en la posición adecuada. Pero durante el resto del día nadie lo molestó, y por la noche había cortado toda la tabla. Debe observarse aquí que ninguno de los marineros de la tripulación ocupaba el castillo de proa como dormitorio, porque desde el inicio del motín vivían todos juntos en la cámara, bebiendo los vinos y comiendo los víveres del almacén del capitán Barnard, sin ocuparse, excepto lo estrictamente necesario, de la navegación del bergantín. Estas circunstancias nos favorecieron tanto a mí como a Augustus; porque, si las cosas hubiesen sucedido de otro modo, le hubiera sido imposible llegar hasta mí, mientras que así pudo realizar con confianza su propósito. Amanecía ya, y todavía no había podido completar el segundo corte de la tabla (que estaba aproximadamente a unos treinta centímetros por encima del primero), dejando así una abertura suficientemente ancha como para pasar con facilidad a la cubierta principal del entrepuente. Una vez aquí, se dirigió sin mucha dificultad a la escotilla principal inferior, aunque para ello tenía que trepar sobre pilas de barriles de aceite, que llegaban casi hasta debajo de la cubierta, donde apenas quedaba espacio suficiente para su cuerpo. Al llegar a la escotilla se encontró con que Tigre lo había seguido, deslizándose entre dos filas de barriles. Sin embargo, ya era demasiado tarde para intentar llegar hasta mí antes del amanecer, dado que la mayor dificultad era atravesar la estiba apretada en la bodega inferior. Por eso, decidió volver y esperar a la noche siguiente. Para ello, se puso a aflojar la tapa de la escotilla, de modo que se detuviese lo menos posible cuando volviese de nuevo. Ni bien terminó de aflojarla, Tigre saltó ansioso hacia la pequeña abertura que se había formado, olfateó un momento, y lanzó un gemido prolongado, al mismo tiempo que se ponía a escarbar como si quisiera apartar la tapa con sus patas. Su comportamiento no ofrecía ninguna duda, se daba cuenta de que yo estaba en la bodega y Augustus pensó que era posible que me encontrase si lo dejaba bajar. Al mismo tiempo se le ocurrió enviarme una nota, porque era muy posible que yo no hiciese ningún intento por mi parte para salir de mi escondite, al menos bajo aquellas circunstancias, ya que no existía ninguna certeza de que él llegase a mí hasta el día siguiente, como se proponía. Los acontecimientos posteriores demostraron lo afortunado de esta decisión; ya que, si no hubiera recibido la nota, habría caído indudablemente en algún plan, por desesperado que fuese, para llamar la atención de la tripulación y, en ese caso, probablemente nos hubiesen matado a los dos.

Una vez que decidió escribir, la dificultad estaba en encontrar los materiales para hacerlo. Un mondadientes viejo se convirtió rápidamente en pluma; y esto a tientas, porque las entrecubiertas estaban más negras que el betún. El papel lo obtuvo arrancando el dorso de la hoja de una carta... el duplicado de la carta falsificada para el señor Ross. Este había sido el borrador original; pero como la imitación de la letra no le parecía bien hecha, Augustus había escrito otra, guardando, afortunadamente, la primera en el bolsillo de su chaqueta, donde acababa de encontrarla oportunamente. Solo faltaba la tinta, pero el sustituto lo encontró enseguida por medio de una ligera incisión con el cortaplumas en la yema de un dedo, justamente por encima de la uña, de donde salió un copioso chorro de sangre, como suele suceder en ese tipo de heridas. La nota fue escrita lo mejor posible, dada la oscuridad y las circunstancias. En ella explicaba brevemente que se había producido un motín, que el capitán Barnard había sido abandonado en un bote y que yo podría esperar auxilio inmediato en lo que se refería a las provisiones, pero que no debía aventurarme a ningún movimiento. La carta concluía con estas palabras: «He garabateado esto con sangre. Tu vida depende de permanecer oculto».

Después de atar la tira de papel al perro, Augustus lo echó por la escotilla y él regresó enseguida al castillo de proa, donde no encontró ningún indicio de que hubiera bajado nadie de la tripulación durante su ausencia. Para ocultar el hueco de la abertura, clavó su navaja por encima y colgó un piloto de marinero que encontró en la litera. Luego volvió a ponerse las esposas y a atarse la cuerda alrededor de los tobillos. Ni bien terminó los preparativos, bajó Dirk Peters, muy borracho, pero de un excelente humor, trayendo provisiones para mi amigo. Estas consistían en una docena de patatas irlandesas asadas grandes y una jarra de agua. Se sentó un rato en un baúl, junto a la litera, charlando libremente acerca del oficial y de los asuntos generales del bergantín. Su comportamiento era excesivamente caprichoso, y hasta grotesco. Hubo un momento en que Augustus se alarmó mucho por su extraña conducta. Pero, al fin, subió a cubierta expresando la promesa de traer una buena comida para su prisionero a la mañana siguiente. Durante el día bajaron dos marineros de la tripulación (arponeros), acompañados por el cocinero, los tres en gran estado de embriaguez. Al igual que Peters, no se abstuvieron de hablar sin reservas acerca de sus planes. Al parecer estaban muy divididos entre sí en lo referente al curso final, no estaban de acuerdo en ningún punto, excepto en el ataque al barco que venía de las islas de Cabo Verde, el cual esperaban encontrar de un momento a otro. Por lo que se podía deducir de sus palabras, el motín no había estallado por cuestiones de piratería; la causa principal habría sido una ofensa personal del primer piloto contra el capitán Barnard. Ahora parecía haber dos bandos principales entre la tripulación: uno capitaneado por el oficial, y el otro, por el cocinero. El primer bando quería apoderarse del primer barco que pasara y equiparlo en alguna de las islas de las Antillas para que se dedique a la piratería. Pero el otro bando, que era el más fuerte y entre cuyos partidarios se encontraba Dirk Peters, quería proseguir el recorrido primitivo del bergantín en el Pacífico del Sur, para dedicarse a la pesca de la ballena o a lo que aconsejasen las circunstancias. Las manifestaciones de Peters, que había visitado con frecuencia aquellas regiones, tenían gran peso, aparentemente, entre los amotinados, dubitativos, entre sus confusas nociones de lucro y placer. Peters les hablaba de un mundo de novedades y diversión en las innumerables islas del Pacífico, de la seguridad perfecta y de la libertad sin trabas que podían disfrutar allí, pero particularmente de las bondades del clima, de los medios de vida abundantes y de la voluptuosa belleza de sus mujeres. Aún, no se había resuelto nada; pero las escenas que pintaba el marinero mestizo iban quedando grabadas en la imaginación fervorosa de los marineros, y era muy posible que sus intenciones finalmente tuvieran su efecto.

Los tres hombres se marcharon al cabo de una hora, y nadie más entró en el castillo de proa durante el resto del día. Augustus no se movió hasta que llegó la noche. Luego se liberó de los hierros y de la cuerda, y se preparó para su intento. Encontró una botella en una de las literas y la llenó con agua de la jarra que le había dejado Peters, mientras se llenaba los bolsillos de patatas frías. Para alegría suya, encontró una linterna con un pequeño cabo de vela, que podía encender cuando quisiera, porque tenía en su poder una caja de fósforos. Cuando se volvió más oscuro, se deslizó por el agujero del mamparo, teniendo la precaución de arreglar las mantas de la litera de modo que simularan el bulto de una persona acostada. Cuando pasó por el agujero colgó de nuevo la chaqueta en su cuchillo, como antes, para ocultar la abertura, maniobra que era fácil de ejecutar, porque no reajustó la tabla que había sacado hacia afuera. Se halló luego en el entrepuente, y continuó su camino, como antes, entre los barriles de aceite y la parte inferior de la cubierta, hasta la escotilla principal. Al llegar allí, encendió el trozo de vela y bajó con gran dificultad entre la compacta estiba de la caja. Por unos instantes se asustó al advertir el hedor insoportable y denso de la atmósfera. Creyó que no era posible que yo hubiese sobrevivido a tan largo encierro, respirando un aire tan insano. Me llamó varias veces por mi nombre sin obtener respuesta alguna, y sus temores parecían confirmarse. El bergantín se balanceaba violentamente, y había tanto ruido, que era imposible escuchar un ruido tan débil como el de mi respiración o el de mi ronquido. Abrió la linterna y la levantaba tan alto como podía cada vez que encontraba espacio suficiente, para que, al ver la luz, yo pudiese comprender, si estaba vivo, que se acercaba el auxilio. Sin embargo, no recibía ninguna reacción de mi parte, y la suposición de que yo había muerto comenzó a tener carácter de certeza para Augustus. No obstante, decidió abrirse camino, si le era posible, hasta la caja, para sacarse la duda respecto a la veracidad de sus temores. Caminó durante algún tiempo en un lamentable estado de ansiedad, hasta que encontró, por fin, el paso completamente obstruido y no había ninguna posibilidad de seguir adelante. Vencido por la desesperación, se dejó caer sobre un montón de tablas y empezó a llorar como un niño. Fue en aquel momento cuando oyó el ruido de la botella que yo había tirado. Afortunadamente, de hecho, de aquel incidente, por más trivial que parezca, dependía mi destino. Sin embargo, pasaron muchos años antes de que yo tuviera conocimiento de este hecho. Cierta vergüenza natural y el remordimiento por su debilidad e indecisión le impidieron a Augustus manifestarme enseguida lo que decidió contarme más tarde cuando logramos una intimidad más profunda y sincera. Al encontrar obstruido su camino por múltiples obstáculos, que no pudo vencer, decidió abandonar su intento de encontrarme, y resolvió regresar al castillo de proa. Antes de condenarlo por esta decisión, deben tenerse en cuenta las terribles circunstancias que lo rodearon. La noche iba desapareciendo y su ausencia podría ser descubierta; esto sucedería inevitablemente si no se hallaba en su litera al comienzo del día. La vela se estaba agotando y le sería muy difícil encontrar en la oscuridad el camino hacia la escotilla. También debe recordarse que tenía buenas razones para creerme muerto; en cuyo caso no le traería ningún beneficio llegar hasta la caja, y, en cambio, tropezaría con un mundo de peligros innecesariamente. Me había llamado varias veces y no le había contestado, yo llevaba once días y noches solo con el agua que contenía el jarro que él me había dejado al comienzo; provisión que probablemente no hubiese ahorrado al comienzo de mi encierro, ya que esperaba una pronta liberación. Viniendo desde una zona de aire relativamente puro como la de la antecámara, la atmósfera debió parecerle letal, mucho más intolerable de lo que me había parecido a mí al tomar posesión de mi refugio, porque en aquel momento, el aire era más puro porque la escotilla había estado siempre abierta durante muchos meses. Cabe agregar a estas consideraciones las escenas de sangre y terror que mi amigo había presenciado últimamente; su encierro, sus privaciones y sus milagrosas escapadas de la muerte, junto con la situación frágil y ambigua en que se hallaba su vida —todas ellas, circunstancias capaces de quitar las energías al más fuerte— y el lector entenderá fácilmente, como yo lo he hecho, esta aparente falta de amistad, en realidad, entenderá con sentimientos de dolor más que de enojo.

El chasquido de la botella se oyó claramente, pero Augustus no estaba seguro de si procedía de la bodega. Sin embargo, la duda fue motivo suficiente para que continúe. Trepó por los objetos amontonados casi hasta el techo y luego, esperando un momento de calma en los balanceos del barco, me llamó lo más fuerte que pudo, sin preocuparse de que la tripulación pudiese escucharlo. Cabe recordar que en esta ocasión oí su voz, pero yo estaba tan abrumado por el nerviosismo; que no fui capaz de contestarle. Convencido, ahora, de que sus peores temores estaban bien fundados, descendió, con ánimo de volverse al castillo de proa sin perder tiempo. Al apresurarse, derribó algunas pequeñas cajas cuyo ruido oí por casualidad. Ya había avanzado mucho en su retirada, cuando el ruido del cuchillo lo hizo dudar nuevamente. Volvió sobre sus pasos inmediatamente y, trepando a lo alto de la estiba por segunda vez, me llamó por mi nombre, tan fuerte como antes, en un momento de calma del barco. Esta vez pude contestarle. Lleno de alegría al descubrir que estaba vivo, resolvió vencer todas las dificultades y peligros para llegar hasta mí. Sorteando lo más rápidamente posible el laberinto de la estiba por el que estaba rodeado, halló al fin un hueco que le ofrecía un camino mejor, y finalmente, luego de una serie de dificultades, llegó a la caja completamente extenuado.

CAPÍTULO VI

Mientras permanecimos junto a la caja, Augustus me comunicó los puntos principales de esta narración. Fue más tarde que me enteré por completo de todos los detalles. Él tenía mucho miedo de que lo echasen de menos y yo estaba muy impaciente por salir de aquella cárcel detestable. Decidimos dirigirnos de inmediato hacia el agujero del mamparo, junto al cual yo debía permanecer por el momento, mientras Augustus salía a hacer un reconocimiento. Dejar a Tigre en la caja era algo que ninguno de los dos podíamos soportar; pero, por otra parte, no sabíamos qué hacer. El animal parecía estar ahora completamente tranquilo, y ni siquiera percibíamos el ruido de su respiración al acercar el oído a la caja. Yo estaba convencido de que estaba muerto, y decidí abrir la puerta. Lo encontramos tendido cuan largo era, aparentemente sumido en un profundo letargo, pero vivo todavía. No había tiempo para perder, pero yo no me atrevía a abandonar a un animal que, dos veces, había sido el instrumento para salvar mi vida sin intentar algo para salvar la suya. Por eso, lo arrastramos lo mejor que pudimos, aunque con grandes dificultades y cansancio; Augustus, a veces, tenía que trepar con el enorme perro en brazos por encima de los obstáculos que aparecían en nuestro camino, cosa que a mí me era totalmente imposible realizar por la debilidad que tenía. Por fin, llegamos al agujero y cuando Augustus salió, pasamos a Tigre. No había sucedido ninguna novedad, y dimos gracias a Dios por habernos librado del inminente peligro que acabábamos de correr. Por el momento, acordamos que yo me quedaría cerca del agujero, a través del cual mi compañero podría facilitarme parte de su provisión diaria, y porque allí tenía la ventaja de respirar una atmósfera relativamente pura.

Como explicación de algunos puntos de este relato, en el que he hablado tanto de la estiba o colocación del cargamento del bergantín, y que pueden parecer oscuros para aquellos de mis lectores que no hayan visto cargar un barco, debo decir aquí que la forma en el que se había hecho tan importante trabajo a bordo del Grampus era un vergonzoso ejemplo de negligencia por parte del capitán Barnard, quien no era ciertamente un marino tan cuidadoso y experimentado como lo exigía imperiosamente la arriesgada índole del servicio que se le había encomendado.

Una estiba adecuada no puede realizarse de una manera descuidada, y muchos accidentes desastrosos, incluso dentro de los límites de mi propia experiencia, se deben a la ignorancia o negligencia en este aspecto. Los barcos costeros, que suelen cargar y descargar de prisa y atropelladamente, son los más expuestos a desgracias por no prestar la debida atención a la estiba. Lo más importante es que no haya ninguna posibilidad de que ni el cargamento ni el lastre cambien de posición por violentos que puedan ser los balanceos del barco. Para ello, hay que prestar mucha atención no solo al bulto que se carga, sino a su naturaleza, y si el cargamento es solo parcial o total. En la mayoría de los casos la estiba se realiza por medio de una grúa; de este modo, un cargamento de tabaco o de harina queda tan oprimido por la presión de la grúa en la bodega del barco, que los barriles o toneles, al descargarlos, están completamente aplastados y tardan algún tiempo en recobrar su aspecto original. Sin embargo, se recurre a la grúa principalmente para obtener más espacio en la bodega; ya que un cargamento completo de cualquier clase de mercancías, tal como el tabaco o la harina, no corre peligro alguno de desplazamiento o, al menos, no ocasiona perjuicios. Se han dado casos, por cierto, en que este sistema de grúas ha acarreado lamentables consecuencias, por causas completamente distintas a las del peligro de desplazamiento de los fardos. Por ejemplo, un cargamento de algodón, fuertemente comprimido en determinadas condiciones, se ha dilatado luego hasta el punto de abrir el casco del buque. Y no hay ninguna duda de que lo mismo sucedería en el caso de un cargamento de tabaco, cuando sufre su fase usual de fermentación, si no fuera por los intersticios que quedan entre la redondez de los toneles.

Cuando se trata de un cargamento parcial, el peligro reside principalmente en el desplazamiento de los bultos, y siempre se deben tomar precauciones para evitar semejante contratiempo. Solo aquellos que han capeado un violento temporal o, más bien, quienes han experimentado el balanceo del barco en una calma repentina después de una tempestad, pueden tener idea de la tremenda fuerza de los embates del mar, y del consiguiente impulso terrible que le da a todas las mercancías sueltas que van a bordo. Por eso es obvia la necesidad de una estiba cuidadosa cuando el cargamento es parcial. Estando al pairo (especialmente con una pequeña vela de proa), un barco que no tenga bien modelados los costados se inclina a menudo sobre una banda o sobre la otra; esto suele suceder en promedio cada quince o veinte minutos, sin que ocasione consecuencias serias, siempre que la estiba esté bien hecha. Pero si esta se ha amontonado descuidadamente, al primero de estos balanceos violentos, toda la carga cae del lado del barco que se inclina hacia el agua, impidiéndole recobrar el equilibrio como debiera hacerlo, por lo que se llena de agua en pocos instantes y se hunde. No es exagerado decir que al menos la mitad de los naufragios que ocurren durante los fuertes temporales pueden atribuirse a desplazamiento de la carga o del lastre.

Cuando se embarca un cargamento parcial de cualquier tipo, luego de ser estibado lo más compactamente posible, debe ser cubierto con una capa de tablones reforzados extendidos de lado a lado del barco, fuertemente apuntalados con estacas que llegan hasta las tablas de arriba, asegurando así cada cosa en su lugar. Cuando el cargamento es de granos o de mercancías similares, se precisan, además, otras precauciones Una bodega completamente llena de granos al salir del puerto, solo contiene tres cuartas partes al llegar a su destino; aunque cuando el consignatario lo mide, barril por barril, sobrepase mucho (a causa de la hinchazón del grano) la cantidad consignada. Esto se debe a que se asienta durante la travesía, y se hace mucho más visible cuando las condiciones del tiempo han sido peores. Aunque el grano embarcado a granel vaya bien asegurado con tablones y puntales, si el viaje es largo, puede desplazarse y provocar las calamidades más terribles. Para impedir esto se recurre a muchos sistemas antes de salir del puerto para asentar lo más posible el cargamento; y para esto se conocen diversas invenciones, entre las cuales puede mencionarse la que consiste en meter cuñas en el grano. Incluso luego de haber hecho todo esto, y de tomar toda clase de precauciones para asegurar los tablones, ningún marinero que conozca su oficio se sentirá totalmente seguro durante un temporal algo violento con cargamento de grano a bordo, y mucho menos si el cargamento es parcial. Sin embargo, hay centenares de barcos de cabotaje en nuestras costas y, al parecer, muchos más en los puertos de Europa, que navegan a diario con cargamentos parciales, incluso de las especies más peligrosas, sin tomar precaución alguna. Lo asombroso es que no sucedan más desastres de los que ocurren. Un ejemplo lamentable de descuido que yo conozco fue el caso del capitán Joel Rice, de la goleta Firefly, que salió al mar en Richmond, Virginia, hacia Madeira, con un cargamento de maíz, en el año 1825. El capitán había hecho muchos viajes sin accidentes graves, aunque tenía la costumbre de no prestar atención a la estiba, sino de asegurarla solamente de la manera habitual. Nunca había navegado con cargamento de granos y, en esta ocasión, cargó el maíz a granel, llenando poco más de la mitad de la bodega. Durante la primera parte del viaje se encontró solo con brisas ligeras; pero cuando se hallaba a un día de llegar a Madeira se levantó un fuerte ventarrón del NNE, que lo obligó a ponerse al pairo. Dejó la goleta al viento solo con el trinquete con dos rizos, y navegó como se esperaba que lo hiciera cualquier barco, sin que se filtre ni una gota de agua. Pero al anochecer el viento amainó y la goleta comenzó a balancearse con más inestabilidad que antes, pero aún marchaba bien, hasta que un fuerte balanceo la tumbó sobre el costado de estribor. Entonces se oyó que el maíz se desplazaba pesadamente y con la fuerza del embate rompió la escotilla principal. El barco se fue a pique como un rayo. Esto sucedió en medio de una granizada, a la vista de un pequeño balandro de Madeira, que recogió a uno de los tripulantes (la única persona rescatada), y que sorteó la tempestad con total seguridad, como lo hubiera hecho un chinchorro bien comandado.

La estiba a bordo del Grampus se había hecho con mucha torpeza, si se puede llamar estiba a lo que era poco más que un confuso amontonamiento de barriles de aceite[4] y elementos del barco. Ya he hablado de la clase de artículos que había en la bodega. En el entrepuente quedaba espacio suficiente para mi cuerpo (como ya lo he dicho) entre los barriles y el techo; alrededor de la escotilla principal quedaba un espacio vacío, y varios otros espacios bastante amplios quedaban en la estiba. Cerca del agujero que Augustus había abierto a través del mamparo había espacio suficiente para un barril entero, y en este espacio me sentí cómodo por el momento.

En el momento en que mi amigo llegó sano y salvo a la litera y se volvió a poner las esposas y la cuerda, ya era completamente de día. Verdaderamente nos salvamos por un pelo; dado que apenas acababa de arreglar todas las cosas, cuando bajó el ofi-

4   Los barcos balleneros están equipados habitualmente con tanques de aceite. Nunca pude saber porqué el Grampus no contaba con ellos.

cial con Dirk Peters y el cocinero. Estuvieron hablando durante un rato acerca del barco de Cabo Verde, y parecían estar muy impacientes por su aparición. Luego el cocinero se acercó a la litera donde estaba Augustus, y se sentó cerca de la cabecera. Desde mi escondite podía verlo y oírlo todo, porque el trozo de madera cortado no había sido puesto en su lugar, y yo temía a cada momento que el negro se apoyase contra el chaquetón, que estaba colgado para ocultar la abertura, en cuyo caso se habría descubierto todo y seguramente nos hubieran matado de inmediato. Pero tuvimos suerte, y, aunque la rozó con frecuencia cuando el barco se balanceaba, nunca se apoyó lo suficiente para llegar a descubrirnos. La parte inferior del chaquetón había sido cuidadosamente ajustada al mamparo, de modo que el agujero no se podía ver por su balanceo a uno y otro lado. Durante todo este tiempo, Tigre permanecía a los pies de la litera, y parecía haber recobrado en cierta medida sus facultades, porque yo lo vi abrir de tanto en tanto los ojos y lanzar un largo resoplido.

Luego de unos minutos, el oficial y el cocinero subieron, dejando solo a Dirk Peters, quien, tan pronto como ellos se marcharon, fue a sentarse en el mismo sitio que había ocupado el oficial. Comenzó a hablar muy amablemente con Augustus, y pudimos ver que su borrachera, cuando se hallaba delante de los otros dos, era fingida. Respondió a todas las preguntas de mi amigo con entera libertad; le dijo que no tenía ninguna duda de que su padre había sido rescatado porque había no menos de cinco velas a la vista, antes de ponerse el sol, el día que lo habían abandonado en el bote; y utilizó un lenguaje reconfortante, lo cual me produjo tanta sorpresa como satisfacción. Realmente, comenzaba a tener esperanzas de que por intermedio de Peters llegaríamos a tomar posesión nuevamente del bergantín, y le manifesté esta idea a Augustus ni bien tuve una oportunidad. Él creyó que sería posible, pero insistió en la necesidad de obrar con la mayor cautela al intentarlo, pues la conducta del mestizo parecía inspirada tan solo por el capricho más arbitrario, y realmente, era muy difícil saber si en algún momento estaba en sus cabales. Peters subió a cubierta al cabo de una hora, y no volvió hasta la tarde, para traerle a Augustus una buena ración de carne salada y budín. Todo esto, cuando nos dejó solos, lo compartí de corazón, sin volver a meterme en el agujero. No bajó nadie más al castillo de proa durante el resto del día, y por la noche me metí en la litera de Augustus, donde dormí tranquilo y profundamente hasta el amanecer, cuando unos ruidos que se sentían en la cubierta me despertaron, y regresé lo más rápido posible a mi escondite. Cuando se hizo de día, vimos que Tigre había recobrado sus fuerzas casi por completo, y no tuvo ningún síntoma de hidrofobia; bebió con ganas un poco de agua que Augustus le ofreció. Durante el día recuperó todo su vigor y apetito. Su conducta extraña se había debido, sin duda, a la naturaleza nociva de la atmósfera de la bodega, ya que no tenía relación con la rabia canina. No dejaba de alegrarme por haber insistido en traerlo conmigo de la caja. Era 30 de junio, y hacía trece días que el Grampus había zarpado de Nantucket.

El 2 de julio bajó el oficial, borracho como de costumbre, pero de muy buen humor. Se dirigió a la litera de Augustus y, dándole una palmada en la espalda, le preguntó si se portaría bien si lo dejaba suelto y si prometería que no volvería más a la cámara. Naturalmente, mi amigo le contestó de manera afirmativa, entonces el rufián lo dejó libre, después de hacerle beber un trago de ron de un frasco que sacó del bolsillo de su chaqueta. Luego subieron los dos a la cubierta, y no volví a ver a Augustus durante unas tres horas. Luego bajó con la buena noticia de que había obtenido permiso para merodear por el bergantín a su gusto, desde el mástil principal, y que le habían ordenado que durmiese, como de costumbre, en el castillo de proa. Me trajo también una buena comida y abundante provisión de agua. El bergantín seguía navegando aún hacia el barco que venía de Cabo Verde, y se encontraba a la vista una vela que creían ser la que andaban buscando. Como los acontecimientos de los ocho días siguientes fueron de poca importancia, y no tienen relación directa alguna con los principales incidentes de mi relato, los transcribiré en forma de diario, pues no quiero omitirlos por completo.

3 de julio. Augustus me trajo tres mantas, con las que armé una cama confortable en mi escondite. No bajó nadie durante el día, excepto mi amigo. Tigre se acomodó en la litera junto a la abertura, y durmió profundamente, como si no estuviese aún completamente restablecido de los efectos de su enfermedad. Al anochecer, una ráfaga de viento sorprendió al bergantín antes de que hubiese tiempo de arriar velas, y casi lo tumba. La ráfaga pasó inmediatamente, sin provocar más daño que la desgarradura de la vela de trinquete. Dirk Peters trató a Augustus muy amablemente durante todo el día, y tuvo una larga conversación con él respecto al océano Pacífico y a las islas que había visitado en dicha región. Le preguntó si no le gustaría más ir con los amotinados a una especie de viaje de exploración y de paseo por aquellas zonas, pero le dijo que los marineros se inclinaban gradualmente en favor de las ideas del oficial. Ante esto, Augustus creyó oportuno responder que le gustaría mucho esa aventura, puesto que no podía hacer nada mejor, y que prefería cualquier cosa a la vida de piratería.

4 de julio. El barco que se hallaba a la vista resultó ser un pequeño bergantín que venía de Liverpool, y lo dejaron pasar sin molestarlo. Augustus se pasó casi todo el día sobre cubierta, a fin de obtener toda la información que pudiese respecto a las intenciones de los amotinados. Estos tenían frecuentes y violentas peleas entre sí, en una de las cuales un arponero, Jim Bonner, fue arrojado por la borda. La banda del oficial iba ganando terreno. Jim Bonner pertenecía a la pandilla del cocinero, de la cual era partidario Peters.

5 de julio. Al amanecer se levantó una brisa fuerte del oeste, que al mediodía se convirtió en huracán, de modo que el bergantín tuvo que reducir todo el velamen a la vela mayor de capa y al trinquete. Al arriar la vela de prueba, Simms, uno de los marineros que pertenecía a la banda del cocinero, cayó al mar; como estaba muy borracho, se ahogó, sin que nadie hiciese el menor esfuerzo por salvarlo. El número total de personas a bordo quedó reducido a trece, a saber: Dirk Peters; Seymour; el cocinero negro; Jones; Greely; Hartman Rogers y William Allen, del bando del cocinero; el oficial, cuyo nombre nunca supe; Absalom Hicks; Wilson; John Hunty Richard Parker, del bando del oficial; además de Augustus y yo.

6 de julio. La tempestad duró todo el día, soplaban fuertes ráfagas acompañadas de lluvia. El bergantín embolsó gran cantidad de agua por las costuras de sus tablones, y se mantuvo una de las bombas funcionando en forma continua, obligando a Augustus a cumplir con su turno también. Justamente al atardecer, un gran buque pasó muy cerca de nosotros, sin que fuese descubierto hasta que estuvo al alcance de la voz. Se suponía que el barco era aquel que los amotinados estaban buscando. El oficial habló, pero la respuesta se ahogó en medio de la tempestad. A las once, una ola embistió al buque en su parte media, arrancó buena parte de la banda de babor y nos causó otros daños leves. Hacia el amanecer, la tempestad había amainado, y al salir el sol casi no había viento.

7 de julio. Hubo un fuerte oleaje durante todo el día, durante el cual el bergantín, que es ligero, se balanceó excesivamente, por lo que muchos objetos rodaron sueltos por la bodega, tal como pude escuchar claramente desde mi escondite. Sufrí mucho los mareos. Peters mantuvo una larga conversación con Augustus, y le dijo que dos marineros de su bando, Greely y Allen, se habían pasado al bando del oficial, decididos a volverse piratas. Le hizo varias preguntas a Augustus, quien en ese momento no comprendió exactamente. Durante parte de la tarde se filtró mucha agua en el buque, y poco se podía hacer para remediarlo; esto era ocasionado por la tensión del bergantín, y el agua entraba a través de sus costuras. Con la lona de una vela, que colocamos en la parte de abajo de la proa, conseguimos detener el ingreso de agua.

8 de julio. Al salir el sol se había levantado una ligera brisa del este, cuando el piloto ordenó poner rumbo al sudoeste, con la intención de dirigirse a alguna de las islas de las Antillas para poner en práctica sus proyectos de piratería. Ni Peters ni el cocinero presentaron oposición alguna, al menos ninguna que llegase a oídos de Augustus. Se abandonó toda idea de apoderarse del barco que venía de Cabo Verde. La filtración de agua se reducía fácilmente, gracias al trabajo de una bomba que funcionaba cada tres cuartos de hora. Se quitó la vela de debajo de la proa. Se habló con dos pequeñas goletas durante el día.

9 de julio. Buen tiempo. Todos los hombres están ocupados en reparar la proa. Peters tuvo nuevamente una larga conversación con Augustus, explicándole con más claridad que antes. Le dijo que nada lo convencería de colaborar en los proyectos del oficial, e incluso le dejó entrever su intención de quitarle el mando del bergantín. Le preguntó a mi amigo si, en tal caso, podía contar con su ayuda, a lo que Augustus le contestó «sí», sin dudar. Entonces Peters le dijo que sondearía a los demás hombres de su bando sobre este asunto, y se fue. Durante el resto del día, Augustus no tuvo ninguna oportunidad de hablar con él en forma privada.

CAPÍTULO VII

10 de julio. Se habló con un bergantín que venía de Río, con destino a Norfolk. Clima brumoso, con un viento ligero proveniente del este. Hoy murió Hartman Rogers, hace ocho días que estaba enfermo, con espasmos después de haber bebido un vaso de ron. Este marinero era de la banda del cocinero, y uno de los que más confianza inspiraba a Peters. Le dijo a Augustus que creía que el oficial lo había envenenado, y que, si no estaba atento, él correría la misma suerte dentro de poco. Ahora ya no quedaban en su bando más que él mismo, Jones y el cocinero, mientras que en el otro bando eran cinco. Había hablado con Jones acerca de arrebatarle el mando al oficial; pero el proyecto había sido recibido con frialdad, por lo que había desistido de profundizar en el asunto, o decirle algo al cocinero. Por lo que sucedió, hizo bien en ser tan prudente, ya que, por la tarde el cocinero expresó su determinación de pasarse al bando del oficial, y se fue formalmente al otro bando; mientras tanto, Jones aprovechó una oportunidad para discutir con Peters, y le insinuó que podría informar al oficial sobre el plan que estaba tramando. Evidentemente no había tiempo para perder, y Peters expresó su determinación de jugarse el todo por el todo para intentar apoderarse del barco, siempre que Augustus quisiera prestarle su ayuda. Mi amigo le aseguró de inmediato su deseo de formar parte de cualquier plan para tal fin, y pensando que era una ocasión favorable, le reveló mi presencia a bordo. A esto, el mestizo se quedó tan atónito como satisfecho, porque no confiaba para nada en Jones, a quien ya lo consideraba como perteneciente al bando del oficial. Bajaron inmediatamente, Augustus me llamó por mi nombre y Peters y yo nos hicimos amigos rápidamente. Acordamos que intentaríamos apoderarnos del barco ni bien se presentara la oportunidad, dejando a Jones al margen de nuestras deliberaciones por completo. En caso de éxito, llevaríamos el bergantín al primer puerto que se presentase, y lo entregaríamos a las autoridades. La deserción de su bando había frustrado el deseo de Peters de ir al Pacífico, aventura que no se podía realizar sin tripulación, y confiaba en salir absuelto del juicio alegando locura (dado que afirmaría solemnemente haber estado loco cuando se prestó a ayudar al motín), o que, si lo declaraban culpable, sería perdonado por las declaraciones que hiciésemos Augustus y yo.

Nuestras deliberaciones fueron interrumpidas por el grito de: «¡Todos a sus puestos!», por lo que Peters y Augustus subieron corriendo a cubierta.

Como de costumbre, la tripulación estaba casi completamente ebria; y antes de que se arriasen las velas debidamente, una violenta ráfaga tumbó el bergantín hacia un costado. Sin embargo, consiguieron retenerlo y enderezarlo, no sin haber embolsado una gran cantidad de agua. Ni bien estuvo en posición segura, el barco fue azotado por otra ráfaga, e inmediatamente después por otra más, sin causarle ningún daño. Aquello tenía todas las apariencias de un huracán, que, efectivamente, sobrevino poco después con gran furia del norte y del oeste. Se aparejaron todas las cosas de la mejor manera posible, poniéndonos al pairo, como es usual, con el trinquete muy rizado. Al caer la noche, el viento aumentó en intensidad, con un mar excepcionalmente pesado. Peters volvió al castillo de proa con Augustus, y reanudamos nuestras deliberaciones.

Estuvimos de acuerdo en que no podía presentarse ocasión más favorable que aquella para poner en práctica nuestro plan, porque nadie podía esperar un ataque en aquellos momentos. Como el bergantín estaba ajustado al pairo, no había necesidad alguna de maniobrar hasta que volviese el buen tiempo, entonces, si salíamos triunfantes de nuestro intento, podíamos soltar uno, o acaso dos marineros, para que nos ayudasen a llevar el bergantín a puerto. La mayor dificultad era la gran desproporción de nuestras fuerzas. Éramos solo tres, y en la cámara había nueve. Además, tenían en su poder todas las armas que había a bordo, excepto dos pequeñas pistolas que Peters llevaba escondidas entre la ropa, y un cuchillo largo de marinero que llevaba siempre en el cinto. Además, dado ciertos indicios, como por ejemplo, el hecho de no haya en los sitios habituales ni un hacha ni una palanca, empezamos a temer que el oficial tuviese sus sospechas, al menos respecto a Peters, y que no perdería ocasión para quitárselo de encima. Era, entonces, evidente que lo que estábamos decididos a hacer teníamos que hacerlo cuanto antes. Sin embargo, las dificultades estaban muy en nuestra contra como para permitirnos obrar sin la mayor precaución.

Peters se ofreció a subir a cubierta, y entablar una conversación con el guardia (Allen), y si surgía una buena oportunidad, arrojarlo al mar sin pelear y sin provocar ningún disturbio; para que luego, Augustus y yo subiéramos, e intentáramos apoderarnos de algunas de las armas que se hallaran en cubierta; y luego los tres intentaríamos apoderarnos de la escalera de la cámara en un ataque repentino, antes de que pudieran ofrecernos resistencia. Yo me opuse al plan, porque no podía creer que el oficial (que era muy astuto en todos los asuntos que no afectasen a sus prejuicios supersticiosos) se dejase atrapar tan fácilmente. El mismo hecho de que hubiese un guardia sobre cubierta era prueba más que suficiente de que estaba alerta, porque solo en barcos de disciplina muy rígida se suele poner vigilancia sobre cubierta cuando el barco está al pairo de un viento fuerte. Como me dirijo en especial, casi exclusivamente, a las personas que no han navegado nunca, tal vez sea conveniente describir la exacta condición de un barco en semejantes circunstancias. Ponerse al pairo o a la capa, como se dice en el lenguaje náutico, es una medida que se toma para diversos propósitos y que se efectúa de distintas maneras. Cuando reina el tiempo moderado, es frecuente hacerlo con el mero propósito de detener el barco, de esperar a otro barco o con cualquier finalidad similar. Si el barco que se pone al pairo lleva todas las velas desplegadas, la maniobra se suele realizar de forma que redondee algunas partes de sus velas, de modo que cuando el viento llegue, el barco se encuentre parado. Pero ahora estamos hablando del pairo con viento huracanado. Se recurre a él cuando el viento sopla de proa y es demasiado violento para navegar a la vela sin peligro de volcar, y a veces incluso cuando sopla buen viento, pero el mar está demasiado embravecido como para poner el barco ante él. Si un barco navega viento en popa, con mar muy denso, le pueden causar muchos daños porque entra agua por la popa, y a veces se bambolea hacia adelante. En estos casos rara vez se recurre a dicha maniobra, a menos que sea de imperiosa necesidad. Si el barco hace agua, se le deja correr viento en popa por más que el mar esté picado; porque, si se lo deja al pairo, se corre el peligro de que se ensanchen las costuras a causa de los fuertes tirones, cosa que no ocurre cuando se va huyendo del viento. A menudo, también es necesario que un barco navegue rápidamente, tanto cuando las bocanadas son muy violentas y desgarran las velas que se emplean con el fin de hacerlo virar contra el viento, o cuando, por una mala construcción del casco u otras causas, no se puede realizar el objetivo principal.

Durante los huracanes, los barcos se ponen al pairo de modos diferentes, según su construcción específica. Algunos se mantienen mejor con el trinquete desplegado, porque creo que es la vela que más se suele emplear. Los barcos de grandes aparejos cuentan con velas especiales para este propósito, llamadas velas de capa o de temporal. Pero ocasionalmente se emplea el pescante en sí mismo; otras el pescante y el trinquete, o un trinquete de doble rizo, y no pocas veces las velas traseras. Los foques mayores del trinquete suelen resultar velas más apropiadas que de cualquier otra clase. El Grampus se ponía al pairo generalmente con el trinquete muy rizado.

Cuando un barco se ha de poner al pairo, se lo coloca de proa al viento de manera que despliegue la vela tan pronto como esta se encuentra colocada en forma diagonal al barco. Hecho esto, la proa se encuentra inclinada unos grados respecto a la dirección del viento, y el arco de barlovento recibe naturalmente el choque de las olas. En estas condiciones un buen barco puede resistir una tempestad muy recia sin embolsar ni una gota de agua y sin que requiera más atención por parte de la tripulación. El timón se suele amarrar, pero no es absolutamente necesario (excepto a causa del ruido que hace al estar suelto), ya que el timón no surte efecto alguno cuando el barco está al pairo. En efecto, es preferible dejarlo suelto que atarlo muy firme, porque corre el riesgo de que se rompa por los golpes del mar si no se le deja al timón alguna holgura. Mientras la vela resista, un barco bien construido mantendrá su posición y navegará por todo el mar, como si estuviera dotado de vida y raciocinio. Pero si la violencia del viento desgarra la vela (hecho que, en circunstancias ordinarias, requiere la fuerza de un huracán), sobreviene un peligro inminente. El barco se inclina empujado por la fuerza del viento, y al quedar al costado a las olas, queda completamente a merced de ellas: en este caso, la única opción es ponerse tranquilamente a favor del viento, dejándose deslizar hasta que se pueda colocar otra vela. Algunos barcos se ponen al pairo sin vela desplegada, pero uno no puede fiarse de esto en el mar.

Pero para volver de esta digresión. El oficial nunca había tenido la costumbre de poner un vigilante en cubierta cuando el barco estaba al pairo con tempestad, y haberlo hecho ahora, unido a la circunstancia de la desaparición de las hachas y palancas, nos convenció plenamente de que la tripulación estaba demasiado alerta para tomarla por sorpresa de la manera que Peters había propuesto. Sin embargo, había que hacer algo, y esto sin la menor dilación, ya que era indudable que si se abrigaban sospechas contra Peters, sería sacrificado ni bien se diera la oportunidad, y esta la encontrarían o la provocarían cuando terminara la tempestad.

Augustus sugirió entonces que si Peters podía sacar, con cualquier pretexto, el trozo de cadena que estaba sobre la trampa del camarote, podríamos sorprenderlos penetrando por el camarote; pero al reflexionar nos convencimos de que el bergantín se balanceaba y cabeceaba con demasiada violencia como para intentar una cosa de tal naturaleza.

Por fortuna, se me ocurrió la idea de explotar los terrores supersticiosos y la conciencia de culpabilidad del oficial. Cabe recordar que uno de los marineros de la tripulación, Hartman Rogers, había muerto durante la mañana, habiendo transcurrido dos días con convulsiones luego de beber agua con licores. Peters nos había expresado su opinión de que este hombre había sido envenenado por el oficial, y fundamentaba su opinión en razones que eran irrefutables, según nos dijo, pero que había decidido no revelarlas, ya que su carácter reservado era una de sus particularidades. Pero aunque él tuviese mejores razones que nosotros para desconfiar del piloto, estábamos de acuerdo con sus sospechas y dispuestos a obrar en consecuencia.

Rogers había muerto cerca de las once de la mañana, a causa de violentas convulsiones; y el cadáver presentaba, a los pocos minutos de su muerte, el aspecto más horrible y repugnante que jamás haya visto en mi vida. El estómago estaba exageradamente hinchado, como quien ha muerto ahogado y ha permanecido varias semanas bajo el agua. Las manos se hallaban en las mismas condiciones, mientras que el rostro aparecía encogido y arrugado, con una palidez de yeso, solo interrumpida por dos o tres manchas rojas muy vivas, como las que produce la erisipela. Una de estas manchas se extendía diagonalmente a través de la cara, cubriéndole completamente un ojo como si fuera una banda de terciopelo rojo. En tan desagradable situación, el cuerpo fue subido a cubierta desde la cámara al mediodía, para arrojarlo al mar, cuando el oficial, echándole un vistazo (pues lo veía en ese instante por primera vez), y sintiendo remordimientos por su crimen o atemorizado por tan horrendo espectáculo, ordenó que lo cosiesen a su hamaca y se hiciesen los rituales habituales de un entierro en el mar. Luego de dar estas instrucciones, se retiró, para así evitar tener que ver nuevamente a su víctima. Mientras se hacían los preparativos para cumplir sus órdenes, se desencadenó la tempestad con gran furia, y el entierro se suspendió por el momento. El cadáver, abandonado a sí mismo, quedó junto a los imbornales de babor, donde yacía aún en el momento en que yo estaba hablando, bañado por las aguas y agitándose a los violentos vaivenes del bergantín.

Una vez establecido nuestro plan, nos dispusimos a llevarlo a la práctica lo más rápidamente posible. Peters subió a cubierta y, tal como estaba previsto, Allen lo saludó inmediatamente, quien parecía hallarse allí más para vigilar lo que pasaba en el castillo de proa que para otra cosa. Pero la suerte del rufián quedó decidida rápida y silenciosamente; porque Peters, acercándose de un modo despreocupado, como si fuera a hablarle, lo tomó por la garganta y, antes de que pudiera dar un solo grito, lo tiró por la borda. Luego nos llamó y subimos. Nuestra primera preocupación fue buscar algo con que armarnos, y al hacer esto teníamos que andar con sumo cuidado, pues era imposible permanecer sobre cubierta un instante sin agarrarse firmemente, ya que olas violentas irrumpían sobre el barco en cada vaivén. Era indispensable, también, que hiciésemos de prisa nuestras operaciones, porque en todo momento esperábamos que apareciese el oficial para poner las bombas en funcionamiento, dado que era evidente que el Grampus estaba haciendo agua muy rápidamente. Después de buscar durante un buen rato, no logramos encontrar nada más adecuado para nuestro propósito que los dos brazos de las bombas, uno de los cuales agarró Augustus y yo, el otro. Hecho esto, le quitamos la camisa al cadáver y lo arrojamos al mar. Peters y yo nos fuimos abajo, dejando a Augustus para vigilar la cubierta, en el mismo sitio donde se había ubicado Allen, y de espaldas a la escalera de la cámara, de modo que, si subía alguno de los de la banda del oficial, pensara que era el vigilante.

Tan pronto como llegué abajo, comencé a disfrazarme para representar el cadáver de Rogers. La camisa que le había quitado nos sirvió de mucho, pues era de forma y dibujo singulares, y fácilmente reconocibles: una especie de blusa que el difunto llevaba sobre el resto de su ropa. Era de color azul, con elástico, y franjas blancas anchas transversales. Después de ponérmela, procedí a equiparme con un estómago postizo, imitando la horrible deformidad del cadáver hinchado. Esto lo conseguí rápidamente por medio de ropa de cama. Luego le di el mismo aspecto a mis manos, poniéndome unos mitones de lana blanca, que rellené con algunos trapos. Luego Peters me arregló la cara, primero frotándola bien con tiza blanca y luego manchándomela con sangre, que se sacó dándose un corte en un dedo. No nos olvidamos de la mancha en medio del ojo, que presentaba un aspecto aún más espantoso.

CAPÍTULO VIII

Cuando me vi a mí mismo en un trozo de espejo que estaba colgado en la cámara, bajo la tenue luz de una linterna de combate, quedé tan impresionado por la sensación de terror que reflejaba mi rostro y el recuerdo de la tremenda realidad que estaba representando, que se apoderó de mí un violento temblor, y apenas me quedó ánimo para seguir adelante con mi papel. Sin embargo era necesario obrar con determinación, y Peters y yo subimos a cubierta.

Allí encontramos todo bien y, manteniéndonos arrimados a las bandas, los tres trepamos a la escalera de la cámara. Estaba parcialmente cerrada, se habían tomado precauciones para evitar que la abriesen repentinamente de un empujón desde afuera, por medio de palancas de madera colocados en el peldaño superior de modo que le impedían cerrarse. No hallamos dificultad alguna en echar un vistazo al interior de la cámara a través de las hendiduras donde estaban colocadas las bisagras. Pudimos comprobar que habíamos sido afortunados al no haber intentado tomarlos por sorpresa, ya que, evidentemente estaban en alerta. Solo uno de ellos estaba dormido, y yacía al pie de la escalera con un fusil a su lado. Los demás estaban sentados en varias colchonetas, tiradas en el suelo, que habían sacado de los camarotes. Estaban enfrascados en una conversación seria; y aunque habían estado de jarana, como se deducía por dos jarros vacíos, y unos vasos de hojalata que había por allí, no estaban tan borrachos como de costumbre. Todos llevaban cuchillos, un par de ellos pistolas, y numerosos fusiles yacían en la cama al alcance de la mano.

Estuvimos escuchando su conversación durante un rato antes de decidir cómo proceder, porque no habíamos resuelto nada en concreto, excepto que intentaríamos paralizarlos, cuando los atacásemos, por medio de la aparición de Rogers. Estaban discutiendo sus planes de piratería, y lo que pudimos escuchar claramente fue que proponían unirse a la tripulación de una goleta, «Hornet», y, si les era posible, apoderarse de ella como paso preparatorio para otra tentativa de mayor escala, de cuyos detalles no pudimos enterarnos.

Uno de los marineros habló de Peters, y el oficial le contestó en voz baja, sin que pudiéramos oír, y luego añadió, en tono más alto, que «no podía entender que estuviese tanto tiempo con el hijo del capitán en el castillo de proa, y creía que cuanto antes pudiesen arrojar a ambos al mar sería mejor». A estas palabras no hubo respuesta alguna, pero nosotros comprendimos fácilmente que la insinuación había sido bien recibida por toda la banda, y en especial por Jones. En este momento yo estaba demasiado agitado, pero vi que ni Augustus ni Peters sabían cómo obrar. Por lo tanto decidí vender mi vida antes que dejarme dominar por el miedo.

El ruido espantoso del rugir del viento en el aparejo y el fuerte oleaje sobre cubierta nos impedían oír lo que se decía, excepto durante pausas momentáneas. En una de estas, los tres oímos claramente al oficial decirle a uno de sus hombres «vete a proa y vigila a esos marineros, ya que no quiero que haya secretos a bordo del bergantín...». Afortunadamente para nosotros, el balanceo del barco en aquel momento era tan violento, que la orden no pudo ejecutarse inmediatamente. El cocinero se levantó de su colchoneta para ir a buscarnos, cuando un tremendo sacudón, que pensé que arrasaría los mástiles, lo hizo caer de cabeza contra una de las puertas del camarote de babor, abriéndola de golpe y aumentando aún más la confusión. Afortunadamente, ninguno de nosotros fuimos despedidos fuera de nuestra posición, y tuvimos tiempo de retirarnos rápidamente hacia el castillo de proa, y preparar con prisa un plan de acción antes de que el mensajero apareciese, o más bien antes de que asomara la cabeza por la cubierta de escotilla, ya que no se molestó en subir a cubierta. Desde el sitio en que él se encontraba no podía advertir la ausencia de Allen, y repitió a gritos, como si fuese él, las órdenes del oficial. Peters exclamó «¡Sí, sí!», alterando la voz, y el cocinero bajó inmediatamente, sin sospechar que algo no andaba bien.

Luego mis dos compañeros se dirigieron con valentía hacia la popa y bajaron a la cámara, cerrando Peters la puerta tras de sí tal como la había encontrado. El oficial los recibió con cierta cordialidad falsa y le dijo a Augustus que, dado que se había comportado tan bien últimamente, podía instalarse en la cámara y considerarse como uno más de ellos en el futuro. Luego le sirvió medio vaso de ron y se lo hizo beber. Yo veía y oía todo esto, porque seguí a mis amigos hasta la cámara tan pronto como Peters cerró la puerta, y me ubiqué en mi viejo punto de observación.

Llevaba conmigo las dos palancas, una de las cuales coloqué cerca de la escalera de la cámara, para tenerla al alcance de la mano cuando fuese necesario.

Tuve cuidado de no perderme nada de lo que estaba pasando allí dentro, y me armé de valor para presentarme ante los amotinados cuando Peters me hiciese la señal que habíamos acordado. Ahora, él procuraba llevar la conversación hacia los sangrientos episodios del motín, y gradualmente llevó a los marineros a hablar acerca de las mil supersticiones que son tan universalmente corrientes entre la gente de mar. Yo no podía oír todo lo que se decía, pero sí veía claramente el efecto de la conversación en la fisonomía de los allí presentes. El oficial estaba evidentemente muy alterado, y poco después, cuando uno de ellos mencionó el terrorífico aspecto del cadáver de Rogers, creí que estaba a punto de desmayarse. Peters le preguntó entonces si no creía que sería mejor arrojar el cuerpo por la borda rápidamente, puesto que era demasiado horrible verlo dando tumbos por los imbornales. Ante esto el villano no dejaba de jadear, giró lentamente su cabeza para mirar a sus compañeros, como suplicando que alguno de ellos subiera a realizar aquella tarea. Pero nadie se movió. Era evidente que toda la banda se hallaba en el grado más alto de excitación nerviosa. Entonces Peters me hizo la señal. Abrí inmediatamente, de un empujón, la puerta de la escalera de la cámara y bajé, sin pronunciar una palabra, manteniéndome erguido en medio de la banda.

El efecto profundo generado por esta repentina aparición no sorprenderá del todo si se toman en consideración diversas circunstancias. Por lo general, en casos similares, queda en el espíritu del espectador cierto indicio de duda sobre la realidad de la visión que se presenta ante sus ojos; cierta esperanza, aunque débil, de que se es víctima de un engaño y de que el fantasma no es realmente un visitante que venga del lejano mundo de las sombras. No es demasiado afirmar que semejantes restos de duda se hallan en el fondo de casi toda aparición, y que el horror espantoso que a veces han originado, deba atribuirse, incluso en los casos más relevantes, y en los que más sufrimiento se ha experimentado, más a una especie de horror anticipado, por miedo de que la aparición sea posiblemente real, que a una firme creencia en su realidad. Pero en el caso presente, se verá inmediatamente que en el espíritu de los amotinados no existía ni siquiera la sombra de un fundamento sobre el cual mantener la duda de que la aparición de Rogers fuese, en verdad, una resucitación de su espantoso cadáver o, al menos, de su imagen espiritual. La situación del bergantín, aislado en el mar, con total inaccesibilidad debido a la tempestad, reducía los medios aparentemente posibles de trampa a límites tan escasos y definidos, que debieron pensar que era capaz de vigilarlos a todos con solo una mirada. Hacía veinticuatro días que se hallaban en el mar, sin haber mantenido más que una comunicación de palabra con un barco cualquiera. Además, toda la tripulación (los marineros estaban muy lejos de sospechar que hubiese algún otro individuo a bordo) estaba reunida en la cámara, a excepción de Allen, el vigilante, y su estatura gigantesca (medía casi dos metros de altura) era demasiado familiar a sus ojos como para creer, ni por un solo instante, que fuese él la aparición que tenían ante ellos. Añádanse a estas consideraciones la índole aterradora de la tempestad, y la de la conversación suscitada por Peters; la profunda impresión que el aborrecible cadáver había causado en la imaginación de los marineros durante la mañana; la perfección de mi disfraz, y la luz incierta y vacilante bajo la que me contemplaban, el resplandor de la linterna de la cámara, agitándose violentamente de acá para allá, cayendo de lleno o indecisamente sobre mi cara, y no habría razón para dudar que la farsa había tenido aún más incidencia de la que habíamos anticipado. El oficial se levantó de un salto de la colchoneta en que estaba recostado y, sin pronunciar una palabra, cayó de espaldas, completamente muerto, sobre el suelo de la cámara, y fue arrojado a sotavento como un tronco por un fuerte balanceo del bergantín. De los siete restantes, solo tres conservaron al principio cierta entereza; los otros cuatro se quedaron por un rato como si hubieran echado raíces en el suelo, dibujándose en sus rostros el horror más penoso y la desesperación más extrema que jamás vieron mis ojos. La única oposición que encontramos fue por parte del cocinero, John Hunt y Richard Parker; pero fue una defensa muy débil y vacilante. A los dos primeros los mató Peters a tiros instantáneamente, y yo derribé a Parker de un golpe en la cabeza con el brazo de la bomba que llevaba conmigo. Mientras tanto, Augustus se apoderó de uno de los fusiles que había en el suelo y le disparó en el pecho a Wilson, otro amotinado. Ahora solo quedaban tres; pero estos ya habían salido de su letargo, y quizás empezaban a ver que habían sido engañados, porque luchaban con mucha decisión y furia, y si no hubiese sido por la tremenda fuerza muscular de Peters, tal vez al final nos hubieran vencido. Estos tres hombres eran Jones, Greely y Absalom Hicks. Jones empujó a Augustus al suelo, le dio varias puñaladas en el brazo derecho, y seguramente hubiera acabado con él (porque ni Peters ni yo podíamos desembarazarnos inmediatamente de nuestros contrincantes) si no hubiese sido por la oportuna ayuda de un amigo, con el que ninguno de nosotros habíamos contado. Este amigo no era otro que Tigre. Dando un sordo ladrido, saltó a la cámara, en el momento más crítico para Augustus, y abalanzándose sobre Jones, lo mantuvo sujeto al suelo por un instante. Pero mi amigo estaba demasiado maltrecho para poder prestarnos alguna ayuda y yo, disfrazado, poco podía hacer. El perro no quería soltar a Jones, a quien tenía preso por la garganta. Sin embargo, Peters era bastante más fuerte que los dos hombres que quedaban y, sin duda, los hubiera despachado más pronto de lo que lo hizo si no hubiera sido por el poco espacio que tenía para luchar y por los tremendos balanceos del bergantín. Pronto pudo agarrar una banqueta muy pesada de las varias que había por el suelo y con ella le aplastó los sesos a Greely en el momento en que se disponía a descargar su fusil contra mí, e inmediatamente después de que un bamboleo del barco lo arrojase contra Hicks, tomó a este por la garganta y lo estranguló con fuerza.

Así, en menos tiempo de lo que he tardado en contarlo, nos hicimos dueños del bergantín.

El único de nuestros enemigos que quedaba vivo era Richard Parker. A este, como se recordará, yo lo había derribado de un golpe con el brazo de la bomba al comienzo de la pelea. Ahora yacía inmóvil junto a la puerta hecha astillas del camarote; pero cuando Peters lo tocó con el pie, habló pidiéndole clemencia. Solo tenía un pequeño corte en la cabeza, y si había perdido el conocimiento era debido a la contusión. Se puso en pie, y, por lo pronto, le atamos las manos a la espalda. El perro seguía gruñendo encima de Jones; pero, después de examinarlo, vimos que estaba muerto, y un chorro de sangre manaba de una profunda herida en la garganta, producida por los agudos colmillos del animal.

Era alrededor de la una de la madrugada, y el viento seguía soplando tremendamente fuerte. Evidentemente, el bergantín trabajaba más de lo habitual, y era absolutamente necesario hacer algo para corregir esa situación. A cada balanceo a sotavento, embolsaba una ola, varias de las cuales llegaron parcialmente hasta la cámara durante nuestra contienda, ya que al bajar yo había dejado abierta la escotilla. Toda la obra de babor había sido arrastrada por el mar, así como el fogón, junto con el bote que estaba encima de la bovedilla. Los crujidos y las vibraciones del mástil principal también indicaban que estaba próximo a romperse. A fin de hacer lugar para la estiba en la bodega de popa, el pie de este mástil se había fijado en la cubierta (práctica reprochable a la que a veces recurrían los constructores de barcos por ignorancia), de modo que corría un peligro inminente de que fuera arrancado. Y para coronar todas nuestras dificultades, revisamos la caja de bombas y vimos que tenía no menos de dos metros de agua.

Una vez que dejamos los cadáveres que yacían en la cámara, nos pusimos a trabajar inmediatamente con las bombas, a Parker, naturalmente, lo dejamos en libertad para que nos ayudara en la tarea. Vendamos el brazo de Augustus lo mejor que pudimos, y él hacía lo que podía, que no era mucho. Sin embargo, descubrimos que podíamos impedir que el agua subiese de nivel manteniendo constantemente una bomba en funcionamiento. Como solo éramos cuatro, el trabajo resultaba excesivo; pero tratábamos de conservar el ánimo, y esperábamos con ansiedad el amanecer, porque teníamos la idea de aligerar el bergantín cortando el palo mayor.

De este modo, pasamos una noche de terrible cansancio y ansiedad, y cuando por fin amaneció, la tempestad no había amainado ni daba muestras de querer amainar. Arrastramos los cadáveres hacia la cubierta y los arrojamos por la borda. Luego nos ocupamos del palo mayor. Una vez hechos los preparativos necesarios, Peters cortó el mástil (habíamos encontrado hachas en la cámara), mientras los demás manteníamos tensos los cables y los aparejos. Como el bergantín se bamboleó muy fuerte a sotavento, se ordenó cortar los acolladores de barlovento, con lo cual toda la masa de maderas y aparejos cayó al mar, liberando al bergantín sin causarle ningún daño. Vimos que el barco no trabajaba tanto como antes, pero nuestra situación seguía siendo precaria y, a pesar de nuestros denodados esfuerzos, no lográbamos achicar el agua sin el uso de las dos bombas. La ayuda que

Augustus podía prestarnos era realmente poca. Para peor, una ola enorme se descargó sobre el costado de barlovento, apartó al bergantín varios puntos del viento y, antes de que pudiera recobrar su posición, otra ola rompió sobre él y lo tumbó completamente de costado. El lastre se desplazó en masa sobre el costado de sotavento (la estiba llevaba ya un rato desplazándose a un lado y a otro) y por unos momentos creímos que nada evitaría que nos hundiésemos. Sin embargo, el barco se enderezó en parte, aunque el lastre seguía retenido a babor, por lo que era inútil pensar en hacer funcionar las bombas, las cuales hubieran hecho realmente poco, porque teníamos las manos en carne viva por el exceso de trabajo y nos sangraban de la manera más horrible.

Contrariamente a lo que Parker había sugerido, nos pusimos a cortar el palo de trinquete, y al fin lo logramos con mucha dificultad, debido a la posición en que nos encontrábamos. Cuando el mar retrocedió, se llevó el bauprés y dejó al bergantín completamente convertido en un cascarón.

Por lo tanto, podíamos alegrarnos de que nuestro bote no se lo había llevado el mar, porque no había sufrido ninguna avería a pesar de las enormes olas que habían entrado a bordo. Pero esta alegría no nos duró mucho, pues por falta de trinquete y por ende su vela, que había mantenido firme al bergantín, el mar descargaba de lleno sobre nosotros y en cinco minutos nuestra cubierta fue barrida de popa a proa, el bote y sus amuras de estribor destrozadas, e incluso el cabestrante pequeño hecho astillas. Realmente la situación no podía ser más deplorable para nosotros.

Al mediodía parecía que la tempestad cesaría, pero nos llevamos una sorpresa desagradable porque, a pesar de que hubo un momento de calma, luego se desató con una furia más intensa. Hacia las cuatro de la tarde era completamente imposible mantenerse de pie de cara al viento, y al cerrar la noche no nos quedaba ni una sombra de esperanza de que el barco resistiese hasta la mañana.

Para la medianoche nos habíamos hundido bastante en el agua, de forma que llegaba ahora hasta el entrepuente. Poco después, un golpe de mar arrancó el timón y se llevó toda la parte de popa que estaba fuera del agua, sufriendo un gran golpe al caer, en su bamboleo, como si se hubiese encallado. No habíamos previsto que el timón nos faltase tan pronto, ya que era inusitadamente fuerte y estaba colocado de tal modo como no había visto nunca antes ni he visto después. Debajo de su pieza de madera principal había una serie de fuertes abrazaderas de hierro, y otras abrazaderas del mismo metal sujetaban el codaste. A través de estas abrazaderas pasaba una barra de hierro forjado, muy gruesa, que fijaba el timón con firmeza y girando libremente sobre la barra. Se podía calcular la fuerza terrible de las olas por el hecho de que las abrazaderas del codaste, que corrían a lo largo de él, y estaban clavadas y remachadas, fueron separadas por completo de la madera sólida.

Apenas tuvimos tiempo para respirar, luego de la violencia de este choque, cuando una de las olas más tremendas que he visto en mi vida rompió a bordo directamente sobre nosotros, barriendo la escalera de la cámara, reventando en las escotillas e inundando de agua hasta el último rincón del bergantín.

CAPÍTULO IX

Afortunadamente, poco antes del anochecer, los cuatro nos amarramos firmemente a los restos del cabrestante, tumbándonos de esta forma sobre la cubierta lo más horizontalmente posible. Esta precaución fue lo único que nos salvó de la muerte. De todas maneras, estábamos un tanto aturdidos por el inmenso peso del agua que nos cayó encima, y que nos arrastró hasta que quedamos casi exhaustos. Tan pronto como pude recobrar el aliento, llamé en voz alta a mis compañeros. Pero solo contestó Augustus, diciendo: «¡Todo se ha acabado para nosotros, y Dios tenga misericordia de nuestras almas!». Poco a poco, los otros dos fueron recobrando el habla, y nos exhortaron a tener coraje, ya que aún había esperanzas, sabiendo que era imposible que el bergantín se hundiese, debido a la naturaleza del cargamento, y porque además, parecía probable que la tempestad se calmara por la mañana. Estas palabras me reanimaron; porque, por extraño que parezca, aunque era obvio que un barco cargado de barriles de aceite vacíos no podía sumergirse, yo había tenido tan confusa la mente hasta ese momento, que no me había dado cuenta; y el peligro que más había temido durante aquellas horas era el de que nos hundiésemos. Cuando mi corazón recuperó la esperanza, aproveché todas las ocasiones para afianzar las ligaduras que me sujetaban a los restos del cabrestante, y en esta tarea no tardé en descubrir que mis compañeros también estaban ocupados en lo mismo. La noche era demasiado oscura, y no intento describir el caos y el estruendo horrible y lúgubre que nos rodeaba. La cubierta se hallaba al nivel del agua, o más bien estábamos rodeados de altas crestas de espuma, parte de las cuales rompían sobre nosotros a cada instante. No sería exagerado decir que no teníamos la cabeza fuera del agua más que un segundo de cada tres. Aunque estábamos muy juntos, ninguno de nosotros podía ver ni al otro, ni tampoco ninguna parte del bergantín, que nos bamboleaba tempestuosamente. Cada tanto, nos llamábamos unos a otros, intentando mantener viva la esperanza y dar consuelo y valor a quien más lo necesitaba. La frágil situación de Augustus nos movilizaba a todos nosotros; y como suponíamos que la herida en el brazo derecho había de imposibilitarlo para sujetar sólidamente su amarra, nos imaginábamos a cada instante que iba a ser arrastrado por las olas, y prestarle ayuda era algo absolutamente imposible. Afortunadamente, se encontraba en el sitio más seguro, ya que la parte superior de su cuerpo estaba cubierta con un trozo de cabrestante roto, y las aguas, antes de caerle encima, perdían gran parte de fuerza. En cualquier otra posición que no fuese esa (en la que había quedado accidentalmente después de haberse atado él mismo en un sitio muy expuesto), hubiese perecido inevitablemente antes del amanecer. Dado que el bergantín se hallaba muy inclinado hacia la banda, estábamos menos expuestos a ser arrebatados por las olas, como hubiese sucedido en otro caso. Como he dicho antes, el barco se inclinaba hacia babor, pero la mitad de la cubierta estaba constantemente bajo el agua. Por eso las olas, que entrechocaban por estribor, rompían contra el costado del barco, alcanzándonos solamente algunas rociadas de agua, mientras yacíamos tendidos boca abajo; por el contrario, las que venían por babor, las que se llaman olas de remanso, porque caen por la espalda no podían alcanzarnos con bastante ímpetu, a causa de nuestra posición, ya que no tenían fuerza suficiente para soltarnos de nuestras amarras.

En esta situación espantosa permanecimos hasta que amaneció, mostrándonos con todo detalle los horrores que nos rodeaban. El bergantín era un simple tronco que rodaba a merced de las olas; la tempestad no había cedido sino que tenía la fuerza de un huracán, y parecía que no podíamos esperar salvación terrenal alguna. Durante varias horas nos quedamos en silencio, esperando a cada momento que se rompieran nuestras amarras, que los restos del cabrestante se fueran por la borda, o que algunas de las enormes olas que rugían en todas direcciones alrededor y por encima de nosotros sumergiese de tal modo el casco que nos ahogásemos antes de volver a la superficie. Pero, por la gracia de Dios, nos libramos de estos peligros inminentes, y cerca del mediodía nos reanimamos, recibiendo como una bendición los rayos del sol. Poco después notamos una sensible disminución de la fuerza del viento; entonces, por primera vez desde la noche anterior, Augustus habló, preguntándole a Peters, que era el que estaba más cerca de él, si creía que había alguna posibilidad de salvación. Como no le dio ninguna respuesta a esta pregunta, todos creímos que el mestizo se había ahogado; pero en seguida, empezó a hablar, aunque muy débilmente, diciendo que sentía grandes dolores debido al corte que la presión de las ligaduras le habían hecho en el estómago, que debía encontrar el medio de aflojarlas o moriría, pues era imposible que pudiese soportar por más tiempo aquella situación. Esto nos causó gran disgusto, porque era inútil pensar en ayudarlo mientras el mar siguiera azotándonos como hasta entonces. Lo exhortamos a que soporte sus sufrimientos con paciencia, y le prometimos aprovechar la primera oportunidad que se presentase para aliviarlo. El mestizo replicó que sería demasiado tarde, que todo se acabaría para él antes de que pudiésemos hacerlo, y luego, después de quejarse durante unos minutos, se quedó en silencio, con lo cual dedujimos que había fallecido.

Al caer la tarde, el mar se calmó, hasta el punto de que apenas rompía una ola contra el casco del lado de barlovento cada cinco minutos, y el viento había amainado bastante, aunque todavía había tormenta fuerte. Hacía varias horas que no había oído hablar a ninguno de mis compañeros, entonces llamé a Augustus. Pero me contestó con tanta debilidad que no pude entender lo que me dijo. Luego llamé a Peters y a Parker, pero no recibí respuesta de ninguno de los dos.

Poco después caí en un estado de insensibilidad parcial, durante el cual vagaban por mi mente las imágenes más placenteras, como árboles de follaje muy verde, praderas onduladas de granos maduros, procesiones de bailarinas, tropas de caballería, y otras fantasías. Recuerdo ahora que, en todas las visiones que pasaron ante los ojos de mi imaginación, el movimiento era la idea predominante. Por eso, nunca imaginé ningún objeto estático, tal como una casa, una montaña, o algo por el estilo; sino que veía molinos de viento, barcos, grandes aves, globos, gentes a caballo, o conduciendo carruajes a gran velocidad, y otros objetos similares que se movían y aparecían en una sucesión interminable. Cuando salí de este estado, hasta donde podía adivinar, hacía ya una hora que brillaba el sol. Tuve mucha dificultad para recordar las diversas circunstancias relacionadas con mi situación y por un tiempo permanecí firmemente convencido de que aún me hallaba en la bodega del bergantín, junto a la caja, y pensé que el cuerpo de Parker era el de Tigre.

Cuando recobré por completo la conciencia, vi que el viento era solo una brisa moderada, y que el mar se hallaba en aparente calma, de modo que el bergantín solo embolsaba agua por el centro de la cubierta. Mi brazo izquierdo se había desprendido de sus ataduras, y estaba muy lastimado en el codo; mi brazo derecho estaba completamente entumecido y mi mano y mi muñeca muy hinchados por la presión de la cuerda, que se había corrido desde el hombro hacia abajo. También me hacía mucho daño otra cuerda que rodeaba mi cintura y que se había puesto tirante hasta un grado insufrible de presión. Al mirar a mis compañeros observé que Peters vivía aún, aunque tenía atada a la cintura una cuerda gruesa, tan apretada, que parecía como si lo hubiesen cortado en dos; cuando me moví, él me hizo una señal débil con la mano, apuntando a la cuerda. Augustus no daba señales de vida, y estaba inclinado casi hasta doblarse sobre una astilla del cabrestante. Parker me habló cuando vio que me movía, y me preguntó si aún tenía fuerzas suficientes para soltarlo, asegurándome que si yo lo conseguía reuniendo las energías que me quedasen, quizá pudiéramos salvarnos; de lo contrario todos moriríamos. Le dije que se armara de valor, porque intentaría quitarle las ataduras. Palpando el bolsillo de mi pantalón, encontré el cortaplumas y, tras varios intentos infructuosos, conseguí abrirlo. Luego, con la mano izquierda, logré soltar mi mano derecha y después corté las cuerdas que me sujetaban. Pero al intentar cambiar de postura sentí que se me doblaban las piernas y que no podía levantarme, ni mover mi brazo en ninguna dirección. Cuando le dije a Parker lo que me sucedía, me aconsejó que me quedase quieto por unos momentos, agarrándome del cabrestante con la mano izquierda, para que de este modo se restableciese la circulación de la sangre. Al hacerlo esto, empezó a desaparecer el entumecimiento y pude mover primero una pierna y luego la otra, y poco después recobré parcialmente el uso del brazo derecho. Entonces, me arrastré con mucha precaución, hacia donde estaba Parker, sin conseguir sostenerme sobre mis piernas, le corté al instante las ataduras, y en poco tiempo, él también recuperó el uso parcial de sus piernas. Sin perder tiempo le soltamos la cuerda a Peter. A través de la pretina de su pantalón de lana y dos de sus camisetas, vimos que tenía una profunda herida que le llegaba hasta la ingle, y al quitarle la cuerda, sangraba mucho. Pero tan pronto como se sintió libre, nos dijo que había experimentado un alivio instantáneo, siendo capaz de moverse con mayor facilidad que Parker y que yo; sin duda, esto era debido a la descarga de la sangre.

Teníamos pocas esperanzas de que Augustus se recuperara,

ya que no daba señales de vida; pero al acercarnos a él, vimos que simplemente estaba desmayado por la pérdida de sangre, pues las vendas que le habíamos puesto en el brazo herido habían sido arrancadas por el agua; ninguna de las cuerdas que lo sujetaban al cabrestante estaba suficientemente apretada para ocasionarle la muerte. Después de haberle quitado las ataduras, conseguimos apartarle del trozo de madera que estaba cerca del cabrestante, lo pusimos a buen resguardo en un sitio a barlovento, con la cabeza un poco más baja que el cuerpo, dedicándonos los tres a darle fricciones en los miembros. Al cabo de media hora volvió en sí, aunque recién a la mañana siguiente dio muestras de reconocernos, y tuvo suficientes fuerzas para hablar. Cuando terminamos de quitarnos las ataduras ya era completamente de noche, y comenzaba a nublarse, lo cual nos angustió profundamente, porque temíamos que volviese a soplar viento fuerte, en cuyo caso nada nos salvaría de morir, dado que estábamos extenuados. Por suerte, el viento continuó muy moderado durante la noche, el mar se iba calmando a cada minuto, lo que nos dio grandes esperanzas de salvación. Soplaba una ligera brisa del noroeste, pero no hacía nada de frío. Augustus fue atado cuidadosamente del lado de barlovento, de manera que no pudiera deslizarse con los balanceos del barco, ya que estaba demasiado débil para sostenerse solo. Nosotros no teníamos ya necesidad de atarnos. Permanecimos sentados muy juntos, protegiéndonos unos a otros con la ayuda de las cuerdas rotas en torno al cabrestante, mientras hacíamos planes para escapar de esta espantosa situación. Sentimos mucho alivio al quitarnos la ropa y retorcerla para que soltase el agua. Cuando nos vestimos de nuevo sentimos un calor agradable y eso sirvió para revitalizarnos. Ayudamos a Augustus a quitarse la ropa, se la retorcimos y también experimentó la misma sensación placentera.

Ahora nuestros principales sufrimientos eran el hambre y la sed y, cuando empezamos a buscar algún alivio en este sentido, se nos estrujó el corazón, y casi lamentamos haber escapado de los peligros menos temibles del mar. Sin embargo, procuramos consolarnos con la esperanza de que, en breve, algún barco nos recogiese, y nos animamos mutuamente para soportar con entereza los infortunios que pudieran sucedernos.

Al fin despuntó la mañana del día catorce, y el tiempo se mantenía despejado y tranquilo, con brisa firme pero ligera del noroeste. El mar estaba bastante calmo y como, por alguna causa que no podíamos determinar, el bergantín no se inclinaba tanto sobre la banda como antes, la cubierta estaba relativamente seca y podíamos movernos con libertad. Llevábamos ya más de tres días y tres noches sin comer ni beber, por lo que se nos hizo absolutamente necesario intentar subir algo de abajo. Como el bergantín estaba lleno de agua, nos dispusimos a hacer esta tarea un tanto desanimados, y con muy pocas esperanzas de llegar a conseguir algo. Construimos una especie de draga valiéndonos de unos clavos que arrancamos de los restos de la cubierta de escotilla y los clavamos en dos trozos de madera. Ligándolos en forma de cruz, los atamos al extremo de una cuerda, y los arrojamos a la cámara, arrastrándolos de un lado para otro, con la leve esperanza de enganchar así algún artículo que nos sirviera de alimento, o que al menos nos proporcionara el medio de obtenerlo. Pasamos la mayor parte de la mañana dedicados a esta tarea, sin pescar nada más que unas ropas de cama que se engancharon enseguida en los clavos. En verdad, nuestro invento era tan burdo, que no se podía esperar mayor éxito.

Luego probamos en el castillo de proa, pero igualmente fue en vano y, ya estábamos al borde de la desesperación, cuando Peters propuso que le atásemos una cuerda al cuerpo y lo dejásemos intentar subir algo, buceando en la cámara. La proposición fue recibida con todo el entusiasmo que la esperanza renovada podía inspirarnos. Inmediatamente se despojó de sus ropas, con excepción de los pantalones, y le atamos cuidadosamente una cuerda gruesa a la cintura, haciéndosela pasar por encima de sus hombros, de modo que no hubiese ninguna posibilidad de que se le saliese. La tarea fue dificultosa y peligrosa; porque, como esperábamos encontrar poca cosa, si hallábamos alguna provisión en la cámara, era necesario que el buceador, tras permanecer abajo, tenía que dar una vuelta hacia la derecha y seguir bajo el agua a una distancia de tres o tres metros y medio, por un pasillo estrecho, hasta el almacén, y volver sin haber respirado.

Una vez que preparamos todo, Peter descendió a la cámara, bajando por la escala de acceso, hasta que el agua le llegó a la barbilla. Entonces se zambulló de cabeza, girando hacia la derecha mientras se sumergía, tratando de llegar al almacén. Pero esta primera tentativa fue totalmente infructuosa. En menos de medio minuto, sentimos un fuerte tirón en la cuerda (era la señal convenida para cuando desease que lo subiéramos). Por lo tanto, lo subimos inmediatamente, pero con tanto descuido, que le dimos un fuerte golpe contra la escalera. No traía nada, pues había podido penetrar muy poco en el pasillo, debido a los constantes esfuerzos que tuvo que hacer para no subir flotando hasta el techo. Al salir estaba muy cansado y tuvo que descansar un largo cuarto de hora antes de atreverse a descender de nuevo.

La segunda tentativa dio peores resultados aún; porque permaneció tanto tiempo debajo del agua sin dar la señal para subirlo que, alarmados por su seguridad, lo sacamos y vimos que estaba casi asfixiado, dado que, según nos dijo, había tirado repetidas veces de la cuerda sin que lo notásemos. Probablemente, esto sucedió porque una parte de la cuerda se había enredado en la balaustrada, al pie de la escalera. La balaustrada era verdaderamente un estorbo tan grande, que decidimos quitarla, si era posible, antes de proseguir con nuestro propósito. Como no teníamos medio de sacarla sin ejercer mucha fuerza, nos metimos los cuatro en el agua hasta donde nos fue posible, bajando por la escalera y dando un fuerte tirón con todas nuestras fuerzas unidas, logramos tirarla abajo.

La tercera tentativa fue tan infructuosa como las dos anteriores, y nos convencimos de que no podríamos hacer nada sin la ayuda de algún peso que asegurase al buceador y lo mantuviese en el fondo de la cámara mientras realizaba la búsqueda. Durante un buen rato estuvimos buscando en vano algo que pudiera servirnos para nuestros fines; y al fin, con gran alegría, descubrimos que una de las cadenas del barco estaba tan suelta, que se podía arrancar con facilidad. Atada a uno de sus tobillos, Peters hizo su cuarto descenso a la cámara, y esta vez consiguió llegar a la despensa. Pero, con gran pesar, la encontró cerrada, y tuvo que volver sin haber entrado, porque ni con los mayores esfuerzos podía permanecer bajo el agua más de un minuto, como máximo. Realmente la cosa tomaba un cariz siniestro, y ni Augustus ni yo pudimos contenernos y nos pusimos a llorar, pensando en el cúmulo de dificultades que surgían y las pocas posibilidades que teníamos de salvarnos. Pero esta debilidad no duró mucho. Postrándonos de rodillas, rezamos a Dios implorando su ayuda en los infinitos peligros que nos amenazaban, y nos alzamos con esperanza y ánimos renovados para pensar en lo que aún podía hacerse con medios humanos para conseguir nuestra salvación.

CAPÍTULO X

Poco después ocurrió un incidente que me induce a pensar que fue el más emocionante, en principio, el más colmado de extremos, primero, de placer y luego de terror, hasta puntos que jamás he experimentado en nueve largos años, llenos de los acontecimientos por demás sorprendentes y, en muchos casos, de la índole más extraña e inconcebible. Estábamos tendidos sobre cubierta, cerca de la escalera de la cámara, discutiendo la posibilidad de llegar hasta la despensa, cuando, al mirar a Augustus, que estaba tirado frente a mí, noté que, de pronto, se ponía intensamente pálido y que le temblaban los labios de un modo singular e inexplicable. Muy asustado, le pregunté qué le sucedía, pero no me contestó, y yo empezaba a creer que se había descompuesto cuando, de repente, advertí que sus ojos se fijaban aparentemente en un objeto que estaba detrás de mí. Giré la cabeza, y jamás olvidaré la alegría que sentí, al ver un gran bergantín que se dirigía hacia nosotros y que no estaba más que a un par de millas. Me puse de pie de un salto, como si de pronto me hubiesen pegado un tiro en el corazón, y extendiendo los brazos en dirección al barco, permanecí de este modo, inmóvil e incapaz de articular una sola palabra. Peters y Parker estaban igualmente emocionados, aunque con distintas reacciones. El primero bailaba por la cubierta como un loco, haciendo las fanfarronadas más extravagantes, mezcladas con aullidos y maldiciones, mientras que el último estalló en lágrimas y estuvo durante varios minutos llorando como un niño.

El barco que teníamos a la vista era un gran bergantín goleta, de construcción holandesa, pintado de negro y con un mascarón de proa dorado y reluciente. Evidentemente había atravesado por muchísimos temporales y supusimos que había sufrido mucho con la tempestad que había resultado tan desastrosa para nosotros; ya que había perdido el mástil de proa, y parte de los baluartes de estribor. Cuando lo vimos por primera vez, estaba, como ya he dicho, a unas dos millas y con viento en contra; se dirigía hacia nosotros. La brisa era muy suave, y lo que más nos sorprendió fue que no trajese más velas desplegadas que la vela mayor y el trinquete, con un cuarto foque, por lo que, naturalmente, navegaba con gran lentitud, aumentando nuestra impaciencia hasta llegar al frenesí. También observamos, a pesar de lo excitados que estábamos, su extraña manera de navegar. Maniobraba de modo tal que, en una o dos ocasiones, pensamos que era imposible que pudiese vernos, o supusimos que, habiéndonos visto, pero no pudiendo ver a nadie a bordo del bergantín sumergido, viraba a bordo para tomar otra dirección. En cada una de estas ocasiones nos desgañitábamos y gritábamos con toda la fuerza de nuestros pulmones, cuando parecía que el buque desconocido iba a cambiar por un momento de intención y que de nuevo se dirigía hacia nosotros, pero repetía esa singular conducta dos o tres veces, por lo que al fin pensamos que no había ningún otro modo de explicarnos el caso sin suponer que el capitán estaba borracho.

No vimos ninguna persona sobre las cubiertas hasta que se acercó a un cuarto de milla de nosotros. Entonces vimos tres marineros, que por sus trajes pensamos que eran holandeses. Dos de ellos estaban acostados sobre unas velas viejas, cerca del castillo de proa, y el tercero, que parecía contemplarnos con gran curiosidad, se inclinaba sobre la borda de estribor, cerca del bauprés. Este, era un hombre alto y fornido, de piel muy oscura. Por su actitud, parecía estar animándonos a tener paciencia, inclinándose hacia nosotros de un modo alegre, aunque más bien extraño y sonriendo constantemente, dejando al descubierto una blanca y reluciente dentadura. Cuando el buque se acercó más, vimos que el gorro de franela rojo que tenía puesto se le caía al agua; pero él le prestó poca o ninguna atención a esto, mientras seguía con sus extrañas sonrisas y gesticulaciones. Relato estos hechos y circunstancias minuciosamente, y debe tenerse en cuenta que las relato precisamente tal como se *manifestaron* ante nosotros.

El bergantín se acercó lentamente, y ahora con más firmeza que antes, y —no puedo hablar con calma sobre este acontecimiento— nuestros corazones se nos salieron del pecho, y de nuestras almas salían expresiones de agradecimiento a Dios por la definitiva, inesperada y afortunada salvación, que ya dábamos por hecha. De repente, y simultáneamente, desde el misterioso barco (que ahora estaba muy cerca de nosotros) llegaba flotando sobre el océano un olor, una pestilencia tal, que no hay palabra en el mundo para describirla —ni es posible formarse idea alguna del hedor infernal, asfixiante, insufrible e inconcebible—. Abrí la boca para respirar y, volviéndome hacia mis compañeros, advertí que estaban más pálidos que el mármol. Pero no teníamos tiempo para preguntas ni conjeturas; el bergantín estaba a unos quince metros de nosotros, y parecía tener intención de abordarnos por la proa, para que pudiéramos pasar a él sin necesidad de lanzar ningún bote al agua. Corrimos hacia la popa, cuando, de repente, un gran viraje lo apartó cinco o seis puntos del curso que llevaba y, cuando pasaba a unos cinco metros de nuestra popa, vimos perfectamente sus cubiertas. ¿Podré olvidar algún día el triple horror de aquel espectáculo? Veinticinco o treinta cuerpos humanos, entre los cuales había varias mujeres, yacían esparcidos entre la popa y la cocina, en un repugnante estado de putrefacción. ¡Y vimos claramente que no había ningún ser vivo a bordo de aquel barco fatídico! ¡Y, sin embargo, no dejábamos de gritar pidiendo auxilio! ¡Sí; le rogábamos desesperadamente y a los gritos, en ese momento tan angustiante, a aquellas figuras silenciosas y desagradables que permaneciesen con nosotros, que no nos abandonaran hasta llegar a ser como ellas, que nos acogiesen en su grata compañía! Estábamos locos de horror y desesperación; completamente locos por la angustia, por la decepción sufrida.

Tras nuestro primer alarido de terror, algo nos contestó, cerca del bauprés del extraño barco, algo tan parecido al grito de una voz humana que hubiera engañado y sobresaltado aun al oído más fino. En este instante otro giro repentino puso, por un momento, ante nuestra vista, la parte del castillo de proa, y comprendimos al instante el origen del sonido. Vimos la alta y robusta figura que aún seguía inclinada sobre la borda, con la cabeza caída y moviéndose de un lado a otro; pero ahora tenía la cara dada vuelta y no podíamos ver su rostro. Tenía los brazos extendidos sobre el pasamano, con las palmas de las manos colgando hacia afuera. Sus rodillas se apoyaban sobre una cuerda gruesa, muy tirante, que iba desde el pie del bauprés hasta una serviola. Sobre su espalda desnuda, sin camisa porque se la habían arrancado, se posaba una gaviota enorme, que se alimentaba ávidamente de esa carne horrible, con su pico y sus garras profundamente hundidos en ella, y su plumaje blanco todo manchado de sangre. Mientras el bergantín viraba como para vernos mejor, el ave levantó su cabeza enrojecida, con dificultad, y, después de mirarnos un momento estupefacta, se elevó perezosamente del cuerpo sobre el que estaba comiendo y, echándose a volar en línea recta hacia nuestra cubierta, sobre nosotros, lo hacía con un trozo de carne, semejante al hígado, en el pico. Ese trozo horrible cayó al fin, junto a los pies de Parker, salpicándolo. Que Dios me perdone, pero entonces, por primera vez, pasó por mi mente un pensamiento, un pensamiento que no mencionaré, y me vi, a mí mismo, dando un paso hacia el despojo sanguinolento. Levanté la vista, y la mirada de Augustus se cruzó con la mía con un grado de intensidad tan enérgico y penetrante, que en el acto recobré mis sentidos. Me lancé hacia adelante rápidamente y, estremeciéndome hasta la médula, arrojé aquel espantoso pedazo de carne al mar.

El cuerpo del cual había sido arrancado, apoyado como estaba sobre la cuerda, se balanceaba con facilidad de un lado a otro, bajo los picotazos de ese pájaro carnívoro, y este era el movimiento que nos había hecho creer, al principio, que se trataba de un ser vivo. Pero cuando la gaviota quitó su peso de su cuerpo, él giró sobre sí mismo y cayó parcialmente hacia arriba, de modo que la cara quedó por completo al descubierto. ¡Jamás vi algo tan horrible! Los ojos habían desaparecido, como así también toda la carne de alrededor de la boca, dejando su dentadura totalmente al aire. ¡Y esta era la sonrisa que nos había colmado de esperanza! ¡Aquella era... pero no, me contengo! El bergantín, como ya dije, pasó por nuestra popa y siguió lenta pero invariablemente hacia sotavento. Con él y con su terrible tripulación se fueron todas nuestras visiones esperanzadoras de salvación y de júbilo. Al haber pasado tan pausadamente cerca de nosotros, nos hubiera sido fácil encontrar medios de abordarlo; pero nuestra repentina decepción y la naturaleza atroz del descubrimiento que la acompañó, anularon por completo todas nuestras facultades mentales y corporales. Habíamos visto y sentido, pero no pudimos pensar ni actuar, hasta que —¡por desgracia!— fue demasiado tarde. ¡Hasta qué punto este incidente había debilitado nuestros cerebros puede juzgarse por el hecho de que, cuando el bergantín estaba tan lejos que ya no veíamos más que la mitad de su casco, discutimos seriamente la proposición de alcanzarlo a nado!

Posteriormente he intentado, en vano, obtener alguna pista que aclarara la horrible incertidumbre que envolvía el destino del barco desconocido. Su construcción y su aspecto general, como ya he afirmado, nos invitaba a pensar que era un buque mercante holandés, y la ropa de la tripulación confirmaba esta suposición. Podríamos haber visto fácilmente el nombre del buque en la popa, así como hacer otras observaciones que nos hubieran orientado para aclararnos su origen; pero la intensa agitación del momento nos impidió realizar todas las indagaciones de esta índole. Por el color azafranado de los cadáveres que no estaban totalmente descompuestos dedujimos que toda la tripulación había perecido de fiebre amarilla, o de alguna otra enfermedad contagiosa similar. Si este era el caso (y no sé qué otra cosa imaginar), la muerte, a juzgar por las posiciones de los cadáveres, debía de haberlos sorprendido de una manera tremendamente repentina y abrumadora, de un modo totalmente distinto del que suele caracterizar incluso a las pestes más mortíferas conocidas por la humanidad. Es posible, también, que un veneno, accidentalmente introducido en algunos de sus almacenes, hubiese originado aquel desastre; o que hubieran comido alguna especie de pescado desconocido y venenoso, o algún otro animal marino o ave oceánica. Pero es inútil, desde todo punto de vista, hacer conjeturas cuando todo está envuelto, y lo seguirá estando seguramente para siempre, en el misterio más terrible e insondable.

CAPÍTULO XI

Pasamos el resto del día en un estado de apatía absurda, y contemplar cómo el barco se alejaba hacía que la oscuridad, ocultándolo de nuestra visión, nos devuelva en cierta medida los sentidos. Retornaron entonces los ataques de hambre y sed, dejando de lado todos los demás cuidados y preocupaciones. Sin embargo, no se podía hacer nada hasta la mañana siguiente y, protegiéndonos lo mejor posible, intentamos descansar un poco. En esto yo fui más allá de mis expectativas, porque dormí hasta que mis compañeros, menos afortunados que yo, me despertaron al romper el día para reanudar nuestras tentativas de sacar provisiones del barco.

Reinaba ahora una calma total, con un mar tan manso como jamás lo había visto, y el clima era cálido y agradable. El bergantín había desaparecido de nuestra vista. Comenzamos nuestras operaciones arrancando, con cierta dificultad, otra de las cadenas, y atando ambas a los pies de Peters, quien intentó de nuevo llegar a la puerta de la despensa, creyendo que podría abrirla por la fuerza, siempre que pudiese llegar a ella con tiempo suficiente; cosa que esperaba conseguir, dado que el barco se mantenía más quieto que antes.

Logró llegar muy rápidamente a la puerta y, quitándose una de las cadenas de su tobillo, se esforzó por abrir un paso con ellas; pero fue en vano, porque el armazón del cuarto era más sólido de lo previsto. Estaba demasiado exhausto por su larga permanencia bajo el agua, por lo que fue absolutamente necesario que otro de nosotros cumpliese su cometido. Para este intento Parker se ofreció inmediatamente; pero luego de tres infructuosos intentos, no consiguió ni siquiera acercarse a la puerta. El estado de la herida que Augustus tenía en el brazo le impedía intentar hacerlo, porque hubiera sido incapaz de forzar la puerta aunque hubiese llegado hasta ella y, por lo tanto, recayó sobre mí trabajar por nuestra salvación común.

Peters había dejado una de las cadenas en el pasillo, y noté, al sumergirme, que no tenía suficiente contrapeso para mantenerme en el fondo. Entonces, decidí solamente intentar recoger la otra cadena. Mientras andaba a tientas a lo largo del piso del pasillo, sentí una cosa dura, que agarré inmediatamente y, como no tenía tiempo de comprobar qué era, me volví y subí de inmediato a la superficie. La presa resultó ser una botella, y es de imaginar nuestra alegría cuando dije que estaba llena de vino de Oporto. Dando gracias a Dios por esta ayuda oportuna y reconfortante, la descorchamos inmediatamente con mi cortaplumas y, tomando un sorbo moderado cada uno, sentimos el más indescriptible alivio con el calor, la fuerza y el ánimo que nos dio la bebida. Luego tapamos la botella cuidadosamente y, con un pañuelo, la colgamos de tal modo que no había posibilidad alguna de que se rompiese.

Luego de haber descansado un rato tras este feliz descubrimiento, descendí de nuevo y recuperé la cadena, con la que volví a subir rápidamente. Poco después me la até y bajé por tercera vez, sintiéndome completamente convencido de que, por muchos esfuerzos que hiciese, en tales condiciones, no sería capaz de forzar la puerta de la despensa. Por lo tanto regresé a la superficie desesperado.

Parecía que ya no había lugar para esperanza alguna, y pude notar en el semblante de mis compañeros que se habían resignado a morir. El vino les había producido, evidentemente, una especie de delirio, del cual yo me había librado, tal vez, por las inmersiones que había realizado después de beberlo. Ellos hablaban sin coherencia alguna, de cuestiones que no tenían ninguna relación con nuestra situación, Peters me hacía preguntas repetidas acerca de Nantucket. Recuerdo que Augustus también se me acercó con aire muy serio, y me pidió que le prestase un peine de bolsillo, porque tenía el pelo lleno de escamas de pescado y quería sacárselas antes de desembarcar. Parker parecía algo menos afectado por la bebida, pero me apuraba para que me dirigiese a tientas a la cámara, para subir el primer artículo que se encontrase a mano. Accedí y, al primer intento, después de estar bajo el agua un minuto largo, subí con un pequeño baúl de cuero, que pertenecía al capitán Barnard. Lo abrimos de inmediato con la leve esperanza de que hubiese algo para comer o para beber, pero solo encontramos una caja de navajas de afeitar y dos camisas de lienzo. Bajé de nuevo y regresé sin éxito alguno. Al sacar la cabeza fuera del agua oí un chasquido sobre cubierta y, al asomarme, vi que mis compañeros, desagradecidos, se habían aprovechado de mi ausencia para beber el resto del vino, dejando caer la botella al intentar colocarla antes de que yo los viese. Cuando me quejé por la falta de compasión que habían tenido conmigo, Augustus se echó a llorar. Los otros dos lo tomaron como un chiste; pero deseo no volver a ser jamás testigo de una risa como la suya: la distorsión de su rostro era absolutamente horrible. Era evidente que el estímulo del vino, en sus estómagos vacíos, había generado un efecto rápido y violento, y estaban completamente ebrios. Con grandes dificultades, logré convencerlos para que se recostaran, y cayeron inmediatamente en un profundo sueño, acompañado de estrepitosos ronquidos.

En aquel momento me encontré realmente solo en el bergantín, y mis reflexiones fueron, sin duda, de lo más siniestras y espantosas. Ninguna perspectiva aparecía a la vista, excepto, una muerte lenta por hambre o, en el mejor de los casos, ser arrollados por la primera tempestad que se levantase, ya que, en el estado de agotamiento en el que nos encontrábamos, no había esperanza alguna de que resistiéramos otro temporal.

El hambre constante que sufría ahora era casi insoportable, y me sentí capaz de hacer cualquier cosa para aplacarla. Corté, con mi cortaplumas, un pequeño trozo de cuero del baúl e intenté comerlo, pero me fue totalmente imposible tragar un solo bocado, aunque sentí que mis sufrimientos se aliviaban un poco masticando trocitos de cuero y escupiéndolos después. Al anochecer mis compañeros se despertaron, uno tras otro, en un indescriptible estado de debilidad y horror, producido por el vino, cuyos vapores ya se habían disipado. Temblaban como si estuviesen volando de fiebre, y lanzaban gritos desgarradores pidiendo agua. El estado en el que ellos se encontraban me afectó muchísimo, pero me alegró, al mismo tiempo, el hecho de que una serie de circunstancias afortunadas me hayan impedido beber más vino y, en consecuencia, no participar de su melancolía y sus angustias. Sin embargo, su conducta me alarmaba e inquietaba mucho, porque era obvio que, si ningún cambio favorable ocurría, ellos no podrían proporcionarme ninguna ayuda en vistas a nuestra salvación común. Yo no había renunciado todavía a la idea de ser capaz de sacar algo de la despensa, pero no podía hacer otra tentativa hasta que alguno de ellos tuviese la suficiente entereza para ayudarme a sostener el extremo de la cuerda mientras yo descendía. Parker parecía estar algo más despabilado que los otros; entonces, traté por todos los medios de animarlo. Al creer que una zambullida en el agua del mar le produciría efectos beneficiosos, conseguí atarle alrededor de su cuerpo el extremo de una cuerda, y luego, llevándolo a la escalera de la cámara (permanecía completamente pasivo mientras tanto), lo empujé e inmediatamente lo saqué. Tenía buenas razones para alegrarme por haber llevado a cabo el experimento, porque parecía estar más animado y con más fuerzas. Al sacarlo del agua me preguntó, con mucha sensatez, por qué le había dado aquel baño. Cuando le expliqué el motivo, me lo agradeció, y me dijo que se sentía mucho mejor después de la inmersión, y luego conversamos con prudencia acerca de nuestra situación. Resolvimos entonces, tratar a Peters y a Augustus de la misma manera, cosa que hicimos inmediatamente, y ambos experimentaron resultados muy beneficiosos con dicho baño. Esta idea de la inmersión repentina surgió por el recuerdo de la lectura de algún libro de medicina en el que se hablaba del buen resultado de la ducha en los casos en que el paciente sufre de *mania a potu*.

Ahora podía confiar en que mis compañeros sujetasen el extremo de la cuerda, entonces, volví a sumergirme tres o cuatro veces más hasta la cámara, aunque ya era completamente de noche y un oleaje suave pero prolongado volvía inestable al bergantín. En el curso de estos intentos conseguí sacar dos navajas, un jarro vacío y una manta, pero nada que pudiera servirnos para alimentarnos. Después de recoger estas cosas, continué esforzándome, hasta que me sentí completamente exhausto, pero no traje nada más. Durante la noche Peters y Parker se ocuparon de la misma tarea por turnos; pero tampoco dieron con nada, y abandonamos la búsqueda desolados, convencidos de que nos habíamos agotado en vano.

Pasamos el resto de la noche en un estado de angustia mental y física intensa, como es fácil imaginar. Al fin amaneció el decimosexto día, y buscamos alivio en el horizonte, con ansiedad pero sin hallar ningún indicio de salvación. El mar seguía tranquilo, con oleaje hacia el norte, como el día anterior. Este era el sexto día que no habíamos probado bocado ni bebido más que la botella de vino de Oporto, y era evidente que podríamos sostenernos por muy poco tiempo, a menos que encontrásemos algo. Jamás he visto, ni deseo ver de nuevo, a seres humanos tan demacrados como Peters y Augustus. Si me los hubiese encontrado en tierra en aquel estado, no hubiera tenido la más leve sospecha de que fueran ellos. Sus rostros habían cambiado de aspecto por completo, de modo que no podía creer que fuesen realmente los mismos individuos que me acompañaban días atrás. Parker, aunque se encontraba triste y tan débil que casi no podía levantar la cabeza del pecho, no estaba tan mal como los otros dos. Sufría pacientemente, sin quejarse y tratando de inspirarnos confianza por todos los medios que le era posible imaginar. En cuanto a mí, aunque al comienzo del viaje había estado bastante mal, y siempre había sido delicado de salud, sufría menos que ellos, estaba mucho menos delgado y conservaba, sorprendentemente, mis facultades mentales, mientras que el resto de mis compañeros las tenían completamente agotadas y parecían haber vuelto a una especie de segunda infancia, acompañando sus expresiones de sonrisas imbéciles y diciendo las estupideces más absurdas. Pero por momentos, parecían reanimarse de repente, como impulsados por la conciencia de su situación, poniéndose entonces de pie de un salto, con un envión brusco y vigoroso, y hablando, durante un rato, de sus esperanzas, de un modo completamente racional, aunque sumidos en la desesperación más intensa. Es posible, sin embargo, que mis compañeros creyesen que se hallaban en buenas condiciones, y que viesen en mí las mismas extravagancias e imbecilidades que yo observaba en ellos. Aunque este es asunto que no se puede determinar.

Hacia el mediodía, Parker expresó que veía tierra al costado de babor, y me costó mucho impedir que se arrojase al mar para alcanzarla a nado. Peters y Augustus apenas le hicieron caso, entregados aparentemente a una contemplación melancólica. Cuando miré hacia la dirección indicada, yo no pude advertir la más leve presencia de tierra, y además sabía que nos hallábamos muy lejos de tierra para abrigar una esperanza de tal magnitud. Sin embargo, me costó mucho tiempo convencer a Parker de su error. Entonces se largó a llorar, como un niño, dando grandes gritos y sollozos durante dos o tres horas, y cuando se sintió agotado, cayó dormido.

Peters y Augustus hicieron varias tentativas infructuosas para tragar trocitos de cuero. Yo les aconsejé que lo masticaran y después lo escupiesen, pero estaban demasiado débiles para seguir mi consejo. Yo seguía masticando trozos de vez en cuando, y sentía cierto alivio; mi principal sufrimiento era la falta de agua, y si logré dominarme para no beber un sorbo de agua de mar fue porque recordaba las terribles consecuencias que esto le había acarreado a otros náufragos en situaciones similares a la nuestra.

El día transcurría de esa manera, cuando de repente descubrí una vela hacia el este, por nuestro costado de babor. Parecía ser un barco grande, seguía un rumbo que casi se cruzaba con el nuestro, y se encontraba probablemente a doce o quince millas de distancia. Ninguno de mis compañeros lo había visto aún, y no quise contárselo en ese momento, por si nos volvía a suceder lo mismo que con el anterior. Finalmente, cuando estuvo más cerca, vi claramente que venía hacia nosotros, con las velas ligeras desplegadas. Entonces, no pude contenerme más y se lo señalé a mis compañeros de infortunio. Inmediatamente se pusieron en pie de un brinco, expresando nuevamente las más extravagantes demostraciones de alegría, llorando, riendo como idiotas, saltando, dando patadas en la cubierta, tirándose de los pelos, rezando y blasfemando alternativamente. Yo estaba tan impresionado por su comportamiento, así como por lo que ahora consideraba una perspectiva de salvación segura, que no pude evitar unirme a sus locuras, y di rienda suelta a mis impulsos de gratitud y éxtasis echándome a rodar por la cubierta, aplaudiendo, gritando, y realizando otros actos similares, hasta que de repente me calmé, y caí una vez más en un estado de extrema desesperación y miseria humana, al ver que el barco nos presentaba de lleno su popa, y que navegaba en dirección casi opuesta a la que al principio traía.

Pasó algún tiempo antes de que pudiese convencer a mis pobres compañeros del triste revés que nuestras esperanzas habían sufrido. Todas mis palabras eran respondidas con gestos y miradas de asombro que implicaban que no se dejarían engañar por semejantes embustes. La conducta de Augustus fue la que más me afectó. A pesar de todo lo que yo decía o hacía, él insistía en que el barco se acercaba rápidamente a nosotros, y hacía preparativos para trasladarse a él. Se empeñaba en creer que unas algas que flotaban cerca del bergantín eran el bote del barco, e intentó arrojarse a él, gritando y lamentándose del modo más desgarrador, cuando le impedí por la fuerza arrojarse al mar.

Cuando todo se calmó un poco continuamos observando el barco hasta que finalmente lo perdimos de vista, dado que el tiempo empezó a ponerse brumoso y al mismo tiempo soplaba una brisa ligera. Tan pronto como desapareció del todo, Parker se volvió hacia mí con una expresión en su semblante que me produjo escalofríos. Había en él un aire de calma que yo no había advertido en él hasta ahora, y antes de que abriese la boca, mi corazón advirtió lo que iba a decirme. Propuso, en pocas palabras, que uno de nosotros debía morir para salvar la vida de los otros.

98

Desde hacía algún tiempo, yo sospechaba que tendríamos que llegar a este último y terrible extremo, y había resuelto interiormente aceptar la muerte de cualquier manera y bajo cualquier circunstancia antes que utilizar tal recurso. Mi decisión no se había debilitado en modo alguno por la intensidad del hambre que padecía. La proposición no había sido oída por Peters ni por Augustus. Por eso, llevé a Parker a un lado; y pidiéndole mentalmente a Dios suficiente poder para disuadirlo del horrible propósito que abrigaba, debatí con él durante largo rato, rogándole en nombre de todo lo que él consideraba sagrado y, proporcionándole todos los argumentos que lo extremado del caso requería, que abandonase la idea y no se la comentara a ninguno de los otros dos.

Escuchó todo lo que le dije sin intentar rebatir ninguno de mis argumentos, y yo empezaba a creer que lo había convencido. Pero cuando dejé de hablar, me dijo que sabía muy bien que todo lo que yo le había dicho era verdad, que recurrir a tal extremo era la alternativa más horrible que podía concebir la mente humana; pero que él había soportado hasta donde la naturaleza humana puede resistir; y que era innecesario que pereciesen todos, cuando con la muerte de uno era posible, e incluso probable, que al fin se salvaran los demás; añadió que yo podía evitarme el trabajo de intentar que cambie de opinión, porque ya lo tenía decidido aun antes de la aparición del barco, y que solo el barco que tuvo a la vista le había impedido hablar del asunto con anterioridad.

Entonces le rogué que, ya que no quería abandonar su propósito, lo postergara al menos para otro día, para ver si entre tanto aparecía algún otro barco que pudiera salvamos; reiterando nuevamente cuanto argumento se me cruzó como el más adecuado para conmover la dureza de su naturaleza. Me contestó que no hablaría con nadie hasta el último momento, pero que no podía vivir más tiempo sin alimentarse de alguna forma, y que por eso, otro día más sería demasiado tarde, ya que al día siguiente se habría muerto.

Viendo que no podía conmoverlo con nada de lo que le decía en tono suave, cambié de actitud y le dije que tuviese presente que, de todos, yo era el que menos había sufrido las consecuencia de nuestras desgracias; que, por consiguiente, mi salud y mis fuerzas se habían conservado hasta el momento mucho mejor que las de Augustus o Peters y que las suyas propias; en una palabra, que estaba en condiciones de imponerle mi voluntad por la fuerza si era necesario, y que si trataba de dar a conocer a los demás de algún modo, su designio sanguinario y caníbal, no vacilaría en arrojarlo al mar. Al oír estas palabras, me agarró del cuello y, sacando una navaja, hizo varios esfuerzos infructuosos para clavármela en el estómago; atrocidad que solo su excesiva debilidad le impidió llevar a cabo. Mientras tanto, yo, excitado por la ira, lo fui empujando hacia el costado del barco, con la clara intención de arrojarlo por la borda. Pero se salvó de su destino por la intervención de Peters, que se acercó y nos separó, preguntándonos la causa de nuestra discusión, cosa que Parker le explicó antes de que yo tuviera oportunidad de impedir que lo hiciese.

El efecto de sus palabras fue aún más terrible de lo que me había imaginado. Tanto Augustus como Peters, quienes al parecer venían meditando desde hacía tiempo la misma espantosa idea que Parker, quien había sido sencillamente el primero en expresarla, se unieron a su propósito, insistiendo en que se llevase a cabo de inmediato. Yo había calculado que por lo menos uno de los dos primeros conservaría la suficiente fuerza de voluntad para ponerse de mi lado para resistir cualquier tentativa de realizar tan espantoso propósito y, con la ayuda de uno de ellos, no tenía miedo de impedir su consumación. Al extinguirse mis esperanzas, me vi obligado a cuidar mi propia seguridad, pues una mayor resistencia por mi parte podía ser considerada, por aquellos hombres hambrientos, causa suficiente para prescindir de jugar limpio en la tragedia que, sin duda, se desarrollaría rápidamente.

Les dije que estaba dispuesto a someterme al plan, rogándoles simplemente que lo retrasen por una hora, a efectos de que la niebla que se había levantado en torno nuestro desapareciese, y ver si era posible volver a divisar el barco que habíamos visto. Con grandes dificultades obtuve la promesa de aguardar durante este tiempo y, como había calculado (pues una brisa se aproximaba rápidamente), la niebla se disipó antes de que hubiese expirado la hora; pero, como no aparecía ningún barco a la vista, nos preparamos para el sorteo.

Con extrema renuencia me detengo a relatar la espantosa escena que siguió, escena que, con sus más minuciosos detalles, ningún acontecimiento posterior ha podido borrar de mi memoria en lo más mínimo, y cuyo horrendo recuerdo amargará todos los momentos futuros de mi existencia. Permítanme, entonces, contar esta parte de mi relato con la máxima rapidez permitida por la naturaleza de los acontecimientos de los cuales tengo que hablar. El único medio que se nos ocurrió para la terrorífica lotería, en la que íbamos a tomar parte, consistió en sacar palitos. Cortamos pequeñas astillas de madera, y acordamos que fuera yo quien las sostenga. Me retiré hacia uno de los extremos del barco, mientras mis pobres compañeros silenciosamente se ubicaron en el extremo opuesto, de espaldas hacia mí. El peor momento de ansiedad que experimenté durante este drama horrible fue mientras me ocupé de acomodar las astillas. Existen pocas ocasiones en las que el hombre deja de sentir el más profundo interés por la conservación de su vida; y ese interés aumenta momentáneamente cuanto más frágil resulta aferrarse a la vida. Pero ahora que el silencioso, definitivo y grave asunto en el que estaba comprometido (tan distinto de los tumultuosos peligros de la tempestad, de los gradualmente próximos horrores del hambre) me permitió reflexionar sobre las pocas probabilidades que tenía de librarme de la más espantosa de las muertes —una muerte para el más espantoso de los fines—; todas las partículas que conformaban mi energía volaron como plumas en el viento, dejándome desamparado y preso del terror más abyecto y penoso. Al principio, no tuve ni siquiera fuerzas suficientes para reunir las pequeñas astillas de madera, ya que mis dedos se negaban por completo a cumplir su función y mis rodillas chocaban entre sí con violencia. Por mi cabeza pasaron rápidamente miles de proyectos absurdos para evitar tener que participar en la terrible lotería. Pensé dejarme caer de rodillas ante mis compañeros, suplicándoles que me permitiesen librarme de aquella exigencia; lanzarme de repente sobre ellos y, matando a uno, hacer inútil la decisión mediante la suerte; en una palabra, hacer todo lo que fuera necesario menos seguir adelante con lo que tenía que hacer. Por último, luego de perder mucho tiempo en esta actitud estúpida, volví a la realidad al escuchar la voz de Parker, quien me apremiaba para que les sacase a ellos de la terrrible angustia que estaban sufriendo. Aun así, no pude colocar las astillas en mi mano, dado que solo pensaba en toda clase de astucias para que a cualquiera de mis amigos le tocase el palo corto, porque habíamos acordado que quien sacaba la más corta de las cuatro astillas de mi mano moriría para la salvación de los demás. Antes de que cualquiera intente condenarme por esta aparente crueldad, debe ponerse en mi lugar.

Finalmente ya no era posible dilatarlo más y, con el corazón en la boca, avancé hacia la parte del castillo de proa, donde me estaban esperando mis compañeros. Tendí la mano con las astillas, y Peters sacó de inmediato una de ellas. Se había salvado... porque su astilla no era la más corta; y ahora había otra posibilidad más en mi contra. Junté todas mis fuerzas, y le ofrecí las astillas a Augustus. También sacó rápidamente una, y también se salvó; y ahora, yo tenía las mismas probabilidades tanto de morir como de vivir. En aquel momento toda la furia de un tigre se apoderó de mi alma, y me dirigí hacia mi pobre compañero Parker, con el odio más intenso y diabólico. Pero este sentimiento no duró mucho y, al final, con un temblor espasmódico y cerrando los ojos, le acerqué las dos astillas que quedaban. Tardó más de cinco minutos en decidir cuál sacar, y durante este tiempo de suspenso que partía el corazón no abrí ni una sola vez los ojos. Por fin, una de las dos astillas fue rápidamente arrancada de mi mano. La decisión estaba tomada, pero yo no sabía si era a mi favor o en mi contra. Nadie habló, y yo no me atreví a mirar la astilla que tenía en la mano. Peters me tomó del brazo y me obligó a abrir los ojos, y vi, de inmediato, en la mirada de Parker, que yo me había salvado y que él era el condenado. Sin aliento, caí inconsciente sobre la cubierta.

Me recuperé del desmayo a tiempo para ver la consumación de la tragedia, con la muerte de quien había sido el instrumento principal para que se cumpliese. Sin embargo, él no opuso resistencia, y cayó muerto en el acto por la puñalada en la espalda que Peters le propinó. No debería detenerme a relatar la horrible comida que siguió a continuación. Tales sucesos deben imaginarse, porque no existen palabras que describan el tremendo horror de esa realidad. Basta decir que, habiendo apaciguado en cierta medida la sed rabiosa que nos consumía, gracias a la sangre de la víctima, y habiendo desechado, de común acuerdo, las manos, los pies y la cabeza, arrojándolas al mar junto con las entrañas, devoramos el resto del cuerpo, en pedazos, durante los cuatro eternamente memorables días del diecisiete, dieciocho, diecinueve y veinte de aquel mes.

El día diecinueve cayó un chubasco que duró quince o veinte minutos, y pudimos recoger cierta cantidad de agua con ayuda de la manta que habíamos pescado en la cámara al dragarla después de la tempestad. La cantidad que recogimos no pasaba de unos dos litros; pero incluso con tan escasa provisión recobramos fuerza y esperanza.

El día veintiuno estábamos nuevamente ante la más extrema necesidad. El tiempo todavía seguía cálido y apacible, con niebla de vez en cuando y brisas ligeras, generalmente de norte a oeste.

El día veintidós, mientras estábamos sentados todos juntos, meditando sobre nuestra lamentable situación, se me ocurrió, de repente, una idea que brilló como un rayo de esperanza. Recordé que, cuando se cortó el trinquete, Peters me entregó una de las hachas encargándome que la pusiese en el sitio más seguro posible, y que pocos minutos antes de que la última ola fuerte rompiese contra el bergantín, llenándolo de agua, yo había dejado el hacha en el castillo de proa en una de las camas de babor. Ahora, pensé que con la ayuda del hacha podíamos abrir un boquete en la cubierta sobre la despensa y de este modo sacar fácilmente las provisiones.

Cuando le conté esta idea a mis compañeros, lanzaron un débil grito de alegría y nos dirigimos todos al castillo de proa. La dificultad para bajar allí era mayor que la que tuvimos para bajar a la cámara, porque la abertura era mucho más pequeña; como se recordará, el mar había arrancado todo el armazón de la escotilla de la cámara, mientras que la escotilla del castillo de proa, no siendo más que un simple hueco de menos de medio metro cuadrado, había permanecido intacta. Sin embargo, no vacilé en intentar el descenso; y atándome una cuerda al cuerpo como en las anteriores ocasiones, me sumergí, de pie, y me dirigí con rapidez a la litera y al primer intento me apoderé del hacha. Esta fue acogida con las mayores aclamaciones de alegría y triunfo, y la facilidad con que lo había conseguido fue considerada como un buen augurio para nuestra salvación definitiva.

Comenzamos, entonces, a abrir un boquete en la cubierta con toda la energía de nuestra esperanza renovada. Peters y yo manejábamos el hacha por turnos, porque Augustus no podía ayudamos de ningún modo, debido a su brazo herido. Incluso nosotros, tan débiles como estábamos, apenas podíamos sostenernos sin apoyarnos, y no pudiendo trabajar más de un par de minutos sin descansar, nos convencimos pronto de que serían necesarias muchas horas para realizar nuestra tarea, es decir, abrir un boquete lo suficientemente amplio para dejar paso libre a la despensa. Pero esta situación no nos desalentó y, trabajando toda la noche a la luz de la luna, conseguimos llevar a cabo nuestro propósito al amanecer del día veintitrés.

Peters se ofreció a bajar y, una vez hechos los preparativos, descendió, volviendo enseguida con un pequeño tarro que, para alegría nuestra, resultó estar lleno de aceitunas. Después de repartírnoslas y devorarlas con la mayor avidez, lo dejamos bajar de nuevo. Esta vez el resultado fue más allá de nuestras esperanzas, ya que regresó con un gran jamón y una botella de vino de Madeira. Bebimos un trago moderado, porque sabíamos, por experiencia propia, las consecuencias negativas de los excesos. El jamón, excepto por un kilogramo cerca del hueso, no estaba en condiciones para comerlo, se había echado a perder por el agua del mar. Nos repartimos la parte sana. Augustus y Peters, que no podían dominar su apetito, comieron su parte al instante; pero yo fui más prudente y solo comí una pequeña porción de la mía, por temor a la sed que me iba a provocar. Luego descansamos un rato de nuestra tarea, que había sido terriblemente dura.

Al mediodía, como nos sentíamos algo repuestos y fortalecidos, reanudamos nuestra tentativa en busca de provisiones, bajando alternativamente Peters y yo, y siempre con más o menos éxito, hasta que se puso el sol. Durante este intervalo tuvimos la buena suerte de reunir en total cuatro tarritos más de aceitunas, otro jamón, un bidón que contenía cerca de quince litros de excelente vino de Madeira y, lo que más nos alegró fue, una pequeña tortuga de las islas Galápagos, varias de las cuales había llevado a bordo el capitán Barnard, cuando el Grampus abandonó el puerto, tomándolas de la goleta Mary Pitts, recién llegada de su viaje al Pacífico.

Más adelante tendré oportunidad de hablar de esta especie de tortugas. Se encuentran principalmente, como la mayoría de mis lectores saben, en el grupo de las islas llamadas Galápagos, que viene del nombre de este animal —la palabra española galápago significa tortuga de agua dulce—. Por su forma peculiar y sus movimientos, se les ha dado a veces el nombre de tortuga-elefante. A menudo, son de un tamaño enorme. Yo he visto algunas que pesaban entre seiscientos y setecientos cincuenta kilogramos, aunque no recuerdo ningún navegante que hable de haber visto alguna de más de cuatrocientos kilogramos de peso. Tienen un aspecto extraño y hasta repugnante. Su marcha es muy lenta, acompasada y pesada, y su cuerpo apenas se eleva treinta centímetros del suelo. Su cuello es largo y excesivamente delgado; su longitud normalmente oscila de cuarenta y cinco a sesenta centímetros, y yo he matado una, cuya distancia del hombro a la extremidad de la cabeza no bajaba de un metro. La cabeza tiene un sorprendente parecido con la de la serpiente. Pueden vivir sin comer durante un tiempo increíblemente largo, habiéndose conocido casos en que siendo arrojadas a la bodega de un barco han permanecido en ella dos años sin alimento alguno, y al cabo de este tiempo se las ha encontrado tan gordas y tan sanas como el primer día. Por una particularidad de su organismo, estos animales se asemejan al dromedario, o camello del desierto. En una bolsa situada en el nacimiento de su cuello llevan constantemente una provisión de agua. En algunos casos, al matarlas después de haberlos privado durante un año de todo alimento, se han encontrado en sus bolsas hasta unos doce litros de agua fresca y potable. Sus principales alimentos son perejil silvestre y apio, además de verdolaga, algas marinas, higos, y otros vegetales que abundan en las vertientes de las colinas cerca de la costa donde vive este animal. Son un alimento sustancioso y nutritivo y, sin duda, han servido para conservar la vida de miles de marineros empleados en la pesca de la ballena y en otros menesteres en el Pacífico.

La que tuvimos la suerte de sacar de la despensa no era de gran tamaño, y pesaba probablemente unos treinta y cinco kilogramos. Era hembra, se encontraba en excelente estado, quizá excesivamente gorda y guardaba en la bolsa del cuello más de un litro de agua fresca y limpia. Esto era, ciertamente, un tesoro para nosotros; y cayendo de rodillas todos a la vez, dimos gracias a Dios por tan oportuno auxilio.

Nos costó mucho trabajo sacar al animal por el boquete, porque se resistía con furia y su fuerza era asombrosa. Estaba a punto de escaparse de las manos de Peters y caer de nuevo en el agua, cuando Augustus le puso una cuerda con un nudo corredizo en el cuello, reteniéndola de este modo hasta que yo salté dentro del agujero y, al ponerme al lado de Peters, le ayudé a subirla.

Trasladamos cuidadosamente el agua de la bolsa a la jarra que, como recordarán, habíamos sacado antes de la cámara. Una vez hecho esto, rompimos el cuello de una botella de modo que junto con el corcho formase una especie de vaso, cuya capacidad no llegaba a la media pinta. Bebimos cada uno una de estas medidas llena, y decidimos limitarnos a esta cantidad por día durante tanto tiempo como durara la provisión.

Como el tiempo había sido seco y agradable durante los dos o tres últimos días, las mantas que habíamos sacado de la cámara, así como nuestras ropas, se habían secado por completo, de modo que pasamos esa noche (la del veintitrés) con relativo bienestar, gozando de un descanso tranquilo, después de haber cenado aceitunas con jamón, y un trago de vino moderado. Temiendo que durante la noche perdiésemos algunas de nuestras provisiones, en el caso de que se levantara brisa, las aseguramos lo mejor posible con una cuerda a los restos del cabrestante. En cuanto a nuestra tortuga, que deseábamos a toda costa conservar viva mientras pudiésemos, la pusimos boca arriba y también la atamos cuidadosamente.

CAPÍTULO XIII

24 de julio. La mañana nos encontró extraordinariamente recuperados, física y moralmente. A pesar de la peligrosa situación en la que nos encontrábamos, ignorando nuestra posición, aunque seguramente a gran distancia de tierra, con provisiones solo para quince días, casi sin agua y flotando a merced de los vientos y de las olas en el naufragio más simple del mundo, los peligros y las angustias más terribles de los que milagrosamente acabábamos de escapar hacían que consideremos nuestro sufrimiento actual como un mal menor; tan cierto como que la felicidad y la desgracia son completamente relativas.

Al amanecer nos preparamos para reanudar nuestros intentos para sacar algo de la despensa, cuando una copiosa lluvia, con algún relámpago, nos obligó a preocuparnos por recoger agua por medio del paño que ya habíamos utilizado antes para ese propósito. No teníamos otro medio para recoger el agua que tendiendo la sábana, colocando en su centro uno de los herrajes del trinquete de la cadena de proa. El agua, conducida de este modo hacia el centro, desagotaba en nuestra fuente. Casi la habíamos llenado mediante este procedimiento, cuando una tormenta feroz, procedente del norte, nos obligó a abandonar, porque el barco comenzó a balancearse tan violentamente que no podíamos mantenernos en pie. Entonces nos dirigimos a proa y, amarrándonos con firmeza a los restos del cabrestante como antes, transitamos este acontecimiento con más calma de la que suponíamos o de la que se podía imaginar en aquellas circunstancias. Al mediodía calmó el viento, y por la noche se convirtió en un fuerte vendaval, acompañado de un tremendo oleaje. La experiencia nos había enseñado, sin embargo, la mejor manera de arreglar nuestras amarras, y aquella noche capeamos el temporal con relativa seguridad, a pesar de que a cada instante nos veíamos inundados y en peligro de ser barridos por el mar. Por fortuna, el tiempo era tan cálido que el contacto con el agua era agradable.

25 de julio. Al amanecer, la tempestad se había convertido en una simple brisa de diez nudos por hora, y el mar había bajado tanto que casi podíamos andar secos por la cubierta. Pero, para nuestro pesar, descubrimos que las olas se habían llevado dos tarros de aceitunas y todo el jamón, aunque los habíamos atado cuidadosamente. Decidimos no matar a la tortuga todavía, y nos conformamos, por el momento, con un desayuno compuesto por unas cuantas aceitunas y una medida de agua cada uno, mezclada a partes iguales con vino. Esta bebida nos dio ánimo y fuerza, sin sumirnos en la embriaguez que nos había producido el vino de Oporto. El mar seguía demasiado movido como para repetir nuestros esfuerzos en busca de provisiones de la despensa. Varios artículos, que no nos interesaban demasiado en esta situación, subieron a través del boquete a lo largo del día, siendo inmediatamente barridos por las olas. También observamos que el casco estaba aún más inclinado, de modo que no podíamos permanecer de pie ni un instante sin atarnos. Por este motivo, pasamos un día sombrío e incómodo. Al mediodía, el sol caía casi verticalmente, y no tuvimos dudas de que habíamos sido arrastrados, en virtud de la larga sucesión de vientos del norte y del noroeste, cerca del Ecuador. Hacia el anochecer vimos varios tiburones, y nos alarmamos un poco por la audacia con la que uno de gran tamaño se acercó a nosotros. En medio de uno de los tantos sacudones que nos sumergía profundamente bajo el agua en la cubierta, el monstruo pasó nadando por encima de nosotros y, coleteando por unos momentos sobre la escotilla, golpeó violentamente a Peters con su cola. Por fin, una fuerte ola lo arrastró lejos, para nuestro alivio. Si el clima hubiese estado más moderado, lo habríamos capturado fácilmente.

26 de julio. Esta mañana, al ver que el viento había amainado mucho, y que el mar estaba menos agitado, decidimos reanudar nuestros intentos para llegar a la despensa. Después de trabajar mucho durante todo el día, nos convencimos de que no podíamos sacar nada de allí, porque los mamparos de la habitación se habían roto durante la noche, y su contenido había sido desplazado hacia la cabina. Este descubrimiento, como podrán suponer, nos llenó de desesperación.

27 de julio. El mar está casi en calma, todavía sopla un suave viento del norte y del oeste. El sol salió con fuerza durante la tarde, por lo tanto nos dedicamos a secar nuestras ropas. Pudimos calmar nuestra sed y, por otra parte, sentimos mucho bienestar bañándonos en el mar; sin embargo, al hacerlo tuvimos que tomar muchas precauciones, por temor a los tiburones, algunos de los cuales vimos nadando en torno al bergantín durante el día.

28 de julio. Continúa el buen tiempo. El bergantín comienza a balancearse de un modo tan alarmante que tenemos miedo de que se tumbe. Nos preparamos para esta emergencia lo mejor que pudimos, lanzando lo más lejos posible nuestra tortuga, la jarra de agua, y los dos tarros de aceitunas que nos quedaban, colocándolos fuera del casco, por debajo de las cadenas principales. El mar, muy tranquilo todo el día, con poco o casi nada de viento.

29 de julio. Persiste el buen tiempo. El brazo herido de Augustus comienza a presentar síntomas de gangrena. Se queja de sed excesiva y de somnolencia, pero no tiene dolores agudos. No podemos hacer nada para aliviarlo, más que frotarle las heridas con un poco del vinagre de las aceitunas, cosa que al parecer no le hace ningún bien. Hicimos todo lo que estuvo a nuestro alcance para calmar su dolor. Y le triplicamos su ración de agua.

30 de julio. Un día excesivamente caluroso, sin viento. Un tiburón enorme se mantuvo cerca del barco toda la mañana. Varias veces intentamos, sin éxito, capturarlo con un lazo. Augustus está mucho peor, y decayendo más, evidentemente, por la falta de alimentos apropiados que por los efectos de sus heridas. Reza constantemente para calmar su sufrimiento, y no desea nada más que la muerte. Esta tarde comimos las últimas aceitunas, y encontramos el agua de nuestro cántaro tan putrefacta que no pudimos beberla sin añadirle vino. Estamos decididos a matar nuestra tortuga mañana por la mañana.

31 de julio. Después de una noche de gran ansiedad y fatiga, debido a la posición del casco, nos dispusimos a matar y descuartizar nuestra tortuga. Resultó ser más pequeña de lo que nos habíamos imaginado, pero está en buenas condiciones: toda su carne no debe pesar más de cinco kilogramos. Con el propósito de conservar una parte de ella el mayor tiempo posible, la cortamos en rodajas finas, y llenamos con ellas los tres tarros de aceitunas y la botella de vino (que habíamos conservado), agregándole luego el vinagre de las aceitunas. De esta manera tenemos en conserva un kilogramo y medio de la tortuga, pensando no tocarlo hasta que hayamos consumido el resto. Decidimos reducir nuestra ración a poco más de cien gramos al día; con lo cual la tortuga durará trece días. Al anochecer, nos sorprendió una tormenta con mucha lluvia acompañada de grandes truenos y relámpagos, pero duró tan poco que solo nos permitió recoger un cuarto litro de agua. De común acuerdo, se la dimos a Augustus, quien parecía estar en las últimas. Bebió el agua de la sábana a medida que la íbamos recogiendo (sosteniéndola sobre él, que estaba acostado de manera que le caiga en la boca), porque no nos había quedado nada donde conservar el agua, a menos que decidiéramos vaciar el vino de la garrafa, o el agua podrida de la jarra. Cualquiera de estas soluciones hubiera tenido que ponerse en práctica si el aguacero continuaba.

Augustus no pareció sentir gran alivio con la bebida. Tenía el brazo completamente negro desde la muñeca hasta el hombro, y sus pies estaban fríos como el hielo. A cada momento esperábamos su último suspiro. Estaba espantosamente consumido, tanto que, aunque pesaba unos cincuenta y siete kilos al salir de Nantucket, ahora no debía pesar más de *veinte a veinticinco kilos*. Tiene los ojos tan profundamente hundidos en sus cuencas que apenas se le ven, y la piel de sus mejillas le cuelga tan floja que le impide masticar cualquier alimento o incluso beber cualquier líquido sin grandes dificultades.

1 de agosto. El tiempo continúa en calma, con un sol abrasador que nos agobia. Sufrimos mucho la sed, ya que el agua de la jarra está totalmente podrida y llena de gusanos. Sin embargo, nos vemos obligados a tomar un poco, mezclándola con vino; pero apenas nos calma. Encontramos más alivio cuando nos bañamos en el mar, pero solo podemos bañarnos muy de vez en cuando, debido a la presencia constante de los tiburones. Ahora vemos con claridad que Augustus no se salvará; que se está muriendo. No podemos hacer nada para aliviar su sufrimiento, que parece insoportable. A eso de las doce murió tras sufrir violentas convulsiones, y sin haber podido hablar durante varias horas. Su muerte nos llenó de los presentimientos más sombríos, y ejerció sobre nuestros espíritus una impresión tan poderosa que pasamos todo el día inmóviles junto al cadáver, sin decir nada. Fue poco después del anochecer que tomamos coraje para levantarnos y arrojar su cuerpo al mar. Aquello resultó espantoso, y repugnante más allá de lo expresable, porque su cuerpo estaba tan descompuesto que, cuando Peters intentó levantarlo, se le quedó una pierna entera entre las manos. Cuando la masa putrefacta se deslizó al mar por encima de la cubierta del barco, el resplandor de la luz fosfórica del agua que nos rodeaba nos dejó ver siete u ocho grandes tiburones, y oímos el crujir de aquellos horribles dientes, desgarrando la presa en pedazos; podía oírse a una milla de distancia. Ante lo sobrecogedor del ruido, nos retiramos aterrados.

2 de agosto. Continúa el tiempo sumamente en calma y muy caluroso. La aurora nos sorprendió en un deplorable estado de abatimiento físico y moral. El agua de la jarra estaba ya totalmente estropeada, convertida en una especie de masa gelatinosa; una masa compuesta de gusanos y baba. La tiramos, lavamos la jarra hundiéndola en el mar, echándole luego un poco de vinagre de nuestros tarros de tortuga en conserva. Apenas podíamos soportar la sed y tratamos en vano de calmarla con vino, que es como echar leña al fuego, excitándonos hasta llegar a la embriaguez. Después procuramos aliviar nuestros sufrimientos mezclando el vino con agua de mar; pero esto nos provocó inmediatamente muchas náuseas, por lo tanto no volvimos a probar esta mezcla nunca más. Pasamos todo el día buscando con impaciencia una oportunidad para bañarnos, pero sin éxito; porque el barco estaba completamente asediado por tiburones; sin duda los mismos monstruos que habían devorado a nuestro pobre compañero la noche anterior, y estaban esperando otro festín semejante. Esta circunstancia nos produjo el sentimiento más desagradable, y nos llenó de presentimientos más deprimentes y melancólicos. Habíamos experimentado un gran alivio cuando nos bañábamos, y tener que privarnos de este recurso de una manera tan espantosa era más de lo que podíamos soportar. También nos preocupaba el peligro inmediato, ya que, el menor resbalón o movimiento en falso podía arrojarnos al alcance de aquellos monstruos voraces, que frecuentemente avanzaban hacia nosotros, nadando por sotavento. Ni siquiera nuestros chillidos o nuestros golpes parecían asustarlos. Aun cuando uno de los más grandes fue alcanzado por el hacha de Peters, hiriéndolo gravemente, persistía en sus intentos de lanzarse sobre nosotros. Al caer la noche una nube oscureció el cielo, pero por desgracia, pasó sin descargar agua. Es bastante imposible imaginar los sufrimientos que nos causa la sed en este momento. Pasamos la noche sin dormir, no solo por la sed sino también por el miedo a los tiburones.

3 de agosto. No hay perspectivas de salvación, y el bergantín se inclina cada vez más, de modo que ni siquiera podemos mantenernos de pie sobre cubierta. Nos ocupamos de atar el vino y la carne de tortuga, para no perderlos en caso de que el barco se dé vuelta. Arrancamos dos clavos de las cadenas de proa del trinquete, y con el hacha, los clavamos en el casco, por el lado de barlovento, quedando como medio metro dentro del agua, no muy lejos de la quilla, dado que ya estábamos casi de costado. Sujetamos nuestras provisiones a estos clavos, porque nos pareció que estarían más seguras allí que en el sitio donde las teníamos antes, debajo de las cadenas. Sufrimos mucho la sed durante toda la jornada, porque no tuvimos ninguna oportunidad para bañarnos, ya que los tiburones no nos abandonaron ni un instante. Nos fue imposible dormir.

4 de agosto. Un poco antes del amanecer notamos que el casco se estaba dando vuelta, y nos despabilamos rápidamente para impedir que el movimiento nos arrojase al agua. Al principio el giro fue lento y gradual, y nos apresuramos a trepar a barlovento, después de haber tomado la precaución de dejar colgando unas cuerdas de los clavos en los que habíamos sujetado nuestras provisiones. Pero no calculamos bien la aceleración del impulso: y la inclinación se fue haciendo tan excesivamente violenta, que no pudimos contrarrestarla; y, antes de que nos diésemos cuenta de lo que sucedía, nos vimos lanzados bruscamente al mar, y tuvimos que dar varias brazadas debajo de la superficie, con el enorme casco justamente encima de nosotros.

Al encontrarme bajo el agua me vi obligado a soltar la cuerda; y viendo que estaba completamente debajo del barco, y casi sin fuerzas, apenas luché por mi vida, y me resigné a morir, en unos instantes. Pero volví a equivocarme, porque no había tenido en cuenta el rebote natural del casco por el lado de barlovento. El remolino ascendente del agua, que el barco generó al volverse parcialmente hacia atrás, me devolvió a la superficie mucho más bruscamente de lo que me había sumergido. Al llegar arriba me encontré, según pude calcular, a unos veinte metros del casco. El barco se hallaba con la quilla al aire, balanceándose violentamente de un lado hacia el otro, y el mar estaba muy agitado, girando en todas direcciones y formando grandes remolinos. No podía ver a Peters. Un barril de aceite flotaba a pocos metros de mí y varios otros artículos del bergantín estaban esparcidos por allí.

Mi mayor temor eran ahora los tiburones, porque sabía que se encontraban en los alrededores. Con el propósito de impedir, si era posible, que se acercasen a mí, sacudí vigorosamente el agua con los pies y las manos mientras nadaba hacia el barco, haciendo mucha espuma. Estoy seguro de que esta maniobra tan simple fue lo que me salvó la vida, ya que todo el mar alrededor del bergantín, momentos antes de darse vuelta, estaba tan plagado de aquellos monstruos que debí de estar, y realmente estuve, en contacto con algunos de ellos durante mi avance hacia el barco. Afortunadamente, llegué el costado de la embarcación sano y salvo, aunque tan debilitado por el violento ejercicio, que no hubiera podido subirme sin la oportuna ayuda de Peters, quien ahora, apareció ante mi vista (porque se había subido a la quilla por el lado opuesto del casco) y me arrojó la punta de una cuerda, una de las que fueron atadas a los clavos.

Ya libres de este peligro, nuestra atención se fijó en la espantosa inminencia de otro: nuestra absoluta inanición. Toda nuestra reserva de provisiones había sido arrasada por las olas, a pesar de todo el trabajo que habíamos hecho para asegurarlas; y al no ver ya ni la más remota posibilidad de obtener más, nos entregamos a la desesperación, llorando como niños, sin tratar de consolarnos el uno al otro. Es difícil imaginar una debilidad semejante, y quienes nunca se han hallado en una situación similar, la considerarán, sin duda, inverosímil; pero se debe recordar que nuestros cerebros estaban tan completamente trastornados por la larga serie de privaciones y terrores a los que habíamos estado sometidos que no podríamos ser considerados justamente en aquel tiempo como seres racionales. En peligros posteriores, casi tan grandes, o incluso mayores, soporté con entereza todos los males, y Peters, como se verá, dio muestras de una filosofía estoica casi tan increíble como su actual letargo infantil e imbecilidad... la condición mental marcó la diferencia.

El vuelco del bergantín, incluso con la consiguiente pérdida del vino y de la tortuga, en realidad, no hubieran empeorado mucho más nuestra situación, a no ser por la desaparición de las ropas de cama, con las que hasta ahora podíamos recoger el agua de lluvia, y la jarra que empleábamos para guardarla; porque encontramos todo el casco, desde medio metro a un metro de los nudos hasta la quilla, así como la quilla misma, *cubierta de una espesa capa de grandes caracolitos, que resultaron ser un alimento excelente y muy nutritivo.* Por lo tanto, en dos aspectos importantes, el accidente que tanto habíamos temido, nos benefició más de lo que nos perjudicó; nos proporcionó una reserva de provisiones que no se acabaría, consumiéndola con moderación, en un mes, y contribuyó en gran manera a nuestra comodidad en cuanto a posición se refiere, ya que nos encontrábamos mucho más a gusto y con mucho menos peligro que antes.

Sin embargo, la dificultad para conseguir agua nos impedía ver todos los beneficios del cambio de nuestra situación. Con el propósito de estar listos para aprovechar inmediatamente cualquier chaparrón que cayese, nos quitamos las camisas, para valernos de ellas como habíamos hecho con las sábanas, aunque, naturalmente, no esperábamos recoger por este medio, aun en las circunstancias más favorables, algo más que unos cincuenta mililitros cada vez. No hubo señales de nubes durante todo el día y nuestra agonía por la sed que sentíamos era casi intolerable. Por la noche, Peters consiguió dormir una hora, aunque muy inquieto; pero mi sufrimiento tan intenso no me dejó pegar un ojo ni un solo instante.

5 de agosto. Hoy, se levantó una suave brisa que nos acercó una gran cantidad de algas, entre las cuales tuvimos la suerte de encontrar once pequeños cangrejos, que nos proporcionaron varias deliciosas comidas. Como su caparazón era muy blando, los comimos enteros, y nos dimos cuenta de que nos daban menos sed que los caracolitos. Debido a que no encontramos ningún rastro de tiburones entre las algas, nos aventuramos a bañarnos, y permanecimos en el agua cuatro o cinco horas, durante las cuales experimentamos una sensible disminución de nuestra sed. Esto nos alivió bastante, y pasamos la noche más cómodos que la anterior, y los dos logramos conciliar un poco el sueño.

6 de agosto. Este día fuimos bendecidos por una lluvia abundante y continua, que duró desde el mediodía hasta el anochecer. Lamentamos profundamente la pérdida del jarro y de la garrafa; porque, a pesar de los pocos medios que teníamos para recoger el agua, hubiésemos podido llenar no solo una, sino ambas vasijas. Tal como estaban las cosas, para calmar los embates de la sed, nos tuvimos que contentar con dejar que las camisas se empapasen, y retorcerlas luego de modo que el precioso líquido se escurriese en nuestra boca. Pasamos todo el día ocupándonos de estos menesteres.

7 de agosto. Justamente al despuntar el día, mi compañero y yo, descubrimos, al mismo tiempo, una vela hacia el este, que *¡claramente se dirigía hacia nosotros!* Saludamos la gloriosa aparición con un prolongado aunque débil grito de alegría; e inmediatamente comenzamos a hacer todas las señales que podíamos, agitando las camisas al aire, saltando tan alto como nuestro débil estado nos lo permitía e incluso gritando con toda la fuerza de nuestros pulmones, aunque el barco debía de estar por lo menos a quince millas de distancia. Sin embargo, el buque seguía acercándose a nuestro casco, y veíamos que, si mantenía ese rumbo, llegaría a aproximarse tanto que podría vernos. Aproximadamente una hora después de que lo descubrimos, pudimos ver con claridad a la gente sobre la cubierta. Era una goleta larga y baja, con la gavia muy inclinada hacia la popa, con una bola negra en el foque mayor, y tenía, aparentemente, la tripulación completa. Entonces comenzamos a alarmarnos, porque no podíamos imaginar que no nos vieran y tuvimos miedo de que nos dejasen abandonados a nuestra suerte, un acto de barbarie infernal que, por increíble que parezca, se había perpetrado repetidas veces en el mar, en circunstancias muy similares a la nuestra, y por seres a quienes considerábamos como pertenecientes a la especie humana.[5]

5   El caso del bergantín Polly, de Boston es importante, y su destino, en muchos aspectos, es tan sorprendentemente similar al nuestro, que no puedo abstenerme de comentarlo aquí. Esta embarcación, de ciento treinta toneladas de carga, zarpó de Boston, con un cargamento de madera y provisiones, para Santa Cruz, el 12 de diciembre de 1811, al mando del capitán Casneau. Eran ocho almas a bordo además del capitán —el primer oficial, cuatro marineros, y el cocinero, junto al señor Hunt, y una muchacha negra de su propiedad—. El día quince, habiendo dejado atrás las aguas poco profundas de Georges, surgió una filtración durante un vendaval proveniente el sureste, y volcó; pero tras perder los mástiles por la borda, luego logró enderezarse. Permanecieron en esa situación, sin fuego, y escasa provisiones, por un período de ciento noventa y un días (desde el 15 de diciembre hasta el 20 de junio), cuando el capitán Casneau y Samuel Badger, los únicos sobrevivientes, fueron rescatados del naufragio por el Fame, de Hull, con el capitán Featherstone que regresaba de Río de Janeiro. Cuando los rescataron, se encontraban a 28° latitud N., longitud: 13° O., ¡habiéndose desviado más de dos mil millas! El 9 de julio el Fame se juntó con el bergantín Dromero, del capitán Perkins, quien desembarcó a los dos sobrevivientes en Kennebeck. La narración de la que obtenemos estos detalles finaliza con estas palabras: «Es natural preguntarse cómo pudieron flotar una distancia tan vasta, en la parte más transitada del Atlántico, sin ser descubiertos durante todo

Pero, en este caso, por la misericordia de Dios, estábamos destinados a llevarnos una agradable sorpresa, ya que, en seguida advertimos un repentino revuelo en la cubierta del barco desconocido, el cual inmediatamente izó una bandera inglesa y, ceñido por el viento, avanzó en línea recta hacia nosotros. Media hora después, nos hallábamos en su cámara. Resultó ser el Jane Guy, de Liverpool; su capitán, Guy, se encontraba en un viaje comercial y de pesca en los mares del Sur y el océano Pacífico.

ese tiempo. *Más de una docena de embarcaciones pasaron a su lado, una de ellas se acercó tanto que pudieron ver claramente a las personas en la cubierta y en el aparejo mirándolos; pero para gran decepción de aquellos hombres hambrientos y muertos de frío, todos reprimieron los impulsos de la compasión, izaron sus velas y, cruelmente, los abandonaron a su suerte».*

CAPÍTULO XIV

La Jane Guy era una hermosa goleta de ciento ochenta toneladas de capacidad. Era extraordinariamente delgada en los costados y, con viento y tiempo moderado, era el velero más rápido que jamás había visto. Sin embargo, sus cualidades como buque no eran tan buenas, y su calado era demasiado grande para el comercio al que estaba destinada. Para esta función específica es conveniente un barco más grande, de un calado proporcionalmente ligero; es decir, un barco de trescientas a trescientas cincuenta toneladas. Debería estar aparejada como un barco y, en otros aspectos, debería tener una construcción diferente a la que tienen los barcos de los mares del Sur. Es absolutamente necesario que se encuentre bien armada. Debe tener, por ejemplo, diez o doce carronadas de cinco kilos y medio, y dos o tres cañones largos del doce, con bocas de bronce, y cajas herméticas en las partes superiores. Los anclajes y los cables deberán ser más resistentes que los que se utilizan en otros oficios; y, por sobre todo, para un barco como el que he descripto, su tripulación debe ser numerosa y calificada, más de cincuenta o sesenta hombres vigorosos y capaces. La Jane Guy tenía una tripulación de treinta y cinco hombres, todos ellos marineros habilidosos, además del capitán y del piloto; pero no estaba tan bien armada ni equipada, como un navegante conocedor de los peligros y dificultades del oficio hubiera deseado.

El capitán Guy era un caballero de muy buenos modales, y con mucha experiencia en el tráfico meridional, al que le había dedicado la mayor parte de su vida. Sin embargo, le faltaba energía y, en consecuencia, carecía del espíritu emprendedor que aquí es un requisito imprescindible. Era copropietario del barco que navegaba, y tenía plenos poderes para navegar por los mares del Sur con cualquier cargamento que llegase a sus manos. Como suele suceder en estos viajes, llevaba a bordo collares, espejos, eslabones, hachas, escotillas, sierras, azuelas, cepillos, cinceles, escofinas, taladros, limas, lijadoras, formones, martillos, clavos, cuchillos, tijeras, navajas de afeitar, agujas, hilo, vajilla, telas estampadas, baratijas y otros artículos similares.

La goleta zarpó de Liverpool el 10 de julio, cruzó el trópico de Cáncer el día veinticinco, a los 20º de longitud oeste, y llegó a Sal, una de las islas de Cabo Verde, el día veintinueve, donde cargó sal y otros artículos necesarios para el viaje. El día 3 de agosto abandonó las islas del Cabo Verde con rumbo al sudoeste, llegando hasta la costa de Brasil, a fin de cruzar el Ecuador entre los meridianos 28° y 30° de longitud oeste. Este es el rumbo que suelen seguir los barcos que van desde Europa al Cabo de Buena Esperanza, o que hacen la ruta a las Indias Orientales. Siguiendo este rumbo evitaban las corrientes contrarias calmas y fuertes que reinan constantemente en la costa de Guinea, en tanto que, al final, esta resulta ser la vía más corta, ya que nunca faltan los vientos del oeste mediante los cuales se llega al Cabo. La intención del capitán Guy era hacer su primera escala en la Tierra de Kerguelen, no sé bien por qué razón. El día que fuimos recogidos, la goleta se hallaba a la altura del cabo San Roque, a 31° de longitud oeste; así que, cuando nos dimos cuenta, habíamos desviado, probablemente, de norte a sur, *¡no menos de veinticinco grados!*

A bordo del Jane Guy fuimos tratados con toda la amabilidad que requería nuestra angustiosa situación. Aproximadamente a los quince días, mientras seguíamos rumbo al sudeste, con brisas suaves y buen clima, tanto Peters como yo nos recuperamos por completo de los efectos de nuestras privaciones pasadas y sufrimientos espantosos, y comenzamos a recordar lo que había sucedido, más como una pesadilla de la que felizmente habíamos despertado, que como acontecimientos que hubiesen sucedido en la realidad. Posteriormente he podido comprobar que esta especie de olvido parcial lo produce la repentina transición de la alegría a la pena, o de la pena a la alegría; y el grado de olvido es proporcional al grado de diferencia en el cambio. Por eso, en mi caso, ahora siento que me resulta imposible comprender la magnitud del sufrimiento que soporté durante los días que pasé en el barco. Se recuerdan los incidentes, pero no los sentimientos que nos produjeron en ese momento. Solo sé que, en aquel momento, cuando sucedieron, pensé que la naturaleza humana no podía soportar mayor grado de angustia.

Continuamos nuestro viaje durante varias semanas sin otros incidentes más que los ocasionales encuentros con barcos balleneros y más frecuentemente con ballenas negras o francas, llamadas así para distinguirlas de las espermaceti. Pero estas se encuentran principalmente, al sur del paralelo 25. El día 16 de septiembre, nos encontrábamos en las cercanías del Cabo de

Buena Esperanza, cuando la goleta sufrió la primera tormenta seria desde su salida de Liverpool. En estas aguas, pero con más frecuencia al sur y al este del cabo (nosotros estábamos al oeste), es donde, a menudo, los navegantes deben enfrentar tempestades del norte que se desencadenan con gran furia. Van siempre acompañadas de mar agitado, y una de sus características más peligrosas es el remolino constante del viento, que a veces se produce en lo más recio de la tempestad. En cualquier momento soplará un huracán de norte a noreste, y luego no se sentirá ni una ráfaga en esa dirección, mientras se aproxima desde el sudoeste con una violencia casi inconcebible. El indicio más seguro de que se avecina el cambio es un claro que se divisa hacia el sur, y los barcos aprovechan eso para tomar las debidas precauciones.

Eran las seis de la mañana, aproximadamente, cuando comenzó la tormenta con un oportuno chubasco procedente, como siempre, del norte. Hacia las ocho había aumentado mucho la intensidad, agitándose ante nosotros uno de los mares más tremendos que jamás he visto. Todo se había preparado con el mayor cuidado, pero la goleta sufría excesivamente, evidenciando sus malas cualidades como buque, inclinando el castillo de proa bajo el agua con cada balanceo, y elevándose con mayor dificultad ante el embate de una ola, antes de que fuese sumergida por la siguiente. Poco antes de la puesta del sol, el claro que habíamos estado buscando hizo su aparición por el sudoeste, y una hora después vimos a nuestra pequeña vela de proa flamear indiferente contra el mástil. Dos minutos más tarde, a pesar de nuestras precauciones, fuimos lanzados de costado, como por arte de magia, y un espantoso torbellino de espuma rompió sobre nosotros en ese instante. Sin embargo, el vendaval que procedía del sudoeste resultó ser por fortuna solo una ráfaga y tuvimos la buena suerte de enderezar el barco sin perder ni un palo. El mar muy agitado nos generó gran inquietud durante varias horas, pero hacia la madrugada nos hallábamos casi en tan buenas condiciones como antes de la tempestad. El capitán Guy consideró que se había salvado de milagro.

El 13 de octubre divisamos la isla del Príncipe Eduardo, que se halla a los 46° 53' de latitud sur, y 37° 46' de longitud este. Dos días después nos encontrábamos cerca de la isla Posesión, y ahora estábamos dejando atrás la isla de Crozet, a los 42° 59' de latitud sur, y 48° de longitud este. El día dieciocho llegamos a la isla de Kerguelen o isla de la Desolación, en el océano Índico meridional, y anclamos en Puerto de Navidad, con cuatro brazas de agua.

Esta isla, o más bien grupo de islas, está situado al sudeste del Cabo de Buena Esperanza, a unas ochocientas leguas, aproximadamente. Fue descubierta por primera vez en 1772, por el barón de Kergulen, o Kerguelen, de nacionalidad francesa, quien pensando que esta tierra formaba parte de un extenso continente meridional, llevó mucha información a su patria, produciendo gran repercusión en aquel tiempo. El gobierno, abordando este asunto, envió nuevamente al barón al año siguiente con el propósito de que hiciese un examen crítico de su descubrimiento, y fue entonces cuando se descubrió el error. En 1777, el capitán Cook llegó al mismo grupo de islas y le dio a la isla principal el nombre de Isla de la Desolación, título que ciertamente es muy merecido. Pero, al acercarse a tierra, el navegante podría ser inducido a suponer otra cosa, ya que las laderas de la mayor parte de las colinas, desde septiembre a marzo, están cubiertas de un verde muy brillante. Esta apariencia engañosa la produce una pequeña planta, parecida a la saxífraga, que es abundante y crece en amplias sectores sobre una especie de musgo blando. Además de esta planta, casi no existen vestigios de vegetación en la isla, a excepción de una hierba común y espesa, cerca del puerto, algunos líquenes y un arbusto que se asemeja a una planta de repollo que tiene un sabor amargo y agrio.

El aspecto de aquel terreno es montañoso, aunque ninguna de sus colinas puede decirse que es elevada. Sus picos están siempre cubiertos de nieve. Hay varios puertos, de los cuales Puerto Navidad es el más accesible. Es el primero que se encuentra en el lado noroeste de la isla después de pasar el cabo Francisco, que forma el lado septentrional y que sirve, por su forma peculiar, para señalar el puerto. Su punta termina en una roca muy alta, en la que se abre un gran agujero, que forma un arco natural. La entrada está a los 48° 40' de latitud sur y a los 69° 6' de longitud este. Al pasar por aquí, se puede encontrar un buen ancladero al abrigo de varios islotes, que forman protección suficiente contra todos los vientos del este. Avanzando hacia el este a partir de esta zona de anclaje, se llega a la Bahía de Wasp, a la entrada del puerto. Es una pequeña dársena, completamente cerrada por la tierra, en la que se puede entrar con cuatro brazas de agua y encontrar desde diez a tres brazas para el anclaje, con un fondo de arcilla compacto. Un barco puede permanecer allí todo el año, con su mejor ancla de proa, sin peligro. Hacia el oeste, a la entrada de la Bahía de Wasp, corre un pequeño arroyo con excelente agua, que uno puede obtener con facilidad.

En la isla de Kerguelen todavía se encuentran algunas focas de las especies de piel y pelo, y abundan los elefantes marinos. Se descubren grandes bandadas de aves. Son numerosísimos los pingüinos, de los cuales hay cuatro clases diferentes. El pingüino real, llamado así por su tamaño y su hermoso plumaje, es el más grande. La parte superior de su cuerpo es, usualmente, gris, y a veces tiene un matiz lila; la parte inferior es del blanco más puro que pueda imaginarse. La cabeza es de un color negro vistoso y muy brillante, como así también las patas. Pero la principal belleza del plumaje consiste en dos amplias franjas de color oro, que bajan desde la cabeza hasta el pecho. El pico es largo, a veces rosado y otras veces de color rojo vivo. Estas aves caminan erguidas; con pasos majestuosos. Llevan la cabeza alta, con las alas colgando como dos brazos, y como la cola se proyecta fuera del cuerpo, formando línea con las patas, la semejanza con la figura humana es muy sorprendente y podría engañar al espectador si le da una rápida mirada en medio de las sombras del crepúsculo. Los pingüinos reales que encontramos en la Tierra de Kerguelen eran algo más grandes que un ganso. Los otros géneros son el pingüino macaroni, el jackass y el pingüino de colonia. Son mucho más pequeños, de plumaje menos bello y diferentes en otros aspectos.

Además del pingüino, allí hay muchas otras aves, entre las que se pueden mencionar pájaros bobos, petreles azules, cercetas, patos, gallinas de Puerto Egmont, cormoranes, palomas de El Cabo, el Nelly, golondrinas de mar, gaviotas, pollos de Madre Carey o el gran petrel y, finalmente, el albatros.

El gran petrel es tan grande como el albatros común, y es carnívoro. Con frecuencia se le llama quebrantahuesos o águila pescadora. Estas aves no son esquivas del todo y, cuando se las cocina bien, constituyen un alimento sabroso. A veces, cuando vuelan, pasan muy junto a la superficie del agua con las alas extendidas, sin moverlas ni utilizarlas en apariencia.

El albatros es una de las aves más grandes y voraces de los mares del Sur. Pertenece a la especie de las gaviotas, y caza su presa al vuelo, sin posarse nunca en tierra excepto para alimentar a sus crías. Entre estas aves y el pingüino existe una amistad muy singular. Sus nidos están construidos con gran uniformidad conforme a un plan concertado entre las dos especies: el nido del albatros se encuentra en el centro de un pequeño cuadro formado por los nidos de cuatro pingüinos. Los navegantes han convenido en llamar al conjunto de estos campamentos, colonias. Estas colonias se han descripto más de una vez; pero como no todos mis lectores lo habrán leído, y como luego no tendré ocasión de hablar del pingüino y del albatros, me parece oportuno decir algo aquí acerca de su modo de vida y de cómo hacen sus nidos.

Cuando llega la época de la incubación, estas aves se reúnen en grandes cantidades y durante varios días parecen deliberar acerca del rumbo más apropiado a seguir. Luego, se lanzan a la acción. Eligen un trozo de terreno llano, de extensión apropiada, que suele comprender una o dos hectáreas, situado lo más cerca posible del mar, aunque siempre fuera de su alcance. Escogen el sitio en relación con la uniformidad de la superficie, y prefieren aquel que tiene menor cantidad de piedras. Una vez resuelta esta cuestión, las aves se dedican, de común acuerdo y movidas por una sola voluntad, a realizar, con exactitud matemática, un cuadrado o cualquier otro paralelogramo, como mejor lo requiera la naturaleza del terreno, de un tamaño suficiente para albergar cómodamente a todas las aves congregadas, y ninguna más; respecto a este punto, resuelven impedir la entrada a futuros vagabundos que no hayan participado en el trabajo del campamento. Uno de los lados señalado del lugar corre paralelo a la orilla del agua, y queda abierto para la entrada o la salida.

Luego de haber definido los límites de la colonia, comienzan a limpiar la zona librándola de toda clase de desechos, recogiendo piedra por piedra, y echándolas fuera de los límites, pero muy cerca de ellas, de modo que forman un muro sobre los tres lados interiores. Junto a este muro, por dentro, construyen una avenida perfectamente llana y lisa, de dos a dos metros y medio de ancho, que se extiende alrededor del campamento, que sirve para pasear.

El proceso siguiente consiste en dividir toda el área en pequeñas parcelas de tamaños exactamente iguales. Para ello construyen sendas angostas, muy lisas, que se cruzan en ángulos rectos por toda la extensión de la colonia. En cada intersección de estas sendas se construye el nido de un albatros, y en el centro de cada cuadrado, el nido de un pingüino, de modo que cada pingüino está rodeado de cuatro albatros, y cada albatros, de un número igual de pingüinos. El nido del pingüino consiste en un agujero poco profundo, abierto en la tierra, lo suficientemente hondo para impedir que ruede el único huevo que pone la hembra. El del albatros es menos sencillo en su disposición, levantando un pequeño montículo de tierra de unos veinticinco centímetros de altura y cincuenta de diámetro. Este montículo lo hace con tierra, algas y conchas. En la cima, construye su nido.

Las aves tienen especial cuidado en no dejar los nidos desocupados ni un instante durante el período de incubación, e incluso, hasta que la cría es lo suficientemente fuerte para valerse por sí misma. Mientras el macho está ausente en el mar, buscando alimento, la hembra se queda cumpliendo con su deber, y solo cuando su compañero regresa, se aventura a salir. Los huevos nunca dejan de ser incubados; cuando un ave abandona el nido, la otra anida en su lugar. Esta precaución es indispensable debido a la tendencia que existe a la rapacidad; algo que prevalece en la colonia porque sus habitantes no tienen escrúpulo alguno en robarse los huevos unos a otros cuanto encuentran la ocasión.

Aunque existen algunas colonias en las que el pingüino y el albatros constituyen la única población, en la mayoría de ellas se encuentra una gran variedad de aves oceánicas, que gozan de todos los privilegios de ciudadanía, esparciendo sus nidos por acá y por allá, en cualquier parte que puedan encontrar lugar, pero sin dañar jamás los puestos de las especies mayores. El aspecto de tales campamentos, cuando se ven a distancia, es sumamente singular. Toda la atmósfera exactamente encima de la colonia se halla oscurecida por una multitud de albatros (mezclados con especies más pequeñas) que se ciernen continuamente sobre ella, ya sea cuando van al océano o cuando regresan al nido. Al mismo tiempo se observa una multitud de pingüinos, unos paseando arriba, otros abajo, por las calles angostas, y otros caminando con ese pasito militar que es tan característico, a lo largo del paseo general que rodea a la colonia. En resumen, de cualquier modo que se considere, no hay nada más asombroso que el espíritu de reflexión demostrado por estos seres cubiertos de plumas, y seguramente no hay nada mejor calculado para suscitar la meditación en toda la inteligencia humana.

La mañana después de nuestra llegada a Puerto Navidad, el jefe de cubierta, el señor Patterson, bajó los botes, y (aunque era el comienzo de la temporada) fue en busca de focas, dejando al capitán y a un joven pariente suyo en un paraje de tierra inhóspita hacia el oeste, porque tenían que resolver algún asunto, cuya naturaleza yo ignoraba, en el interior de la isla. El capitán Guy se llevó una botella, dentro de la cual había una carta sellada, y se dirigió desde el punto en el que había desembarcado hacia uno de los picos más altos del lugar. Es probable que tuviese el propósito de dejar la carta en aquella altura para el capitán de algún barco que esperaba que llegase después. Tan pronto como lo perdimos de vista, empezamos (porque Peters y yo íbamos en el bote del primer piloto) nuestro viaje por mar alrededor de la costa, en busca de focas. Estuvimos ocupados unas tres semanas en esta tarea, examinando con gran cuidado cada esquina y cada rincón, no solo de la Tierra de Kerguelen, sino de varios islotes de las cercanías. Pero nuestros esfuerzos no fueron coronados por ningún éxito importante. Vimos muchísimas focas, pero todas tan esquivas que, con mucho esfuerzo, solo pudimos obtener trescientas cincuenta pieles en total. Los elefantes marinos abundaban, sobre todo en la costa oeste de la isla principal, pero solo matamos unos veinte y con mucha dificultad. En los islotes descubrimos una gran cantidad de focas, pero no las molestamos. El onceavo día volvimos a la goleta, donde encontramos al capitán Guy y a su sobrino, quienes nos dieron malas noticias del interior, describiéndolo como uno de los lugares más sombríos y desolados del mundo. Habían permanecido dos noches en la isla, debido a un error, por parte del segundo piloto, respecto al envío de un bote desde la goleta para llevarlos a bordo.

CAPÍTULO XV

El duodécimo día zarpamos desde Puerto Navidad, desandando nuestro camino hacia el oeste y dejando a babor la isla de Marion, del archipiélago de Crozet. Luego pasamos la isla Príncipe Eduardo, dejándola también a nuestra izquierda; y luego, seguimos navegando más hacia el norte, hasta que llegamos, en quince días, a las islas de Tristán de Acuña, a 37° 8' de latitud sur y 12° 8' de longitud oeste.

Este archipiélago, ahora muy conocido, y que consta de tres islas circulares, fue descubierto primeramente por los portugueses, y visitado luego por los holandeses en 1643 y por los franceses en 1767. Las tres islas juntas forman un triángulo y están a unas diez millas de distancia, unas de otras, con pasos anchos entre ellas. En todas, la costa es muy alta, especialmente en la de Tristán de Acuña propiamente dicha. Esta es la más grande del grupo, ya que tiene quince millas de circunferencia, y se encuentra tan elevada que, cuando hay buen tiempo, se la puede divisar a una distancia de ochenta o noventa millas. Una parte de la costa hacia el norte se eleva a más de trescientos metros perpendicularmente sobre el mar. A esta altura se extiende una meseta casi hasta el centro de la isla, y desde esa meseta se alza un cono altísimo como el de Tenerife. La mitad inferior de este cono está cubierta de árboles de gran tamaño; pero la región superior es roca desnuda, por lo general oculta entre las nubes y cubierta de nieve durante la mayor parte del año. No hay bancos de arena ni otros peligros en los alrededores de la isla, las costas son notablemente escarpadas y de profundas aguas. En la costa del noroeste se encuentra una bahía, con una playa de arena negra donde se puede desembarcar fácilmente con botes, siempre que sople viento del sur. Allí se puede obtener gran cantidad de agua muy buena, y también se pesca bacalao y otros peces con caña y anzuelo.

La isla que le sigue en tamaño, y que se encuentra más al oeste del grupo, es llamada la Inaccesible. Su posición exacta es 37° 17' de latitud sur y 12° 24' de longitud oeste. Tiene siete u ocho millas de circunferencia, y presenta un aspecto escarpado e imponente por todos lados. La cumbre es completamente llana, y toda la región es árida, nada crece allí, excepto algunos arbustos raquíticos.

La isla Nightingale o isla del Ruiseñor, la más pequeña y meridional, se encuentra situada a 37º 26' de latitud sur y a 12º 12' de longitud oeste. En su extremo meridional sur hay un alto arrecife de islotes rocosos; se ven también algunos de un aspecto similar hacia el noreste. El terreno es irregular y árido, y está dividido parcialmente por un profundo valle.

En las costas de estas islas, durante la temporada adecuada, abundan leones, elefantes marinos, focas, y una gran variedad de aves oceánicas. También abundan las ballenas en sus cercanías. Debido a la facilidad con la que estos animales eran capturados en un principio, el grupo ha sido muy visitado desde su descubrimiento. Los holandeses y los franceses lo frecuentaron desde los primeros tiempos. En 1790, el capitán Patten, que comandaba el barco Industry, de Filadelfia, hizo un viaje a la isla Tristán de Acuña, y se quedó allí durante siete meses (desde agosto de 1790 hasta abril de 1791) con el objeto de recoger pieles de focas. Durante este tiempo recogió no menos de cinco mil seiscientas, y afirmó que no le hubiera costado ninguna dificultad cargar de aceite un barco grande en tres semanas. Cuando llegó no encontró cuadrúpedos, a excepción de unas cuantas cabras salvajes; ahora, la isla cuenta con todos nuestros más preciosos animales domésticos, introducidos por los navegantes que le sucedieron.

Creo que fue poco después de la visita del capitán Patten, que el capitán Colquhoun, al mando del bergantín americano Betsey, hizo escala en la isla más grande para aprovisionarse. Plantó cebollas, patatas, repollos y una gran cantidad de vegetales, que ahora abundan allí.

En 1811, el capitán Haywood, en el Nereus, visitó la isla Tristán. Se encontró allí con tres americanos, que residían en la isla para preparar aceite y pieles de foca. Uno de aquellos hombres se llamaba Jonathan Lambert, quien se asumía como soberano del territorio. Había limpiado y cultivado unos tres kilómetros cuadrados de tierra, y se dedicó a sembrar el café y la caña de azúcar que le había proporcionado el embajador americano en Río de Janeiro. Pero, finalmente, este asentamiento fue abandonado, y en 1817, el gobierno inglés tomó posesión de las islas, enviando un destacamento desde el Cabo de Buena Esperanza. Sin embargo, aquellos colonos no se quedaron mucho tiempo; pero, después del desalojo del territorio como posesión británica, dos o tres familias inglesas fijaron allí su residencia, independientemente del gobierno. El 25 de marzo de 1824, el Berwick, del capitán Jeffrey, que partió de Londres con destino a la Tierra de Van Diemen, arribó al lugar, donde encontró a un inglés llamado Glass, en otro tiempo cabo de la artillería inglesa. Se arrogaba el título de gobernador supremo de las islas, y tenía bajo su mando a veintiún hombres y tres mujeres. Dio un informe muy favorable de la salubridad del clima y de la productividad del suelo. La población se ocupaba principalmente de recoger pieles de focas y aceite de elefante marino, que comerciaban con Cabo de Buena Esperanza, porque Glass era dueño de una pequeña goleta. Al momento de nuestra llegada, el gobernador aún residía allí, pero su pequeña comunidad se había multiplicado, había en la isla Tristán cincuenta y seis, además de un pequeño asentamiento de siete personas en la isla Nightingale. No encontramos ninguna dificultad para obtener todo tipo de provisiones que necesitábamos: ovejas, cerdos, bueyes, conejos, aves de corral, cabras, pescado en gran variedad y legumbres en abundancia. Ya que anclamos muy cerca de la isla grande, con dieciocho brazas de profundidad, cargamos a bordo prácticamente todo lo que necesitábamos. El capitán Guy le compró a Glass quinientas pieles de foca y cierta cantidad de marfil. Nos quedamos allí una semana, durante la cual predominaron los vientos del norte y del oeste, con un tiempo algo brumoso. El 5 de noviembre zarpamos hacia el sudoeste, con la intención de buscar de modo exhaustivo un grupo de islas llamadas las Auroras, sobre las cuales había existido una gran diversidad de opiniones.

Se dice que estas islas fueron descubiertas a principios de 1762 por el comandante del barco Aurora. En 1790, el capitán Manuel de Oyarvido, en el barco Princess, perteneciente a la Real Compañía de Filipinas, navegó, según afirma él, por estos lugares. En 1794, la corbeta española Atrevida partió con el propósito de determinar su situación exacta y, en un informe publicado por la Real Sociedad Hidrográfica de Madrid en el año 1809, se hablaba de esta expedición en los siguientes términos: «La corbeta Atrevida realizó, en sus cercanías, desde el veintiuno al 27 de enero, todas las observaciones necesarias y midió con cronómetros la diferencia de longitud existente entre estas islas y el puerto de Soledad, en Malvinas. Las islas son tres, están casi en el mismo meridiano; la del centro, algo más baja, y las otras dos se pueden ver a nueve leguas de distancia». Las observaciones hechas a bordo de la Atrevida dieron los siguientes resultados en cuanto a la exacta situación de cada isla. La más septentrional se halla a 52° 37' 24" de latitud sur, y a 47° 43' 15" de longitud oeste; la del centro, a 53° 2' 40" de latitud sur y a 47° 55' 15" de longitud oeste, y la más meridional, a 53° 15' 22" de latitud sur y a 47° 57' 15" de longitud oeste.

El 27 de enero de 1820, el capitán James Weddel, de la Armada Británica, zarpó desde Staten-Land, también en busca de las Auroras. Él informó que, luego de haber realizado la búsqueda más minuciosa, y de haber pasado no solo inmediatamente por los puntos indicados por el comandante de la Atrevida, sino en todas las direcciones de aquellos lugares, no pudo encontrar indicio alguno de tierra. Estos informes contradictorios provocaron que otros navegantes quisieran buscar dichas islas y, curiosamente, mientras algunos navegantes recorrieron cada pulgada de mar donde suponía que podían estar, sin encontrarlas, algunos pocos declararon terminantemente haberlas visto; e incluso haber estado cerca de sus costas. La intención del capitán Guy era hacer todos los esfuerzos a su alcance para poner en claro esta cuestión tan discutida.[6]

Mantuvimos nuestro rumbo, entre el sur y el oeste, con tiempo variable, hasta el veinte del mismo mes, en que nos encontramos sobre el terreno en cuestión, hallándonos a 53° 15' de latitud sur, a 47° 58' de longitud oeste; es decir, muy cerca del sitio indicado como la ubicación del grupo más meridional. A pesar de que no vimos ningún rastro de tierra, continuamos hacia el oeste del paralelo 53° de latitud sur, hasta el meridiano 50° de longitud oeste. Luego subimos hacia el norte hasta el paralelo 52° de latitud sur, donde giramos hacia el este y mantuvimos nuestro paralelo por altitudes paralelas, mañana y noche, y altitudes meridionales de los planetas y la luna. Yendo, de este modo, hacia el este al meridiano de la costa occidental de Georgia, seguimos ese meridiano hasta volver a la latitud de donde habíamos partido. Seguimos entonces recorridos diagonales a través de toda la extensión del mar circunscripto, manteniendo un vigilante permanente en el tope del mástil, y repitiendo nuestro examen con gran cuidado

6   Entre los buques que en varias ocasiones afirmaron haberse encontrado con las Auroras, puede mencionarse el barco San Miguel, en 1769; el buque Aurora en 1774; el bergantín Pearl, en 1779; y el buque Dolores, en 1790. Todos coinciden en señalar una latitud media de 53° sur.

por espacio de tres semanas, durante las cuales gozamos de un tiempo notablemente bueno y agradable, sin bruma alguna. Naturalmente, quedamos completamente convencidos de que, si habían existido alguna vez islas en aquellos lugares en una época anterior, no quedaba ningún vestigio de ellas en la actualidad. Más tarde, al regresar a mi país supe que la misma ruta había sido seguida, con igual cuidado, en 1822, por el capitán Johnson, de la goleta americana Henry; y por el capitán Morrell, de la goleta americana Wasp, habiendo obtenido en ambos casos el mismo resultado que nosotros.

CAPÍTULO XVI

La primera intención del capitán Guy había sido, luego de satisfacer su curiosidad respecto a las Auroras, avanzar por el estrecho de Magallanes y subir a lo largo de la costa occidental de la Patagonia; pero cierta información que recibió en Tristán de Acuña lo llevó a dirigirse hacia el sur, con la esperanza de arribar a alguno de los islotes que decían se hallaban alrededor del paralelo 60º de latitud sur, y a 45º 20' de longitud oeste. En el caso de que no descubriese estas tierras, se propuso, si la estación era favorable, avanzar hacia el polo. Por consiguiente, el 12 de diciembre zarpamos en esa dirección. El dieciocho estábamos cerca del lugar indicado por Glass y, durante tres días, navegamos por aquellos lugares sin hallar rastro alguno de las islas que él había mencionado. El veintiuno, como el tiempo era excepcionalmente agradable, zarpamos nuevamente hacia el sur, con la idea de seguir por ese rumbo lo más lejos posible. Antes de entrar en esta parte de mi relato, sería bueno, para información de aquellos lectores que hayan prestado poca atención al curso de los descubrimientos en estas regiones, brindarles una breve idea de los pocos intentos que se han hecho hasta ahora, para llegar al polo sur.

El del capitán Cook fue el primero del cual tenemos informes precisos. En 1772, navegó hacia el sur en el buque Resolution, acompañado del teniente Furneau, que comandaba el Adventure. En diciembre se encontraba en el paralelo 58º de latitud sur, y a 26º 57' de longitud este. Allí se encontró con unos bancos de hielo estrechos, de un espesor de veinticinco a treinta centímetros, deslizándose desde el noroeste hacia el sudeste. El hielo se elevaba en grandes masas y solía acumularse tanto, que el barco avanzaba con gran dificultad. En este tiempo, el capitán Cook supuso, por el gran número de aves que se veían y por otros indicios, que se hallaban en las inmediaciones de alguna porción de tierra. Mantuvo el rumbo hacia el sur; con temperaturas excesivamente frías, hasta alcanzar el paralelo 64º, a los 38º 14' de longitud este. Allí el clima era más agradable, con brisas suaves; durante cinco días, el termómetro marcaba 36º Farenheit. En enero de 1773, los barcos cruzaron el círculo Antártico; pero no consiguieron llegar más lejos, porque al alcanzar los 67º 15' de latitud se encontraron con un inmenso bloque de hielo que les impedía avanzar, y se extendía a lo largo del horizonte meridional hasta donde la vista podía llegar. Este glaciar era de carácter muy variado y algunos de esos inmensos campos de hielo flotantes, de millas de extensión, formaban una masa compacta que se elevaba de cinco y medio a seis metros sobre el agua. Conforme avanzaba la estación, y sin esperanza de intentar bordear estos obstáculos, el capitán Cook giró con desgano hacia el norte.

En el mes de noviembre siguiente reanudó su búsqueda en el Antártico. A los 59º 40' de latitud encontró una fuerte corriente que se dirigía hacia el sur. En diciembre, cuando los barcos se hallaban a 67º 31' de latitud y a 142º 54' de longitud oeste, el frío era excesivo, con fuertes vendavales y densa niebla. Allí también abundaban las aves, especialmente el albatros, el pingüino y el petrel. A los 70º 23' de latitud encontraron algunas islas de hielo grandes, y un poco más lejos observaron que las nubes hacia el sur eran de una blancura nívea, indicando la proximidad de bancos de hielo. A los 70º 10' de latitud y a los 106º 54' de longitud oeste, los navegantes se detuvieron, como anteriormente, por la presencia de una inmensa extensión helada, que limitaba toda el área del horizonte meridional. El borde septentrional de aquella extensión era escabroso y quebrado, tan compacto que era prácticamente infranqueable, con una extensión aproximada de una milla hacia el sur. Más allá, la superficie helada era relativamente lisa hasta cierta distancia, hasta finalizar, a lo lejos, en una hilera de montañas de hielo gigantescas, descollando unas sobre otras. El capitán Cook dedujo que este extenso banco de hielo llegaba hasta el polo sur o que se unía con algún continente. El señor J. N. Reynolds, quien con grandes esfuerzos y perseverancia ha logrado poner en marcha una expedición nacional con el propósito de explorar estas regiones, habla así del intento del Resolution: «No nos sorprende que el capitán Cook no haya podido llegar más allá de los 70º 10'; pero nos asombra que alcanzase ese punto en el meridiano 106º 54' de longitud oeste. La tierra de Palmer está situada al sur de las Shetland, a sesenta y cuatro grados de latitud, y se extiende hacia el sur y hacia el oeste más allá de donde cualquier navegante haya llegado. Cook se dirigía hacia esa tierra cuando su avance fue detenido por el hielo, cosa que tememos sucederá siempre en ese punto, y en una fecha temprana de la estación como lo es el 6 de enero; y no nos sorprendería que una parte de las montañas de hielo descriptas estuviese unida al cuerpo principal de la Tierra de Palmer, o a algunas otras partes de tierra situadas más lejos hacia el sur y el oeste».

En 1803, los capitanes Kreutzenstern y Lisiausky fueron enviados por Alejandro desde Rusia con el propósito de circunnavegar el globo. Cuando intentaron llegar al sur, no pudieron pasar más allá de los 59° 58' y de los 70° 15' de longitud oeste. Allí encontraron fuertes corrientes en dirección al este. Abundaban las ballenas, pero no vieron hielos. Con relación a este viaje, el señor Reynolds observa que, si Kreutzenstern hubiese llegado allí a principios de esa estación, habría encontrado hielos: corría el mes de marzo cuando alcanzó la latitud especificada. Los vientos imperantes, cuando soplaban desde el sur hacia el oeste, habían arrastrado los extensos campos de hielo flotantes, ayudados por las corrientes, hacia la región de hielos limitada al norte por Georgia, al este por la Tierra de Sandwich, al sur por las islas Orkneys y al oeste por las islas Shetland del Sur.

En 1822, el capitán James Wedell, de la Armada Británica, con dos barcos muy pequeños, penetró mucho más al sur que cualquier otro navegante anterior, sin encontrar dificultades extraordinarias. Este marino afirma que, aunque con anterioridad, él estuvo frecuentemente rodeado de hielos antes de alcanzar el paralelo 72°, al llegar no volvió a descubrir ni un solo témpano, y que, al llegar a los 74° 15' de latitud, no vio bancos de hielo, sino tan solo tres islas. Es bastante notable que, aunque hubiese visto grandes bandadas de aves y otros indicios habituales de tierra, y a pesar de que, al sur de las Shetlands, el vigía observase costas desconocidas que se extendían hacia el sur, Weddell descarta la idea de que pueda existir un continente en las regiones polares del sur.

El 11 de enero de 1823, el capitán Benjamin Morrell, de la goleta americana Wast, zarpó desde la tierra de Kerguelen con el propósito de adentrarse lo más posible hacia el sur. El 1 de febrero se encontraba a 64° 52' de latitud sur; y a 118° 27' de longitud este. El siguiente pasaje está tomado de su diario de aquella fecha. «El viento refresca muy pronto, convirtiéndose en una brisa de once nudos, y aprovechamos esta oportunidad para dirigirnos hacia el oeste; convencidos de que cuanto más avanzáramos hacia el sur pasando los sesenta y cuatro grados de latitud, menos tendríamos que temer a los hielos, por lo tanto navegamos un poco más hacia el sur, hasta que cruzamos el círculo Antártico, y estuvimos a 69° 15' de latitud este. En esta latitud no había ningún banco de hielo, y muy pocas islas de hielo a la vista».

Con fecha 14 de marzo encuentro también esta anotación: «El mar estaba completamente libre de bancos de hielo, y no hay más que una docena de islas de hielo a la vista. Al mismo tiempo, la temperatura del aire y del agua era por lo menos trece grados más alta (más templada) que la que habíamos encontrado entre el paralelo 60° y el 62° sur. Estábamos, entonces, a 70° 14' de latitud sur, y la temperatura del aire era de 47°, y la del agua 44° Farenheit. En esta situación, vi que la variación era de 14° 27' hacia el este, por acimut... He pasado varias veces dentro del círculo Antártico, por diferentes meridianos, y he observado constantemente que la temperatura, tanto la del aire como la del agua, era cada vez más templada a medida que avanzaba más allá de los 65° de latitud sur, y que la variación decrecía en la misma proporción. Mientras que al norte de esta latitud, es decir, entre los 60° y 65° sur, solíamos encontrar muchas dificultades para abrir paso al barco en medio de numerosas islas de hielo inmensas, algunas de las cuales tenían una o dos millas de circunferencia, y se elevaban por encima de la superficie del agua a más de ciento cincuenta metros».

Casi sin combustible ni agua, sin contar con los instrumentos adecuados, y estando avanzada la temporada, el capitán Morrell tuvo que retroceder, sin intentar el avance hacia el oeste a pesar de que, frente a él, el mar se hallaba completamente abierto. Él opina que, si no hubiese tenido que retroceder por estas cuestiones, podría haber penetrado casi hasta el polo mismo, hasta el paralelo ochenta y cinco. Yo he expresado sus ideas respecto a estos temas detalladamente, de modo que el lector pueda tener la oportunidad de ver hasta qué punto pude comprobarlas con mi propia experiencia posterior.

En 1831, el capitán Briscoe, en representación de los señores Enderby, propietarios de buques balleneros de Londres, zarparon en el bergantín Lively hacia los mares del Sur, acompañado por el guardacostas Tula. El 28 de febrero, encontrándose a 66° 30' latitud sur y 47° 31' longitud este, avistó tierra, y «con claridad descubrió picos negros del tamaño de una montaña en medio de la nieve en sentido este-sudeste». Permaneció en los alrededores durante el mes siguiente, pero solo pudo acercarse unas diez leguas de la costa, debido al mal estado del tiempo.

Cuando supo que sería imposible realizar más descubrimientos durante esa temporada, regresó al norte, al invierno en la Tierra de Diemen.

A principios de 1832, continuó viaje hacia el sur, y el 4 de febrero se lo vio en el sudeste, en latitud 67º 15' y 69º 29' longitud oeste. Pronto se descubrió que era una isla cerca del cabo del país que había descubierto al principio. El día veintiuno del mes logró desembarcar en esta última, y tomó posesión de ella en nombre de Guillermo IV, llamándola Isla de Adelaida, en honor a la reina de Inglaterra. Estos detalles fueron comunicados a la Real Sociedad Geográfica de Londres, cuya conclusión fue «que existe un tramo continuo que se extiende desde los 47º 30' de longitud este hasta los 69º 29' de longitud oeste, recorriendo el paralelo entre los 66º y 67º de latitud sur». Respecto a esta conclusión, el señor Reynolds observa: «No estamos de acuerdo con su exactitud; tampoco los descubrimientos de Briscoe justifican tal deducción. Fue dentro de estos límites que Weddell avanzó hacia el sur siguiendo un meridiano al este de las islas Georgia, de la Tierra Sandwich, de las Orkney y Shetland». Mi propia experiencia atestigua más directamente la falsedad de la conclusión a la que llegó la mencionada sociedad científica.

Estos son los principales intentos que se han realizado de penetrar en las remotas latitudes del sur, y ahora se verá que estaban allí, antes del viaje de la Jane, cerca de trescientos grados de longitud en el círculo Antártico que no habían sido cruzados. Naturalmente, se extiende ante nosotros un amplio campo por descubrir, y escuché con mucho interés al capitán Guy expresar su decisión de avanzar resueltamente hacia el sur.

CAPÍTULO XVII

Mantuvimos nuestro rumbo hacia el sur durante cuatro días, luego de renunciar a la búsqueda de las islas de Glass, sin encontrar nada de hielo. El veintiséis, al mediodía, nos hallábamos a 63° 23' de latitud sur y a 45° 25' de longitud oeste. Entonces vimos varias islas de hielo grandes, y un témpano de hielo que no era, por cierto, de gran extensión. Los vientos soplaban generalmente del sudeste o del norte, pero eran muy suaves. Siempre que teníamos viento del oeste, lo que sucedía raras veces, iba acompañado invariablemente de rachas de lluvia. Todos los días nevaba un poco. El día veintisiete, el termómetro marcaba 35° Farenheit.

1 de enero de 1828. Hoy nos vimos completamente rodeados por los hielos, y nuestras perspectivas parecían en realidad muy desalentadoras. Un fuerte vendaval sopló durante toda la mañana, procedente del nordeste, y lanzó grandes témpanos contra el timón y la ventanilla con tal violencia, que todos temblábamos por las consecuencias. Al anochecer, mientras el vendaval soplaba aún con furia, un gran témpano de hielo se rompió frente a nosotros y pudimos, haciendo fuerza de vela, abrirnos paso entre los pedazos más pequeños hasta más allá del mar abierto. Mientras nos acercábamos a este lugar fuimos arriando gradualmente las velas y, cuando al fin nos vimos libres, nos pusimos al pairo con una sola vela de trinquete con rizos.

2 de enero. Tenemos un tiempo bastante agradable. Al mediodía nos hallábamos a 69° 10' de latitud sur y a 42° 20' de longitud oeste, luego de cruzar el círculo Antártico. Vimos muy pocos hielos hacia el sur, aunque grandes témpanos se divisaban a popa. Este día arreglamos unos equipos de sondeo, utilizando una gran olla de hierro de una capacidad de setenta y cinco litros, y un cable de doscientas brazas. Encontramos la corriente que se dirigía hacia el norte, a casi un cuarto de milla por hora. La temperatura del aire era hoy de unos 33°. Hemos comprobado que la variación era de 14° 28' hacia el este, por acimut.

5 de enero. Continuamos avanzando hacia el sur con grandes impedimentos. Sin embargo, esta mañana, cuando nos hallábamos a 73° 15' de latitud sur y a 42° 10' de longitud oeste, nos encontramos de nuevo ante una inmensa extensión de hielo firme. No obstante, vimos el mar más abierto hacia el sur, y no nos cabía duda alguna de que llegaríamos a alcanzarlo. Manteniéndonos hacia el este, a lo largo del borde del témpano de hielo, llegamos por último a un paso de casi una milla, a través del cual nos abrimos camino al ponerse el sol. El mar en el cual nos hallábamos estaba en aquel momento densamente cubierto de islas de hielo; pero como no había témpanos, avanzamos resueltamente como antes. El frío no parecía aumentar, aunque nevase con frecuencia, y ocasionalmente cayesen ráfagas de granizo violentas. Inmensas bandadas de albatros volaron hoy sobre la goleta, yendo de sudeste a noroeste.

7 de enero. El mar se mantuvo bastante tranquilo, casi despejado, de modo que proseguimos nuestra ruta sin dificultad. Hacia el oeste vimos algunos icebergs de un tamaño increíble, y por la tarde pasamos muy cerca de uno cuya cima no tendría menos de cuatrocientas brazas sobre la superficie del océano. Su contorno era probablemente, en la base, de tres mil seiscientos, y varias corrientes de agua pasaban por las grietas en los costados. Durante dos días tuvimos esta isla a la vista y solamente la perdimos cuando desapareció en medio de la niebla.

10 de enero. Esta mañana temprano hemos tenido la desgracia de perder a un hombre por la borda. Era un americano llamado Peter Vredenburgh, nacido en New York, y uno de los mejores marineros a bordo de la goleta. Al pasar por la proa resbaló y cayó entre dos masas de hielo, y no volvió a aparecer. Al mediodía de hoy estábamos a 78° 30' de latitud y a 40° 15' de longitud oeste. Ahora hacía demasiado frío, y teníamos ráfagas de granizo continuamente provenientes del norte y del este. En esta dirección también habíamos visto varios icebergs inmensos, y todo el horizonte hacia el este parecía estar bloqueado por un campo de hielo, elevándose y sobreponiéndose en masas como un anfiteatro. Durante la noche vimos algunos bloques de madera flotando, y una gran cantidad de aves revoloteaban encima de ellos, entre las cuales había nellies, petreles, albatros y un pájaro enorme de plumaje azul brillante. Aquí, la variación, por acimut, era menor que la que hubo antes de nuestro paso por el círculo Antártico.

12 de enero. Nuestro paso hacia el sur se vuelve dudoso, porque en dirección al polo solo vemos un témpano aparentemente ilimitado, respaldado por una verdadera cordillera de hielo, en la que un precipicio se elevaba bruscamente sobre otro. Navegamos hacia el oeste hasta el día catorce, con la esperanza de encontrar una entrada.

14 de enero. Esta mañana llegamos al extremo oeste del témpano que nos había impedido el paso y, esquivándolo, llegamos a mar abierto, sin una partícula de hielo. Al sondar con un cable de doscientas brazas, descubrimos una corriente en dirección al sur a una velocidad de media milla por hora. La temperatura del aire era de 47° F.; la del agua, de 34° F. Navegamos hacia el sur sin encontrar en ningún momento alguna interrupción, hasta el día dieciséis, cuando, al mediodía, nos encontrábamos a 81° 21' de latitud y a 42° de longitud oeste. Aquí volvimos a sondear, y descubrimos una corriente que se dirigía también hacia el sur, y a una velocidad de tres cuartos de milla por hora. La variación por acimut había disminuido, y la temperatura del aire era suave y agradable, marcando el termómetro hasta 51° F. En ese momento no se veía ni una partícula de hielo. Toda la gente a bordo estaba ahora segura de que íbamos a llegar al polo.

17 de enero. Este día estuvo lleno de incidentes. Innumerables bandadas de aves revoloteaban sobre nosotros hacia el sur, y a varias le hemos disparado desde cubierta; una de ellas, una especie de pelícano, que resultó ser un alimento excelente. Hacia el mediodía, el vigía vio un pequeño témpano de hielo por el lado de babor, y sobre el cual parecía haber un animal de gran tamaño. Como el clima era agradable y calmo, el capitán Guy ordenó que lancen al agua dos botes para ver qué clase de animal era. Dick, Peters y yo acompañamos al primer oficial en el bote más grande. Al llegar al témpano de hielo, vemos que estaba ocupado por un gigantesco oso polar, cuyo tamaño era más grande de lo habitual en estos animales. Como íbamos bien armados, no dudamos en atacarlo de inmediato. Disparamos varios tiros de manera secuencial, la mayoría de los cuales lo alcanzaron, al parecer, en la cabeza y en el cuerpo. Sin desfallecer, no obstante, el monstruo se arrojó al agua desde el hielo, y nadando con la boca abierta se dirigió al bote en el que estábamos Peters y yo. Debido a la confusión que se generó entre nosotros ante el inesperado giro de la aventura, nadie estaba listo para disparar inmediatamente un segundo tiro, y el oso logró apoyar la mitad de su cuerpo inmenso sobre nuestra borda, y agarró a uno de los hombres por los riñones, antes de que pudiésemos hacer algo para ahuyentarlo. En esta instancia tan peligrosa, solo nos salvó de la muerte la rapidez y agilidad de Peters. Saltando sobre el lomo de la enorme bestia, le clavó el cuchillo por detrás del cuello, llegando hasta la médula espinal con un solo golpe. La bestia cayó muerta al mar y, sin ofrecer resistencia, arrastró a Peters en su caída. Él se recuperó rápidamente, le arrojamos una cuerda y ató al animal antes de entrar en el bote. Entonces volvimos triunfantes a la goleta, remolcando nuestro trofeo. El oso, luego de medirlo, resultó tener casi cinco metros de longitud. Su pelaje era completamente blanco, muy áspero y rizado. Sus ojos eran de color rojo como la sangre, y más grandes que los del oso polar Ártico; el hocico, también más redondeado, se parecía al de un bulldog. La carne era tierna, pero excesivamente rancia y con olor a pescado, sin embargo, los hombres la devoraron con avidez y la calificaron como excelente.

Apenas habíamos llevado nuestra presa a bordo, cuando el vigía lanzó el alegre grito de «¡tierra a estribor!». Todos los marineros se pusieron en alerta, y como se había levantado oportunamente una brisa del norte y este, nos acercamos pronto a la costa. Resultó ser un islote bajo y rocoso, como de una legua de circunferencia, y totalmente desprovisto de vegetación, a excepción de una especie de tuna. Al acercarnos por el norte, vimos un singular arrecife que avanzaba en el mar y se parecía mucho a los fardos de algodón. Rodeando este arrecife hacia el oeste encontramos una pequeña bahía, donde nuestros botes pudieron amarrar con comodidad.

No nos llevó mucho tiempo explorar todos los parajes de la isla, pero, con una sola excepción, no encontramos nada digno de ser observado. En el extremo sur, recogimos cerca de la orilla, medio sepultado en una pila de piedras esparcidas, un trozo de madera que parecía haber sido la proa de una canoa. Evidentemente, habían intentado tallar algo en ella, y el capitán Guy imaginó que era la figura de una tortuga, pero el parecido no me convenció del todo. Aparte de esta proa, si es que lo era, no encontramos ningún otro indicio de que un ser vivo hubiese estado allí nunca antes. Alrededor de la costa, descubrimos algunos témpanos, pero eran muy escasos. La ubicación exacta del islote (al cual el capitán Guy le dio el nombre de Islote de Bennett, en honor a su socio copropietario de la goleta) era de 82° 50' de latitud sur y 42° 20' de longitud oeste.

En este momento habíamos avanzado hacia el sur más de ocho

grados de distancia que todos los navegantes anteriores, y el mar se extendía aún completamente abierto ante nosotros. También advertimos que la variación disminuía uniformemente a medida que avanzábamos y, lo que resultaba aún más sorprendente, era que la temperatura del aire, y posteriormente la del agua, se hacían más templadas. El tiempo podía decirse que era agradable, y soplaba una brisa constante pero apacible, que provenía siempre desde algún punto septentrional de la brújula. El cielo, en general, estaba despejado, solo de cuando en cuando, aparecía en el horizonte meridional, un vapor muy tenue pero de breve duración. Solo dos dificultades se presentaban ante nuestra vista; escaseaba el combustible, y habían aparecido síntomas de escorbuto en varios hombres de la tripulación. Estas situaciones comenzaban a influir en el ánimo del capitán Guy quien sintió la necesidad de regresar, y hablaba de eso con frecuencia. Por mi parte, como me sentía confiado de que llegaríamos prontamente a tierra por la ruta que seguíamos, y como tenía toda clase de razones para creer, por las presentes apariencias, que no hallaríamos el suelo estéril encontrado en las latitudes árticas más elevadas, defendí calurosamente la idea de perseverar, al menos durante unos días, en la dirección que habíamos seguido hasta entonces. Una oportunidad tan tentadora de resolver el gran problema respecto al continente antártico no se le había presentado aún a ningún hombre, y confieso que me sentí lleno de indignación ante las sugerencias temerosas e inoportunas de nuestro capitán. En realidad, creo que no pude evitar marcarle este punto y eso tuvo por efecto incentivarlo a seguir adelante. Por eso, aunque no pueda menos que lamentar los acontecimientos desdichados y sangrientos que acarreó inmediatamente mi consejo, debe permitírseme sentir cierta satisfacción por haber sido el instrumento indirecto, que reveló a los ojos de la ciencia uno de los secretos más intensamente emocionantes que hayan captado su atención.

CAPÍTULO XVIII

18 de enero. Esta mañana[7] continuamos hacia el sur, con el mismo clima agradable que antes. El mar está completamente calmo, el viento razonablemente templado y procedente del nordeste, y la temperatura del agua es de 53° F. Realizamos otra vez nuestra operación de sondeo y, con un cable de ciento cincuenta brazas, encontramos que la corriente va en dirección al polo a una velocidad de una milla por hora. Esta tendencia constante hacia el sur, tanto del viento como de la corriente, es motivo de reflexión, e incluso de alarma, entre la tripulación de la goleta. Se ve claramente que al capitán Guy le ha impresionado bastante esta circunstancia. A pesar de que a él le preocupaba caer en el ridículo, logré que se riese de sus propios temores. La variación ahora era muy poca. En el curso del día vimos varias ballenas francas grandes, e innumerables bandadas de albatros sobrevolaron el barco. También recogimos un arbusto, lleno de frutos rojos, como los del espino blanco, y el cuerpo de un animal terrestre de extraña apariencia. Tenía metro y medio de largo y unos quince centímetros de alto, con cuatro patas muy cortas, y las pezuñas tenían largas garras de color carmesí, muy parecido al coral. El cuerpo estaba cubierto de un pelo sedoso y liso, completamente blanco. La cola era afilada como la de una rata, y de unos sesenta centímetros de largo. La cabeza se parecía a la de un gato, a excepción de las orejas, que colgaban como las de un perro. Los dientes eran del mismo color que las uñas.

19 de enero. Hoy, encontrándonos a 83° 20' de latitud y a 43° 5' de longitud oeste (el mar tenía un color oscuro extraordinario), hemos vuelto a ver tierra desde el mástil mayor, y luego de un examen minucioso resultó ser una isla dentro de un grupo

7   Los términos mañana y tarde, que utilicé para evitar confusiones en mi narración no deben tomarse, por supuesto, en la medida de lo posible, en su forma literal. Durante mucho tiempo no habíamos tenido noche alguna, ya que la luz del día era continua. Las fechas en todo el relato se ajustan a la hora náutica, y los rumbos deben entenderse conforme a la brújula. También debo remarcar aquí, que no puedo, en la primera parte de lo que está escrito aquí, pretender una exactitud estricta con respecto a las fechas, o latitudes y longitudes, ya que no llevé un diario regular hasta después del período al que se refiere esta parte. En muchas ocasiones he confiado totalmente en mi memoria.

de islas muy grandes. La costa era escarpada, y el interior parecía estar lleno de árboles, circunstancia que nos alegró mucho. Aproximadamente cuatro horas después de nuestro primer descubrimiento de esta tierra, anclamos, con diez brazas y fondo arenoso a una legua de distancia de la costa, ya que una violenta resaca, con fuertes remolinos aquí y allá, hacía peligrosa la aproximación. Se nos ordenó echar al agua los dos botes mayores, y un grupo bien armado (en el cual estábamos Peters y yo) se encargó de buscar una abertura en el arrecife que parecía circundar la isla.

Después de haber buscado durante algún tiempo, descubrimos una entrada, por la cual ingresaríamos, cuando vimos cuatro grandes canoas que salían de la orilla, llenas de hombres que parecían estar bien armados. Esperamos que se acercaran y, como maniobraban con gran rapidez, no tardaron nada en ponerse al nuestro alcance. El capitán Guy, entonces, alzó un pañuelo blanco en la punta de un remo, y allí fue que los extranjeros se detuvieron de pronto y comenzaron rápidamente a hablar en voz alta, intercalando gritos aislados entre los cuales podíamos distinguir las palabras «¡Anamoo-moo!» y «¡Lama-Lama!». Continuaron así por lo menos media hora, durante la cual tuvimos la oportunidad de observar su aspecto.

En las cuatro canoas, que podían tener unos quince metros de largo, y uno y medio de ancho, había ciento diez bárbaros en total. Tenían la estatura media de los europeos, pero eran de contextura más musculosa y robusta. Su tez era color negro azabache, con el pelo espeso, largo y lanudo. Iban vestidos con pieles negras de un animal desconocido, tupidas y sedosas, ajustadas al cuerpo con cierta habilidad, quedando el pelo adentro, excepto alrededor del cuello, las muñecas y los tobillos. Sus armas consistían principalmente en garrotes, de una madera oscura y al parecer muy pesada. También vimos en poder de algunos de ellos lanzas punta de piedra y algunas hondas. El fondo de las canoas estaba lleno de piedras negras de un tamaño aproximado al de un huevo grande.

Cuando concluyeron su arenga (pues era evidente que para ellos era eso), uno de ellos, que parecía ser el jefe, se irguió en la proa de su canoa y nos hizo señas de que avancemos con nuestros botes al lado del suyo. Simulamos no entender esta señal, pensando que el plan más sensato era mantener, dentro de lo posible, cierta distancia entre nosotros, pues su número era cuatro veces mayor que el nuestro. Adivinando este propósito, el jefe ordenó a las otras tres canoas que permaneciesen atrás, mientras él avanzaba hacia nosotros en la suya. Tan pronto como llegó, saltó a bordo de la mayor de nuestras canoas y se sentó al lado del capitán Guy, señalando al mismo tiempo la goleta, y repitiendo las palabras «¡Anamoomoo!» y «¡Lama-Lama!». Luego volvimos hacia el barco, las cuatro canoas nos seguían a corta distancia.

Al llegar a nuestro lado, el jefe dio claras muestras de sorpresa extrema y gran deleite, batiendo sus palmas, golpeándose los muslos y el pecho, y riendo escandalosamente. Sus seguidores se unieron a su alegría, y durante unos minutos el alboroto fue tan excesivo, que nos ensordeció por completo. Tranquilo al fin por hallarse en el barco, el capitán Guy ordenó que fuesen izados los botes, por precaución, y dio a entender al jefe (cuyo nombre descubrimos pronto que era Too-wit) que no podía admitir más de veinte de sus hombres en la cubierta simultáneamente. Pareció completamente satisfecho con esto, y dio algunas órdenes a las canoas, entonces una de ellas se acercó, quedando las demás a unos cincuenta metros de distancia. Veinte bárbaros subieron a bordo y se pusieron a dar vueltas por todas partes sobre cubierta, trepando por el aparejo, comportándose como si estuvieran en su casa y examinando cada objeto con gran curiosidad.

Era totalmente evidente que no habían visto nunca a seres de la raza blanca, cuyo cutis parecía, en realidad, repugnarles. Creían que la Jane era un ser viviente, y parecían tener miedo de herirla con la punta de sus lanzas, que volvían cuidadosamente hacia arriba. Nuestra tripulación se divirtió mucho con la conducta de Too-wit en un principio. El cocinero estaba cortando leña cerca de la cocina y, por casualidad, clavó su hacha en la cubierta, abriendo una hendidura de considerable profundidad. El jefe acudió en seguida, y empujando hacia un lado de manera algo brusca al cocinero, comenzó a emitir como un quejido, algo similar a un aullido, que denotaba de modo enérgico la simpatía con que consideraba los sufrimientos de la goleta, acariciando y alisando la hendidura con sus manos, y lavándola con un cubo de agua de mar que estaba al lado. Esto revelaba un grado de ignorancia para el que no estábamos preparados, y por mi parte no pude menos que pensar que había en ello cierta simulación.

Cuando los visitantes, en la medida de lo posible, vieron satisfecha su curiosidad con respecto a nuestro trabajo, fueron recibidos abajo, donde su asombro superó todos los límites. Su asombro parecía ahora demasiado profundo para ser expresado con palabras, porque deambulaban en silencio, solamente exclamando en voz baja. Las armas les provocaron muchos motivos de reflexión, y se les permitió que las manejaran y las examinaran con tranquilidad. Creo que no abrigaban la menor sospecha sobre su verdadero uso, sino que más bien las tomaban como ídolos, viendo cómo las cuidábamos y la atención con que vigilábamos sus movimientos mientras las manejaban. Ante los grandes cañones su sorpresa se redobló. Se acercaron a ellos con expresión de profundo respeto y temor, pero se abstuvieron de examinarlos minuciosamente. Había dos grandes espejos en la cámara, que fueron para ellos una inmensa sorpresa. Too-wit fue el primero en acercarse a ellos, y había llegado al centro de la cámara, de cara a uno de ellos y de espaldas al otro, antes de haberlos visto realmente. Al levantar los ojos y verse reflejado en la luna, creí que iba a volverse loco; pero, cuando se volvió rápidamente para retirarse y se contempló de nuevo en la dirección opuesta, temí que muriese allí mismo. No hubo manera de convencerlo para que se mirara otra vez; sino que, arrojándose al suelo, ocultó su cara entre las manos y permaneció así hasta que nos vimos obligados a arrastrarlo sobre la cubierta.

Todos los bárbaros fueron admitidos a bordo de este modo, en grupos de veinte, permitiéndole a Too-wit permanecer allí durante todo el tiempo. No vimos en ellos ninguna inclinación al robo, ni desapareció un solo objeto después de su partida. A lo largo de su visita, dieron muestras de la mayor cordialidad. Sin embargo, había algunos detalles en su comportamiento que nos fue imposible comprender; por ejemplo, no logramos que se acercasen a diversos objetos inofensivos, tales como las velas de la goleta, un huevo, un libro abierto o un cuenco de harina. Intentamos averiguar si poseían algunos artículos que pudieran ser objeto de tráfico, pero nos resultó muy difícil hacernos entender. Sin embargo, descubrimos con gran asombro que en las islas abundaba la enorme tortuga de las Galápagos, una de las cuales vimos en la canoa de Too-wit. Vimos también como uno de ellos tenía en sus manos un bicho de mar y se lo devoraba con avidez tal como estaba. Estas anomalías —las considerábamos como tales en relación a la latitud— indujeron al capitán Guy a realizar una exploración por la comarca, con la esperanza de obtener una especulación rentable. Por mi parte, ansioso por conocer algo más de estas islas, me sentía aún más inclinado a proseguir el viaje hacia el sur sin demora. Gozábamos por el momento de buen tiempo, pero nada podía garantizarnos cuánto iba a durar; y encontrándonos ya en el paralelo 84°, con un mar abierto ante nosotros, una corriente que se dirigía impetuosamente hacia el sur y buen viento, no podía aceptar ninguna idea de detenernos más que por lo estrictamente necesario para el bien de la salud de la tripulación y para abastecernos de combustible y de provisiones frescas. Le hice ver al capitán que nos sería fácil detenernos en aquel grupo de islas a nuestro regreso, y pasar el invierno allí en caso de ser bloqueados por los hielos. Al final él estuvo de acuerdo conmigo (no sé por qué había desarrollado gran influencia sobre él) y por último se resolvió que, aún en el caso de que encontrásemos bichos de mar, solo permaneceríamos allí una semana para abastecernos, y luego nos dirigiríamos hacia el sur hasta donde pudiésemos. Por consiguiente, hicimos los preparativos necesarios y, bajo la guía de Too-wit, condujimos la Jane entre los arrecifes sin tropiezos, echando el ancla a una milla de la costa, aproximadamente, en una bahía excelente, completamente rodeada de tierra, en la costa sudeste de la isla principal, y con diez brazas de agua y un fondo arenoso negro. En el extremo de esta bahía corrían tres arroyuelos (según nos dijeron) de agua buena, y vimos abundantes bosques en las cercanías. Las cuatro canoas nos seguían, manteniendo, sin embargo, una respetuosa distancia. Too-wit permanecía a bordo, y cuando echamos el ancla, nos invitó a acompañarlo a la orilla para visitar su aldea por dentro. El capitán Guy accedió; y diez de ellos quedaron a bordo como rehenes, mientras que un grupo de nosotros, doce en total, se dispuso a seguir al jefe. Con cuidado fuimos bien armados, aunque sin demostrar desconfianza. La goleta había puesto sus cañones en posición de tiro, habíamos izado las redes de embarque y se habían tomado todas las precauciones necesarias para defendernos de cualquier sorpresa. Se le dio instrucciones al primer oficial para que no admitiese a nadie a bordo durante nuestra ausencia y, en el caso de que no apareciésemos al cabo de doce horas, debía enviar al patrullero alrededor de la isla con un eslabón giratorio, para buscarnos.

Cada paso que dábamos por aquella tierra adquiríamos la forzosa convicción de que nos hallábamos en una comarca esencialmente diferente de todas las visitadas hasta entonces por hombres civilizados. Nada de lo que veíamos nos era familiar. Los árboles no se parecían a ninguno de los que crecían en zonas tórridas, templadas o frías del norte, y se diferenciaban por completo de los que habíamos encontrado en las latitudes meridionales más bajas que acabábamos de atravesar. Las rocas mismas eran distintas por su tamaño, su color y su estratificación; y los arroyos, por increíble que esto parezca, tenían tan poco en común con los de otros climas, que teníamos reticencia a beber de ellos, e incluso nos resultaba difícil pensar que sus cualidades fuesen puramente naturales. En un pequeño arroyo que cruzaba nuestro camino (el primero que encontramos), Too-wit y sus acompañantes se detuvieron para beber. Dada la naturaleza tan particular del agua, nos negamos a probarla, suponiendo que estaba contaminada, y solo después de un buen rato logramos comprender que aquél era el aspecto de los arroyos en todo el archipiélago. No sé cómo dar una idea clara de la naturaleza de aquel líquido, ni puedo hacerlo sin emplear muchas palabras. Aunque fluyese con rapidez por todas las pendientes, como cualquier arroyo normal, no tenía nunca, excepto cuando caía como una cascada, la transparencia habitual del agua. Sin embargo, era en realidad tan límpida como cualquier agua calcárea existente, la diferencia radicaba solo en su aspecto. A primera vista, y especialmente en los casos en que el declive era poco pronunciado, se parecía, en cuanto a su consistencia, a una densa disolución de goma arábiga en agua común. Pero esta era la menos importante de sus extraordinarias cualidades. No era incolora, pero tampoco tenía un color uniforme, cuando fluía, se podían ver todos los matices posibles del color púrpura, como los visos de una seda tornasolada. Esta variación en el matiz se producía de una manera tal que generaba un asombro tan profundo en nuestros espíritus como los espejos lo habían hecho en el de Too-wit. Al recogerla en un recipiente y dejarla decantar, observamos que toda la masa de líquido estaba compuesta por distintas vetas, cada una de una tonalidad diferente; que estas vetas no se mezclaban; y que su cohesión era perfecta respecto a sus propias partículas, e imperfecta respecto a las vetas próximas. Pasando la hoja de un cuchillo a través de las vetas, el agua se cerraba inmediatamente, como ocurría a nuestro paso, y al sacarlo, todas las huellas del paso del cuchillo se borraban al instante. Sin embargo, cuando la hoja se interponía cuidadosamente entre las vetas, la separación perfecta que se verificaba no cesaba inmediatamente por la fuerza de cohesión. El fenómeno de esta agua fue el primer eslabón concreto de una vasta cadena de milagros aparentes que por algún tiempo se presentarían ante mi vista.

CAPÍTULO XIX

Tardamos casi tres horas en llegar a la aldea, que se hallaba a unos quince kilómetros hacia el interior, y el camino atravesaba una zona escarpada. Mientras caminábamos, el grupo de Too-wit (los ciento diez bárbaros de las canoas) se reforzaba a cada instante con pequeños grupos, de dos a seis o siete hombres, que se nos unían, como por casualidad, en las diferentes curvas del camino. En todo aquello existía una especie de propósito que me hizo sentir desconfianza, y le comenté mis inquietudes al capitán Guy. Pero ya era demasiado tarde para retroceder y convinimos que lo mejor para nuestra seguridad era demostrar confianza absoluta en la buena fe de Too-wit. Por lo tanto continuamos, vigilando con sumo cuidado las maniobras de los bárbaros, sin permitirles que dividan nuestras filas irrumpiendo entre ellas. De este modo, al atravesar un barranco escarpado, llegamos al fin a un grupo de viviendas que, según nos dijeron, eran las únicas existentes en las islas. Cuando las teníamos a la vista, el jefe dio un grito, repitiendo con frecuencia la palabra «Klock-klock», que supusimos sería el nombre de aquella aldea, o tal vez el nombre genérico de todas ellas.

Las cabañas tenían el aspecto más miserable que pueda imaginarse, y, diferenciándose en esto incluso de las razas salvajes más inferiores que la humanidad haya conocido, no estaban construidas siguiendo un plan uniforme. Algunas de ellas (las pertenecientes a los wampoos o yampoos, grandes personajes de la isla) consistían en un árbol cortado a un metro de la raíz, aproximadamente, con una enorme piel negra echada por encima, que colgaba suelta sobre el suelo. Debajo de ella se acurrucaba el bárbaro. Otras estaban hechas con ramas rugosas de árboles, llenas de hojas secas, dispuestas de modo que se reclinaban, formando un ángulo de cuarenta y cinco grados, contra un banco de arcilla amontonado, sin forma definida, hasta una altura de metro y medio a dos metros. Otras, incluso, eran simples agujeros cavados perpendicularmente en la tierra y cubiertos con ramas parecidas, que el habitante tenía que apartar al entrar y debía colocar nuevamente cuando había entrado. Algunas estaban construidas entre las ramas bifurcadas de los árboles, tal como crecían, cortando a medias las ramas superiores, de modo que cayesen sobre las inferiores, formando así un cobijo más denso contra el mal tiempo. Pero la mayoría consistía en pequeñas cavernas, poco profundas, talladas al parecer en la cara de un escarpado arrecife de piedra negra, cortada a pico, y muy parecida a la arcilla absorbente, que rodeaba tres lados de la aldea. En la entrada de cada una de aquellas cavernas primitivas había una roca pequeña, que el ocupante colocaba cuidadosamente delante de la abertura cuando abandonaba su residencia, ignoro con qué fin, dado que la piedra nunca era del tamaño suficiente sino para cerrar una tercera parte de la abertura.

Esta aldea, si merece dicho nombre, estaba situada en un valle de cierta profundidad, al cual solo se podía acceder desde el sur, porque el arrecife escabroso del cual ya he hablado cortaba todo acceso desde otras direcciones. Por el centro del valle corría un arroyo torrentoso, cuya agua tenía la apariencia mágica que ya he descripto. Alrededor de las viviendas vimos varios animales extraños, todos al parecer perfectamente domesticados. El más grande era parecido a nuestro cerdo común, tanto en la estructura del cuerpo como en el hocico; pero el rabo era peludo, y las patas, delgadas como las del antílope. Su marcha era muy torpe e indecisa, y nunca lo vimos correr. Encontramos también otros animales de aspecto muy similar, pero con cuerpos más alargados y cubiertos de lana negra. Había una gran variedad de pollos merodeando por los alrededores, y que parecían ser el alimento principal de los nativos. Con gran sorpresa vimos albatros negros entre aquellas aves completamente domesticadas, que iban periódicamente al mar en busca de alimento, pero regresaban siempre a la aldea como si fuese su hogar, y utilizaban la orilla sur, más cercana, como lugar de incubación. Allí se unían sus amigos los pelícanos, como de costumbre; pero estos no los seguían nunca hasta las viviendas de los nativos. Entre otras clases de aves domésticas había patos, que diferían muy poco del pato marino de nuestro país, alcatraces negros y un pájaro grande bastante parecido al buitre en apariencia, pero que no era carnívoro. Parecía haber allí abundante pescado. Durante nuestra visita vimos una gran cantidad de salmones secos, bacalaos, delfines azules, caballas, rayas, congrios, elefantes marinos, salmonetes, lenguados, pez loro, rubios, merluzas, lenguados y muchas otras variedades. También observamos que en su mayoría se parecían a los peces que se encuentran en los parajes del grupo de las islas de Lord Auckland, a una latitud tan baja como los 51º sur. La tortuga de las Galápagos también abundaba. Vimos pocos animales salvajes, y ninguno de gran tamaño o de una especie que nos fuera familiar. Una o dos serpientes de terrible aspecto se cruzaron en nuestro camino; pero los nativos le prestaron poca atención, por lo cual dedujimos que no eran venenosas.

Cuando nos acercábamos a la aldea con Too-wit y su grupo, una gran multitud de gente vino a nuestro encuentro, gritando fuerte, pero nosotros solo distinguíamos los eternos «¡Anamoo moo!» y «¡Lama-Lama!». Nos sorprendió mucho ver que, a excepción de uno o dos, los recién llegados iban completamente desnudos, ya que las pieles solo las usaban los hombres de las canoas. Todas las armas del país parecían estar en posesión de estos últimos, porque los de la aldea no tenían ninguna. Había muchas mujeres y niños, las primeras dotadas de lo que puede llamarse belleza personal. Eran altas, erguidas, bien constituidas y tenían una gracia y una desenvoltura que no se encuentra en la sociedad civilizada. Sin embargo, sus labios, al igual que los de los hombres, eran gruesos y sin gracia, hasta el punto de que ni siquiera al reír se le veían los dientes. Su cabello era más fino que el de los hombres. Entre todos aquellos bárbaros desnudos podría haber diez o doce que estaban vestidos, como los del grupo de Too-wit, con pieles negras y armados con lanzas y garrotes pesados. Parecían tener gran influencia sobre el resto, y siempre se dirigían a ellos con el título de «Wampoo». También eran ellos los que habitaban los palacios de las pieles negras. El de Too-wit estaba situado en el centro de la aldea, y era mucho más grande y, de algún modo, mejor construido que los demás. El árbol que constituía su soporte había sido cortado a una distancia aproximada de tres metros y medio de la raíz, y justamente debajo del corte habían dejado varias ramas que servían para extender el techo e impedir de este modo que flamease contra el tronco. Además, el techo, que consistía en cuatro pieles muy grandes unidas entre sí por broches de madera, estaba asegurado en su base con estacas que atravesaban la piel y se hundían en la tierra. El suelo estaba sembrado de abundante cantidad de hojas secas para crear una alfombra.

Fuimos llevados a esta cabaña con gran solemnidad, y en ella entraron todos los indígenas posibles. Too-wit se sentó sobre las hojas, y nos hizo señas para que imitáramos su ejemplo. Así lo hicimos, y nos sentimos entonces en una situación especialmente incómoda, si no crítica. Éramos doce en total en el suelo, junto a los bárbaros, que eran cuarenta, sentados y tan apretados a nuestro alrededor que, si hubiese surgido algún disturbio, nos habría sido imposible hacer uso de nuestras armas o incluso hubiese sido difícil ponernos de pie. La tensión no estaba solo dentro de la tienda, sino también afuera, donde probablemente se hallaban todos los habitantes de la isla, y únicamente los continuos esfuerzos y los gritos de Too-wit impedían que la multitud nos atropellase hasta matarnos. Sin embargo, nuestra seguridad dependía de la presencia de Too-wit entre nosotros, por lo que decidimos mantenernos junto a él como la única oportunidad de salvarnos, decididos a sacrificarlo inmediatamente ante la primera manifestación de hostilidad.

Luego de algunos problemas, se logró cierta tranquilidad cuando el jefe nos dedicó un discurso muy extenso, y que se parecía mucho al que nos dedicó en las canoas, con la excepción de que los «¡Anamoo-moos!» ahora eran pronunciados más vigorosamente que los «¡Lama-Lamas!». Escuchamos en profundo silencio hasta que terminó su arenga; entonces el capitán Guy respondió asegurándole al jefe su eterna amistad y buena voluntad, concluyendo su respuesta con el regalo de unos collares de perlas azules y un cuchillo. Al recibir los collares, el rey, para nuestro asombro, levantó la nariz con expresión de desprecio; pero el cuchillo le causó ilimitada satisfacción, e inmediatamente ordenó que sirvieran la comida. La misma fue servida en la tienda por encima de la cabeza de los asistentes, y consistía en las entrañas palpitantes de un extraordinario animal desconocido, probablemente uno de aquellos cerdos de patas delgadas que habíamos observado al acercarnos a la aldea. Viendo que no sabíamos cómo arreglárnoslas, comenzó, como para darnos ejemplo, a devorar a grandes bocados el alimento tentador, hasta que no pudimos soportar por más tiempo aquel espectáculo, y dimos muestras de náuseas muy evidentes, que inspiraron en su majestad un asombro algo inferior al que le habían causado los espejos. Sin embargo, nos negamos a compartir las exquisiteces que nos ponían delante, y nos esforzamos por hacerle comprender que no teníamos apetito, ya que acabábamos de tomar un desayuno sustancioso. Cuando el monarca terminó su comida, comenzamos a hacerle una serie de preguntas de la manera más ingeniosa que pudimos imaginar, con el propósito de descubrir cuáles eran los principales productos del país, por si podíamos sacar provecho de algunos de ellos. Por fin, pareció comprender lo que queríamos decirle, y se ofreció a acompañarnos hasta una parte de la costa donde nos aseguró (señalando a un ejemplar de aquel animal) que encontraríamos ese pepino de mar en abundancia. Estábamos encantados de aprovechar esta primera oportunidad de librarnos de los apretujones de la multitud y manifestamos nuestra impaciencia por ponernos en marcha. Luego salimos de la tienda y, acompañados por toda la población de la aldea, seguimos al jefe hasta el extremo sudeste de la isla, no muy lejos de la bahía donde estaba anclado nuestro barco. Esperamos allí cerca de una hora, hasta que las cuatro canoas fueron traídas por algunos de los bárbaros hacia donde estábamos nosotros. Todo nuestro grupo embarcó en una de ellas, y fuimos conducidos a lo largo del arrecife antes mencionado, y luego hacia otro más apartado, donde vimos tanta cantidad de pepinos de mar como jamás nuestros marineros más viejos habían visto en aquellos archipiélagos de latitudes inferiores, tan conocidos por este artículo de comercio. Permanecimos junto a aquellos arrecifes solo el tiempo suficiente para convencernos de que hubiéramos podido cargar fácilmente una docena de barcos con aquel animal en caso de necesidad, mientras íbamos a lo largo de la goleta y nos despedimos de Too-wit, después de hacerle prometer que nos traería, en el plazo de veinticuatro horas, tantos patos marinos y tortugas de los Galápagos como pudieran cargar en sus canoas. En toda esta aventura no percibimos nada en la conducta de los nativos que suscite sospechas, a excepción de la forma sistemática en la que habían reforzado su grupo durante nuestro trayecto desde la goleta hasta la aldea.

CAPÍTULO XX

El jefe era un hombre de palabra, e inmediatamente nos suministró provisiones frescas en abundancia. Encontramos que las tortugas eran más exquisitas de lo que pudiéramos haber imaginado, y los patos superaron a nuestras mejores especies de aves silvestres, ya que eran sumamente tiernos, jugosos y de un sabor excelente. Aparte de esto, los bárbaros nos trajeron, una vez que les hicimos comprender nuestros deseos, una gran cantidad de apio negro y coclearia (una hierba contra el escorbuto), además de una canoa cargada de pescado fresco y seco. El apio fue realmente un deleite, y la coclearia resultó ser un beneficio incalculable para que se recuperen algunos de nuestros hombres que presentaban síntomas de escorbuto. En muy poco tiempo no había ni una sola persona en la lista de enfermos. Nos dieron también muchas otras provisiones frescas, entre las cuales pueden mencionarse una especie de mariscos parecidos por su forma a los mejillones, pero con el sabor de las ostras. También abundaban las gambas y las langostinas, así como los huevos de albatros y otras aves de cáscara oscura en abundancia. Asimismo embarcamos una buena carga de carne del cerdo que he mencionado anteriormente. La mayoría de nuestros hombres la encontraron muy sabrosa, pero a mí me pareció que tenía un olor a pescado, por demás desagradable. A cambio de aquellas buenas cosas, les ofrecimos a los nativos collares de perlas azules, chucherías de metal, clavos, cuchillos y retazos de tela roja, sintiéndose ellos muy complacidos con el cambio. Establecimos un mercado periódico en la costa, justamente bajo los cañones de la goleta, donde se llevaba a cabo el trueque con toda apariencia de buena fe, y ordenadamente; conducta que en la aldea de Klock-klock no esperábamos de los bárbaros.

Los asuntos marcharon así muy amistosamente por varios días, durante los cuales los grupos de nativos acudían con frecuencia a bordo de la goleta, y nuestro grupo de hombres que se hallaban frecuentemente en la costa hacían largas excursiones por el interior sin ser molestados. Viendo la facilidad con que el barco podía cargarse con pepino de mar, gracias a la amistosa disposición de los isleños y a la prontitud con que nos prestaban su ayuda para recogerlo, el capitán Guy decidió entrar en negociaciones con Too-wit para la construcción de casas adecuadas para salar lo obtenido, dada la utilidad que tanto él como la tribu obtendrían al recoger la mayor cantidad posible, mientras el capitán Guy aprovechaba el buen tiempo para seguir viaje hacia el sur. Cuando le mencionó su proyecto al jefe, este pareció muy dispuesto a concertar un acuerdo. Se estipuló, entonces, un pacto, perfectamente satisfactorio para ambas partes, por el cual se decidió que, después de realizados los preparativos necesarios, tales como el señalamiento de los terrenos apropiados, la construcción de una parte de los albergues y algunas otras obras para las cuales sería utilizada toda nuestra tripulación, la goleta reanudaría su ruta, dejando tres de sus hombres en la isla para vigilar el cumplimiento del proyecto e instruir a los nativos en la salazón del pepino de mar. Las cláusulas del compromiso dependerían de la actividad de los bárbaros durante nuestra ausencia. Ellos debían recibir una cantidad estipulada de collares de perlas azules, cuchillos, tela roja, etc., a cambio de una determinada cantidad de kilos de pepino de mar que debía estar preparado a nuestro regreso.

Una descripción de la naturaleza de este importante artículo de comercio y su forma de prepararlo puede resultar interesante para mis lectores, y no encuentro mejor ocasión para ocuparme del asunto. La siguiente y extensa noticia en esta materia está tomada de una moderna historia de un viaje a los mares del Sur.

Se trata de aquel molusco de los mares de la India que se conocen en el comercio con el nombre francés de *bouche de mer* (un delicioso bocado de mar). Si no estoy muy equivocado, el famoso Cuvier lo llama *gasteropeda pulmonifera*. Se recoge en abundancia en las costas de las islas del Pacífico, y especialmente para el mercado chino, donde cotiza a un precio alto, quizá tanto como esos nidos de pájaros comestibles tan renombrados, que están hechos de una materia gelatinosa recogida por una especie de golondrina del cuerpo de estos moluscos. No tienen concha, patas ni ninguna parte prominente, excepto dos órganos opuestos, uno absorbente y otro excretorio; pero, gracias a sus alas elásticas, como las orugas o gusanos, se arrastran hacia las aguas poco profundas, en las que, cuando baja la marea, pueden ser vistos por una clase de golondrinas, cuyo pico agudo se clava en la

parte blanda del animal, extrae una sustancia gomosa y fila-
mentosa que, al secarse, se convierte en las sólidas paredes
de su nido. De aquí el nombre de *gasteropeda pulmonifera*.

Este molusco es alargado, y de diferentes tamaños, mide
de siete a cuarenta y seis centímetros de largo; y he visto
algunos que tenían hasta sesenta centímetros. Eran casi re-
dondos, un poco aplastados del lado más próximo al fondo
del mar, y su grosor es de dos a veinticinco centímetros. Se
arrastran hacia las aguas poco profundas en determinadas
estaciones del año, probablemente para reproducirse, ya
que se los ve muy a menudo en pares. Cuando el sol cae con
más fuerza sobre el agua, templándola, es cuando se acer-
can a la orilla; y suelen ir a sitios tan pocos profundos que,
cuando la marea baja, se quedan en seco, expuestos al calor
del sol. Pero no engendran sus crías en aguas poco profundas, porque no hemos visto nunca allí ninguna de ellas, y
siempre que se los ha observado remontando de las aguas
profundas habían alcanzado ya su pleno desarrollo. Se ali-
mentan principalmente de esa clase de zoófitos que producen el coral.

El pepino de mar se pesca generalmente a metro o poco
más de un metro de profundidad; luego lo llevan a la orilla y
lo abren por un lado con un cuchillo, haciendo una incisión
de más o menos un tres centímetros, según el tamaño del
molusco. A través de esa abertura, haciendo presión, le sa-
can las entrañas, que se parecen mucho a las de los pequeños habitantes del mar. Luego se lava el animal y después se
cuece a cierta temperatura, que no debe ser ni muy elevada
ni muy baja. Se los entierra durante cuatro horas, luego se
los cocina nuevamente durante un rato, y finalmente se ponen a secar, ya sea al fuego o al sol. Los curados al sol son
los mejores; pero mientras de este modo se puede curar un
picul (60 kilogramos), se pueden secar treinta picules por
medio del fuego. Una vez que están curados adecuadamen-
te, se pueden conservar en un sitio seco durante dos o tres
años sin peligro alguno; pero hay que examinarlos cada tanto, unas cuatro veces al año, para ver si la humedad no los
está afectando.

Los chinos, como antes se ha dicho, consideran al pepino de mar como una comida de lujo, creyendo que es un alimento asombrosamente fortificante y nutritivo, y que reanima los organismos agotados por la lujuria desmedida. Los de primera calidad alcanzan un precio elevado en el Cantón, vendiéndose a noventa dólares el picul; los de segunda calidad, a setenta y cinco dólares; los de tercera, a cincuenta dólares; los de cuarta, a treinta dólares; los de quinta, a veinte dólares; los de sexta, a doce dólares; los de séptima, a ocho dólares, y los de octava, a cuatro dólares; sin embargo, los pequeños cargamentos producen con frecuencia más en Manila, Singapur y Batavia.

Habiendo llegado, entonces, a un acuerdo, procedimos inmediatamente a desembarcar todo lo necesario para preparar los albergues y limpiar el terreno. Elegimos una gran explanada cerca de la costa oriental de la bahía, donde había agua y madera en abundancia, y a una distancia prudencial de los arrecifes principales en los que podía recogerse el pepino de mar. Todos nos pusimos a trabajar seriamente y, en poco tiempo, ante el gran asombro de los bárbaros, habíamos derribado un número suficiente de árboles para lograr nuestro propósito, colocándolos rápidamente en orden para el armazón de las casas, las cuales estuvieron, en dos o tres días, tan avanzadas que pudimos entregar con toda confianza el resto de la obra a los tres hombres que nos proponíamos dejar allí. Estos eran John Carson, Alfred Harris y... Peterson (todos ellos nacidos en Londres, según creo), quienes se ofrecieron voluntariamente para semejante servicio.

A fin de mes teníamos hechos todos los preparativos para la partida. Sin embargo, habíamos convenido en realizar una visita formal a la aldea como despedida, y Too-wit insistió con tanta tenacidad en que mantuviéramos nuestra promesa, que no creímos prudente correr el riesgo de ofenderlo con una respuesta negativa. Creo que ninguno de nosotros tenía, en aquel momento, la más ligera sospecha sobre la buena fe de los bárbaros. Todos ellos se habían comportado con la mayor corrección, ayudándonos con celeridad en nuestro trabajo, ofreciéndonos sus mercancías, a menudo gratis, y nunca, en ningún caso, hurtaron un solo objeto, a pesar de que el valor de los artículos que teníamos en nuestro poder era, evidentemente alto dadas las extravagantes demostraciones de alegría que manifestaban siempre que les hacíamos un regalo. Las mujeres, especialmente, eran muy serviciales en todo y, por sobre todo, hubiésemos sido los seres humanos más desconfiados si hubiésemos albergado tan solo la idea de traición por parte de un pueblo que nos trataba tan bien. Poco tiempo fue suficiente para demostrarnos que aquella disposición de aparente amabilidad era tan solo el resultado de un plan concienzudamente estudiado para nuestra destrucción, y que los isleños, que nos inspiraban excesivos sentimientos de estima, pertenecían a la raza de los más bárbaros, astutos y sanguinarios malvados que jamás hayan contaminado la faz de la tierra.

Fue el 1 de febrero cuando fuimos a la costa con el fin de visitar la aldea. Aunque, como ya se ha dicho antes, no tuviéramos la más ligera sospecha, no olvidamos tomar las debidas precauciones. Seis hombres permanecieron en la goleta con instrucciones de no dejar que ninguno de los bárbaros se acercase durante nuestra ausencia, bajo ningún pretexto, y de permanecer siempre sobre cubierta. Se recogieron las redes de embarque, los cañones recibieron doble carga de metralla y los pedreros se cargaron con cartuchos de mosquetes y balas de fusiles. El barco estaba anclado, con su ancla a pique, casi a una milla de la costa, y ninguna canoa podía acercarse a él desde ninguna dirección sin ser vista claramente y quedar expuesta de inmediato al fuego graneado de nuestros pedreros. Al dejar seis hombres a bordo, nuestro equipo estaba compuesto por treinta y dos personas en total. Estábamos armados hasta los dientes con fusiles, pistolas y machetes; además, cada uno llevaba una especie de cuchillo de marinero largo, parecido al cuchillo de monte tan usado ahora en las comarcas meridionales y occidentales de nuestro país. Un centenar de guerreros con pieles negras salió a nuestro encuentro al desembarcar, para acompañarnos por el camino. Advertimos, sin embargo, con alguna sorpresa, que iban completamente desarmados y cuando le preguntamos a Too-wit acerca de esta circunstancia, contestó simplemente que «*Mattee non we pa pa si*», lo cual significa que nadie necesita armas donde todos son hermanos. Tomamos esto en buen sentido, y seguimos adelante.

Habíamos pasado el manantial y el arroyo del que les he hablado antes, y entrábamos ahora en una angosta garganta que serpenteaba a través de la cadena de colinas de esteatita, entre las cuales estaba situada la aldea. Esta garganta era muy rocosa e irregular, hasta el punto de que con mucha dificultad pudimos franquearla en nuestra primera visita a Klock-klock. El barranco en toda su extensión podría tener unos dos o tres kilómetros de largo. En toda su longitud abundaban las curvas (que al parecer había formado, en alguna época remota, el lecho de un arroyo), y en ningún caso podíamos avanzar más de veinte metros sin encontrarnos con una curva abrupta. Estoy seguro de que las laderas de aquel valle se elevaban, en término medio, a veinte o veinticinco metros de altura y estaban cortados casi a pico, y en algunos sitios se alzaban a una altura asombrosa, oscureciendo el paso tan por completo, que apenas penetraba la luz del día. El ancho general era de unos doce metros, y a veces disminuía hasta no permitir el paso de más de cinco o seis personas de frente. En pocas palabras, no podía haber lugar alguno en el mundo más propicio para una emboscada, y era más que natural que mirásemos cuidadosamente nuestras armas al entrar en el barranco. Cuando recuerdo ahora aquella enorme locura, lo que más me asombra es que nos arriesgamos en aquellas circunstancias, poniéndonos a disposición de unos bárbaros desconocidos hasta el extremo de permitirles marchar delante y detrás de nosotros a lo largo del camino. Sin embargo, fue tal el orden que seguimos ciegamente, confiando con mucha ingenuidad en la fuerza de nuestro destacamento, y de que Too-wit y sus hombres iban desarmados, estando muy seguros de la eficacia de nuestras armas de fuego (cuyos efectos eran aún un secreto para los nativos) y, más que nada, en la simulación de amistad mantenida durante largo tiempo por aquellos infames miserables. Cinco o seis de ellos iban adelante como guiándonos, con ostentosa dedicación, apartando del camino las piedras grandes y los desechos. A continuación marchaba nuestro grupo. Caminábamos muy juntos, teniendo cuidado de evitar toda separación. Detrás venía el grupo principal de los bárbaros, que respetaba un orden y una compostura inusitados.

Dirk Peters, un hombre llamado Wilson Allen, y yo íbamos a la derecha de nuestros compañeros, examinando, mientras caminábamos, la singular estratificación del precipicio que sobresalía. Una grieta en la roca blanda atrajo nuestra atención. Era bastante ancha para que pudiese entrar una persona sin ser apretada, y se extendía por dentro de la montaña unos cinco y medio o seis metros en línea recta, inclinándose luego a la izquierda. La altura de la grieta, hasta donde se podía ver por dentro desde la garganta principal, era tal vez de dieciocho a veinte metros. Entre las hendiduras crecían dos o tres arbustos achaparrados, que parecían una especie de avellano, por los que sentí la curiosidad de examinar, y me adelanté rápidamente con este propósito, arrancando cinco o seis frutos en un ramillete y luego me retiré rápidamente. Cuando volvía, vi que Peters y Allen me habían seguido. Les rogué que retrocediesen, ya que no había lugar para que pasaran dos personas, y les dije que les daría alguno de mis frutos. Se volvieron, Allen se encontraba junto a la boca de la hendidura y se estaban deslizando hacia atrás, cuando sentí de repente una conmoción que no se parecía a nada de lo que yo había experimentado hasta entonces, y que me hizo creer que se desplomaban hasta los cimientos del globo y que había llegado el día de la destrucción universal.

CAPÍTULO XXI

Tan pronto como pude recuperar mis sentidos alterados, me encontré casi ahogado arrastrándome en la más absoluta oscuridad en medio de una masa de tierra desmoronada, que caía sobre mí pesadamente por todas partes, amenazando con sepultarme por completo. Terriblemente alarmado por esta idea, me esforcé por apoyar nuevamente los pies, consiguiéndolo al fin. Permanecí entonces inmóvil durante unos instantes, intentando comprender lo que me había sucedido, y dónde estaba. Enseguida oí un profundo gemido junto a mi oído y, poco después, la voz sofocada de Peters pidiéndome auxilio en nombre de Dios. Me arrastré uno o dos pasos hacia adelante, y caí directamente sobre la cabeza y los hombros de mi compañero, quien, como pude ver, estaba sepultado hasta la mitad de su cuerpo, bajo una masa de tierra desmoronada y luchaba desesperadamente por librarse de aquella opresión. Aparté la tierra que había a su alrededor con toda la fuerza que tenía, y finalmente logré sacarlo de allí.

Ni bien nos recobramos del susto y de nuestro asombro, hasta el punto de ser capaces de conversar racionalmente, ambos llegamos a la conclusión de que las paredes de la fisura por la que habíamos entrado se habían derrumbado desde lo alto, por algún movimiento de la naturaleza o probablemente por su propio peso, y que, por lo tanto, estábamos perdidos para siempre, ya que habíamos quedado enterrados vivos. Durante un buen rato nos entregamos a la angustia y desesperación más intensas, como nunca podrán imaginar quienes no se hayan encontrado jamás en una situación semejante. Yo creía firmemente que ninguno de los incidentes que podían ocurrir en el curso de la existencia humana iba a ser tan propicio para inspirar el sumo dolor físico y mental como nuestro caso, de vernos enterrados en vida. La negrura de la oscuridad que envuelve a la víctima, la terrorífica opresión de los pulmones, las emanaciones sofocantes de la tierra húmeda unidas a la aterradora consideración de que nos hallábamos más allá de los remotos confines de la esperanza, y de que compartíamos así la región de los muertos, causaba en el corazón humano un grado tal de espanto y terror, que resulta intolerable como jamás podrá concebirse.

Por fin, Peters propuso que intentáramos conocer exactamente el alcance de nuestra desgracia, arañando alrededor de nuestra prisión, porque observó que no era imposible que hallásemos alguna abertura por donde escapar. Me uní ansiosamente a esta esperanza y, juntando toda mi energía, intenté abrirme camino en medio de la tierra desmoronada. Apenas había avanzado un paso cuando un rayo de luz se hizo visible, hasta convencerme de que, en todo caso, no moriríamos de inmediato por falta de aire. Nos sentimos un poco reanimados y procuramos alentarnos mutuamente esperando lo mejor. Luego de trepar sobre un montón de escombros que impedía nuestro paso en dirección a la luz, encontramos menos dificultad para avanzar y también experimentamos cierto alivio ante la excesiva opresión que torturaba nuestros pulmones. Luego pudimos mirar de reojo los objetos que nos rodeaban, y descubrimos que estábamos cerca del borde de la parte recta de la fisura, allí donde doblaba hacia la izquierda. Un poco más de esfuerzo y llegaríamos a la curva, donde, para alegría nuestra, aparecía una larga rendija o grieta que se extendía hacia arriba, a una gran distancia, en general, en un ángulo de unos cuarenta y cinco grados, aunque a veces fuera más escarpado. No podíamos ver a través de toda la extensión de esta abertura; pero penetraba suficiente luz como para que no tuviésemos la menor duda de encontrar en lo alto de esa abertura (si es que podíamos llegar por algún medio hasta allí) una salida al aire libre.

Entonces me di cuenta de que éramos tres los que habíamos entrado en la fisura desde la garganta principal, y descubrí que nuestro compañero, Allen, continuaba perdido todavía: decidimos volver rápidamente sobre nuestros pasos para buscarlo. Luego de una larga búsqueda, con el inminente peligro de que se desplomase la tierra sobre nosotros, Peters me gritó al fin que había asido uno de los pies de nuestro compañero, y que todo su cuerpo estaba profundamente sepultado debajo de los escombros, sin posibilidad de sacarlo. Pronto comprobé que era muy cierto lo que decía y que, por consiguiente, su vida se había extinguido hacía largo rato. Con el corazón destrozado, abandonamos, entonces, el cuerpo a su destino y de nuevo nos abrimos paso hacia la curva.

El ancho de la rendija era apenas suficiente para permitirnos pasar, y, después de uno o dos esfuerzos infructuosos para subir, empezamos una vez más a desesperarnos. Ya lo he dicho antes, que la cadena de colinas entre las cuales corría la garganta principal estaba formada por una especie de roca blanda parecida a la esteatita. Los costados de la grieta por la que intentábamos trepar ahora eran de la misma materia, y estaban tan resbaladizos, porque estaban húmedos, que apenas podíamos afirmar los pies en las partes menos escabrosas; la dificultad se agravaba, naturalmente, donde el ascenso era casi perpendicular, y a veces creíamos, realmente, que eran infranqueables. Sin embargo, sacamos fuerzas de nuestra desesperación y, tras tallar escalones en la piedra blanda con nuestros cuchillos de monte, y colgándonos, arriesgando nuestras vidas, de unas pequeñas prominencias formadas por una especie de roca gris más dura, que sobresalían acá y allá de la masa general, logramos llegar por fin a una plataforma natural, desde la cual se divisaba un pedazo de cielo azul, al fondo de una cima densamente poblada de árboles.

Mirando ahora hacia atrás, con algo más de tranquilidad, el paso por el que habíamos caminado, vimos claramente, por el aspecto de sus laderas, que era de reciente formación, y de ello dedujimos que la sacudida, de cualquier naturaleza que fuese, que nos había sepultado tan repentinamente, había abierto también, al mismo tiempo, este paso para escapar. Hallándonos completamente exhaustos por el esfuerzo y, en realidad, tan débiles que apenas podíamos mantenernos en pie o articular palabra, Peters propuso entonces que intentásemos pedir socorro a nuestros compañeros disparando las pistolas que seguían aún en nuestros cintos, ya que los fusiles, así como los machetes, los habíamos perdido entre la tierra desprendida que cayó al fondo del precipicio. Los acontecimientos posteriores probaron que, de haber disparado, nos hubiéramos arrepentido de ello; pero afortunadamente surgió en mi mente una suerte de sospecha de la jugada infame, y nos abstuvimos de dar a conocer a los bárbaros el sitio donde nos encontrábamos.

Luego de descansar durante casi una hora, nos deslizamos lentamente hacia la parte alta del barranco, y no habíamos caminado mucho, cuando oímos una serie de aullidos tremendos. Finalmente, alcanzamos lo que podría llamarse la superficie del terreno; porque nuestro sendero hasta ese momento, desde que habíamos abandonado la plataforma, corría por debajo de una bóveda de altas rocas y follaje, a gran distancia de nuestras cabezas. Con gran cautela nos arrastramos hasta una estrecha abertura, a través de la cual divisábamos un amplio paraje de la comarca circundante, y todo el espantoso misterio de aquella conmoción se nos reveló de pronto en un instante y a primera vista.

El lugar desde donde mirábamos no estaba lejos de la cumbre del pico más alto de la cordillera de colinas de esteatita. La garganta en la que había entrado nuestro grupo de treinta y dos hombres se internaba unos quince metros a nuestra izquierda. Pero, en una extensión de unos cien metros, el canal o lecho de aquella garganta estaba completamente llena de ruinas caóticas de más de un millón de toneladas de tierra y piedra que habían sido volcadas en ella artificialmente. El medio por el que aquella gran masa había sido precipitada era tan sencillo como evidente, porque quedaban aún huellas claras de aquella obra asesina. En varios lugares a lo largo de la parte superior de la ladera este de la garganta (estábamos en aquel momento en la ladera oeste) podían verse estacas de madera clavadas en el suelo. En estos sitios la tierra no había cedido, pero, a lo largo de toda la extensión de la superficie del precipicio desde donde la masa había caído, era evidente, por las señales existentes en el suelo, parecidas a las que hace la perforadora de roca, que unas estacas semejantes a las que estábamos viendo habían sido clavadas, a no más de un metro de distancia unas de otras, en una longitud de tal vez cien metros, y alineadas a unos tres metros más allá del borde de la bahía. Largas hileras de vid estaban adheridas aún a las estacas existentes en la colina, y era evidente que semejantes ligamentos habían sido adheridos a cada una de las otras estacas. Ya he hablado de la singular estratificación de estas colinas de esteatita; y la descripción que acabo de dar de la estrecha y profunda fisura a través de la cual nos libramos de ser enterrados vivos proporcionará una idea más completa de su naturaleza. Era tal que, cualquier movimiento natural podía, sin duda, dividirlo en capas perpendiculares o líneas de división paralelas entre sí, y un esfuerzo moderado podía servir también para conseguir el mismo resultado. Los bárbaros se habían servido de esta estratificación para lograr sus fines traicioneros. No cabe ninguna duda, por la línea continua de estacas, de que había tenido lugar una ruptura parcial del suelo, probablemente a una profundidad de treinta o sesenta centímetros, y que un bárbaro tirando desde el extremo de cada uno de estos cordones (cordones que estaban adheridos a la punta de las estacas y que se extendían detrás del borde de la barranca), conseguía una enorme potencia de palanca capaz de lanzar, a una señal dada, toda la ladera de la colina al fondo del abismo. El destino de nuestros pobres compañeros ya no era cuestión de incertidumbre. Solo nosotros nos habíamos librado de la tempestad de aquella destrucción aniquiladora. Éramos los únicos hombres blancos con vida en la isla.

CAPÍTULO XXII

Nuestra situación, tal como se nos presentaba ahora, era apenas menos aterradora que cuando creímos estar enterrados para siempre. No veíamos ante nosotros más perspectivas que la de ser ejecutados por los bárbaros, o la de llevar una vida miserable en cautiverio entre ellos. Desde luego, podíamos ocultarnos por un tiempo entre la espesura de los montes o, como último recurso, en el barranco de donde acabábamos de salir; pero moriríamos de frío y de hambre durante el largo invierno polar, o seríamos descubiertos finalmente al esforzarnos por llegar hasta los indígenas.

La comarca entera se veía como un hormiguero de indígenas que, ahora veíamos, habían llegado desde las islas hasta la parte sur en balsas nuevas, sin duda con el propósito de prestar su ayuda en la captura y saqueo de la Jane. El barco aún permanecía tranquilamente anclado en la bahía, porque los que estaban a bordo no parecían darse cuenta en absoluto de que algún peligro los amenazara. ¡Cómo ansiábamos, en aquel momento, estar con ellos! Tanto para llevar a cabo la fuga, como para morir con ellos al intentar defenderlos. No veíamos ninguna posibilidad de advertirles acerca del peligro sin provocar nuestra muerte inmediata, pero con alguna remota esperanza de hacerles un beneficio. Un disparo de pistola habría bastado para informarles que había ocurrido algo malo; pero este aviso podía no hacerles comprender que su única perspectiva de salvación consistía en levantar las anclas de manera inmediata, ni decirles que ningún principio de honor los obligaba ahora a quedarse, puesto que sus compañeros ya no se contaban entre los vivos. Aunque oyesen la descarga, no por eso iban a encontrarse mejor preparados para enfrentarse con el enemigo, que estaba ahora dispuesto para el ataque, mucho más de lo que lo habían estado antes. Por eso, ningún bien, y sí un daño infinito, podía resultar de nuestro disparo, y, luego de una profunda reflexión, nos abstuvimos de hacerlo.

Nuestra siguiente idea fue intentar dirigirnos con prisa hacia el barco, apoderarnos de una de las cuatro canoas que estaban a la entrada de la bahía, y abrirnos paso a la fuerza hasta la goleta. Pero la absoluta imposibilidad de conseguirlo mediante esta tarea desesperada se hizo evidente enseguida. La comarca, como he dicho antes, estaba colmada literalmente de nativos, acechando entre los arbustos y escondites de las colinas de modo que no se pudiesen ver desde la goleta. Especialmente muy cerca de nosotros, y bloqueando la única senda por la que podíamos esperar alcanzar la orilla en su punto adecuado, estaba apostada toda la banda de los guerreros de pieles negras, con Too-wit a su cabeza, y al parecer esperando tan solo algún refuerzo para emprender el abordaje de la Jane. También las canoas que se hallaban a la entrada de la bahía estaban tripuladas por salvajes, desarmados, es cierto, pero teniéndolas, sin duda, al alcance de la mano. Por lo tanto, nos vimos obligados, contra nuestra voluntad, a quedarnos en nuestro escondite, como simples espectadores del conflicto que pronto se inició.

Al cabo de media hora vimos sesenta o setenta balsas, o barcas planas, sin aparejos, llenas de indígenas que llegaban desde la parte sur de la bahía. No parecían tener más armas que unos garrotes cortos, y piedras amontonadas en el fondo de las balsas. Acto seguido, otro grupo, aún más numeroso, apareció en dirección opuesta y con armas similares. Además, las cuatro canoas se llenaron rápidamente de nativos, que salían entre los arbustos, a la entrada de la bahía, avanzando con celeridad, para unirse a los demás. De esa manera, en menos tiempo del que he tardado en decirlo, y como por arte de magia, la Jane se vio cercada por una inmensa multitud de forajidos evidentemente resueltos a tomarla a toda costa.

Que lo consiguieran era algo que no podíamos dudar ni por un instante. Los seis hombres que habíamos dejado en el barco, aunque luchasen resueltamente en su defensa, eran, en conjunto, pocos para el manejo adecuado de los cañones o para sostener un combate en tales circunstancias de desigualdad. Difícilmente podía imaginar que opondrían resistencia alguna; pero en esto me equivoqué, porque enseguida vi que recogían amarras, ubicándola del lado de estribor, de modo que la andanada cayese sobre las canoas, que estaban entonces a tiro de pistola, dado que las balsas estaban como a un cuarto de milla a sotavento. Por alguna causa desconocida, pero muy probablemente dada la agitación de nuestros pobres amigos al verse en una situación tan desesperada, la descarga falló por completo. Ninguna canoa fue alcanzada y ningún indígena fue herido, ya que al quedar corto el disparo hizo fuego de rebote por sobre sus cabezas. El único efecto que produjo en ellos fue de asombro ante el humo y la inesperada detonación, un asombro tan excesivo, que por unos momentos llegué a pensar que iban a abandonar de lleno su propósito e iban a regresar a la orilla. Y es lo más probable que hubieran hecho, si nuestros hombres hubiesen sostenido la andanada con una descarga de fusilería. Porque, como las canoas estaban tan cerca de ellos, no hubiesen dejado de causar alguna baja, suficiente al menos, para impedir que aquella banda avanzase más, hasta que ellos hubiesen largado otra andanada sobre las balsas. Pero, en cambio, dejaron a los hombres de las canoas que se recuperasen del pánico y, mirando a su alrededor, pudieron ver que no habían sufrido daño alguno, mientras ellos corrían a babor para prepararse contra las balsas.

La descarga de babor produjo el efecto más terrible. La metralla y la doble carga de los cañones de gran calibre partieron por la mitad a siete u ocho balsas, matando quizá a treinta o cuarenta indígenas en ese acto, mientras que un centenar, por lo menos, era arrojado al agua, casi todos mortalmente heridos. Los restantes, despavoridos por completo, iniciaron inmediatamente una retirada acelerada, sin siquiera esperar para recoger a sus compañeros mutilados, que nadaban en todas direcciones, lanzando gritos y aullidos de socorro. Sin embargo, este gran triunfo llegó demasiado tarde para salvar a nuestros fieles compañeros. La banda de las canoas ya estaba a bordo de la goleta con más de ciento cincuenta hombres, la mayoría de los cuales habían logrado trepar por las cadenas y por las redes de embarque, incluso antes de que las mechas hubieran sido aplicadas a los cañones de babor. Nada podía hacer frente a su furia brutal. Nuestros hombres fueron derribados rápidamente, aplastados, pisoteados y hechos pedazos en un instante.

Al ver esto, los bárbaros de las balsas se repusieron de su espanto, y acudieron en manada para saquear. En cinco minutos la Jane fue escenario lamentable de una devastación y saqueo tumultuoso. Los puentes fueron cortados y hundidos: el cordaje, las velas y todas las cosas movibles sobre cubierta fueron demolidos como por arte de magia, mientras que, a fuerza de empujar por la popa, arrastrándola con las canoas y remolcándola por los lados, porque eran miles los que nadaban alrededor del barco, los miserables consiguieron finalmente hacerla encallar en la orilla (pues la amarra había sido liberada), y la entregaron a los buenos delegados de Too-wit, quien, durante todo el combate, había permanecido como un experto general en su puesto de seguridad y observación sobre las colinas; pero ahora que había logrado la victoria, se dignó a unirse con sus guerreros de piel negra y participar en el saqueo.

El descenso de Too-wit nos permitió abandonar nuestro escondite y hacer un reconocimiento por la colina en las cercanías del barranco. A unos cincuenta metros de la boca vimos un pequeño manantial, en el que aplacamos la sed ardiente que nos consumía. No muy lejos del manantial descubrimos varios avellanos de los que ya he hablado. Al probar sus frutos, los encontramos agradables y de un sabor muy parecido al de la avellana común inglesa. Llenamos nuestros sombreros inmediatamente, las depositamos en el valle y volvimos por más. Mientras las recogíamos con prisa, nos alarmó un movimiento que advertimos en los arbustos, y cuando estábamos a punto de escabullirnos hacia nuestro escondite, un ave negra enorme de la especie de las garzas reales se elevó lenta y pesadamente por encima de los matorrales. Me sentí tan sorprendido que no sabía qué hacer, pero Peters tuvo la suficiente entereza como para lanzarse sobre ella antes de que pudiera escapar, agarrándola por el cuello. Sus forcejeos y chillidos eran impresionantes, y pensamos soltarla, por miedo a que el ruido alarmase a alguno de los bárbaros que podían estar emboscados en las cercanías. Pero un golpe certero dado con un cuchillo de monte lo derribó al suelo, y lo arrastramos hacia el valle, felicitándonos de que, en todo caso, habíamos conseguido una provisión de alimento que nos duraría para una semana.

Salimos nuevamente para observar a nuestro alrededor, y nos arriesgamos a recorrer una distancia considerable por la ladera sur de la colina, pero no encontramos nada más que pudiera servirnos como alimento. Por lo tanto, recogimos una buena cantidad de madera seca y regresamos, viendo uno o dos grupos de nativos dirigiéndose hacia la aldea, cargados con el botín del barco, y quienes, temíamos, podían descubrirnos al pasar por detrás de la colina.

Nuestra inmediata preocupación fue hacer nuestro escondite lo más seguro posible, y para ello, colocamos algunas matas sobre la abertura de la cual he hablado antes, aquella por la que habíamos visto un pedazo de cielo azul, al llegar a la plataforma desde el interior del abismo. Solo dejamos un pequeño agujero lo suficientemente ancho como para poder ver la bahía, sin el riesgo de ser descubiertos desde abajo. Una vez hecho esto, nos alegramos por la seguridad de nuestra posición; ya que ahora estaríamos completamente a salvo, sin ser observados, durante el tiempo que quisiéramos permanecer en el barranco, sin aventurarnos a subir a la colina. No observamos ningún rastro de que los salvajes hubiesen estado alguna vez dentro de aquel agujero; pero cuando reflexionamos en la probabilidad de que la fisura a través de la cual habíamos llegado allí se hubiese formado recientemente por el derrumbamiento del acantilado opuesto, y de que no hubiese otro camino para llegar a ella, nos sentimos menos alegres ante la idea de estar seguros y un tanto más aterrados porque no nos habían dejado en absoluto medio alguno para el descenso. Decidimos explorar la cumbre de toda la colina cuando se nos presentase una buena oportunidad. Mientras tanto, vigilábamos los movimientos de los bárbaros a través de la hendidura.

Ya habían devastado por completo el barco y se disponían ahora a prenderlo fuego. En poco tiempo vimos la humareda ascender en enormes nubes desde la escotilla principal y, poco después, una densa masa de llamas brotó del castillo de proa. El aparejo, los mástiles y lo que quedaba de las velas ardió inmediatamente, y el fuego se propagó, rápidamente, a lo largo de los puentes. Todavía permanecían en sus puestos alrededor del barco una gran multitud de indígenas; lanzando grandes piedras, hachas y balas de cañón en los pernos y en las forjas de hierro y cobre. En la playa, a bordo de las canoas y balsas, había, en los alrededores de la goleta, no menos de diez mil nativos, además de las bandas que, cargadas con su botín, se encaminaban hacia el interior o hacia las islas vecinas. Preveíamos entonces una catástrofe, y no estábamos equivocados. Primero sobrevino una repentina sacudida (que sentimos como si hubiésemos sufrido una ligera descarga eléctrica), pero que no fue seguida por ningún signo visible de explosión. Los bárbaros se quedaron evidentemente sorprendidos, e interrumpieron por un instante su tarea y sus aullidos. Estaban a punto de reanudarla, cuando de repente una masa de humo surgió de los puentes, parecía una nube de tormenta negra y pesada, y luego, como si saliese de sus entrañas, se elevó una gran columna de llama viva, hasta una altura, aparentemente, de trescientos metros; después, hubo una súbita expansión circular de la llama; luego, toda la atmósfera quedó mágicamente poblada, en un solo instante, de un caos siniestro de madera, metal y miembros humanos; y, por último, vino la conmoción en la máxima expresión de furia, que nos derribó impetuosamente, mientras los ecos en las colinas multiplicaban el tumulto, y una densa lluvia de pequeños fragmentos de los restos caía a gran velocidad por todas partes a nuestro alrededor.

La destrucción entre los bárbaros superó todas nuestras expectativas, y habían cosechado, en verdad, los frutos maduros y perfectos de su traición. Tal vez un millar de hombres perecieron debido a la explosión, mientras que, por lo menos, un número similar quedó mutilado. Toda la superficie de la bahía estaba literalmente cubierta de aquellos miserables, luchando y ahogándose, mientras en la orilla el asunto era aún peor. Parecían horrorizados ante el repentino y absoluto desconcierto, y no hacían esfuerzo alguno para socorrerse mutuamente. Al final, observamos un cambio total en su comportamiento. De un estupor absoluto, parecieron pasar de pronto al grado más alto de excitación, y se lanzaron enloquecidamente, corriendo de acá para allá, a un cierto lugar de la bahía, con las más extrañas expresiones de horror, de rabia y de intensa curiosidad pintadas en sus rostros, y gritando con toda la fuerza de sus pulmones: «¡Tekeli-li! ¡Tekeli-li!».

Pronto vimos que un nutrido grupo se retiraba hacia las colinas, de donde retornaron al rato con estacas de madera. Las llevaron al sitio donde la multitud estaba más amontonada, y que entonces se separó como para revelarnos el objeto de toda aquella excitación. Pudimos ver algo blanco en el suelo, pero no supimos inmediatamente lo que era. Al final, vimos que se trataba de la osamenta del extraño animal de dientes y garras de color escarlata que la goleta había recogido del mar el día 18 de enero. El capitán Guy había hecho conservar el cuerpo con la intención de disecar la piel y llevarlo a Inglaterra. Recuerdo que me había dado algunas instrucciones acerca de ello, precisamente antes de nuestra llegada a la isla, y lo habíamos llevado a la cámara metiéndolo en una de las alacenas. Había sido despedido hasta la orilla por la explosión; pero algo que iba más allá de lo que nosotros podíamos comprender era por qué causaba tanta inquietud entre los bárbaros. Aunque se amontonaran alrededor de la osamenta, a poca distancia, ninguno parecía desear acercarse del todo. Pronto los hombres de las estacas clavaron estas en círculo alrededor del esqueleto, y tan pronto como terminaron de hacerlo, toda la inmensa multitud se precipitó hacia el interior de la isla, lanzando aquellos fuertes gritos de «¡Tekeli-li! ¡Tekeli-li!».

CAPÍTULO XXIII

Durante los seis o siete días siguientes permanecimos dentro de nuestro escondite en la colina, saliendo solo algunas veces, y tomando muchas precauciones para buscar agua y avellanas. Habíamos hecho una especie de piso sobre la plataforma, cubriéndolo con un lecho de hojas secas, y colocando sobre él tres grandes piedras planas, que nos servían tanto de chimenea como de mesa. Encendimos fuego sin dificultad frotando dos trozos de madera seca, uno blando y otro duro. El ave que habíamos cazado en el apogeo de la estación nos proporcionó una excelente comida, aunque su carne era algo dura. No se trataba de un ave oceánica, sino de una especie de garza real, de un plumaje negro azabache y parduzco, y alas pequeñas en proporción a su tamaño. Luego vimos tres de la misma especie en las proximidades del barranco, que parecían buscar a la que habíamos capturado; pero, como no llegaron a posarse, no tuvimos ocasión de cazarlas.

Mientras nos duró la carne de esta ave, no sufrimos nada por nuestra situación; pero cuando la consumimos por completo se nos hizo absolutamente necesario salir en busca de alimento. Las avellanas no satisfacían la sensación de hambre y, además, nos causaban fuertes cólicos y, si las ingeríamos en abundancia, nos provocaba fuertes dolores de cabeza. Habíamos visto algunas tortugas grandes cerca de la orilla, al este de la colina, y observamos que podíamos agarrarlas fácilmente si lográbamos llegar allí sin ser descubiertos por los nativos. Decidimos, entonces, intentar una salida.

Comenzamos descendiendo a lo largo de la ladera sur, que parecía presentar menos dificultades; pero habíamos avanzado tan solo cien metros cuando nuestra marcha (como habíamos previsto por lo observado desde la cumbre de la colina) fue interrumpida por una rama del barranco en el que habían perecido nuestros compañeros. Pasamos al lado del borde de esta garganta por espacio de un cuarto de milla, cuando fuimos detenidos nuevamente por un precipicio de inmensa profundidad y, como nos era imposible abrirnos paso a lo largo de su margen, nos vimos obligados a volver sobre nuestros pasos por el barranco principal.

Nos dirigimos luego hacia el lado este, pero con una suerte parecida. Luego de trepar durante una hora, con riesgo de rompernos el cuello, descubrimos que habíamos descendido simplemente a una extensa cima de granito negro, cuyo fondo estaba cubierto de un polvo fino, y desde la cual no había más salida que la senda escarpada por donde habíamos bajado. Remontamos nuevamente esta senda, dirigiéndonos al borde septentrional del monte. Allí tuvimos que emplear las mayores precauciones posibles en nuestras maniobras, ya que la menor imprudencia podía exponernos de lleno a la vista de los bárbaros del pueblo. Por lo tanto, gateamos apoyados sobre nuestras manos y rodillas, y a veces nos veíamos obligados a acostarnos, arrastrando nuestro cuerpo y agarrándonos de los arbustos. Con todos estos cuidados habíamos avanzado un corto trecho, cuando llegamos a un abismo más profundo aún que los que habíamos encontrado hasta entonces, y que conducía directamente a la garganta principal. Vimos así plenamente confirmados nuestros temores, y nos hallábamos completamente aislados y sin acceso a la comarca de abajo. Casi extenuados por nuestro esfuerzo, retrocedimos lo mejor que pudimos hasta la plataforma, y arrojándonos sobre el lecho de hojas, nos dormimos tranquila y profundamente durante unas horas.

Durante varios días, luego de esta infructuosa búsqueda, nos ocupamos de explorar cada una de las partes de la cima de la colina, con el fin de conocer cuáles eran sus recursos reales. Descubrimos que no nos proporcionaría alimento alguno, excepto las avellanas poco saludables y una especie de coclearia agria, que crecía en una pequeña parcela de unos veinte metros cuadrados, y que pronto hubiésemos agotado. El 15 de febrero, por lo que puedo recordar, no quedaba ya ni una hoja, y las avellanas empezaban a escasear; por eso, nuestra situación no podía ser más deplorable.[8] El día dieciséis volvimos a recorrer los muros de nuestra prisión, con la esperanza de hallar alguna salida; pero fue en vano. Bajamos también al barranco en el que habíamos sido sepultados, con la leve esperanza de descubrir, a través de este paso, alguna abertura que diese a la garganta principal. También aquí nos vimos defraudados, aunque encontramos un fusil y lo recogimos.

El día diecisiete salimos resueltos a examinar con más mi-

8   Este día fue notable por haber observado, al sur, varios remolinos enormes del vapor grisáceo del cual he hablado.

nuciosidad el abismo de granito negro por el que habíamos caminado en nuestra primera búsqueda. Recordábamos que una de las fisuras que había en las paredes de este pozo solo había sido examinada parcialmente, y nos sentimos impacientes por explorarla, aunque no tuviésemos esperanza de descubrir ninguna salida.

No encontramos muchas dificultades para llegar al fondo del pozo, como ya habíamos hecho antes, y estábamos lo suficientemente tranquilos para explorarlo con la mayor atención posible. En realidad, era uno de los sitios más singulares que se pueda imaginar, y nos era difícil convencernos de que se trataba puramente de una obra de la naturaleza.

El abismo, desde el extremo este al oeste tenía unos cuatrocientos cincuenta metros de longitud, siguiendo todas sus curvas; la distancia de este a oeste, en línea recta, no sería más de unos treinta y cinco a cuarenta y cinco metros (por lo que pude calcular, pues no tenía instrumentos exactos de medición). Al principio de nuestro descenso, es decir, hasta unos treinta metros a partir de la cumbre de la colina, las paredes del barranco tenían poca semejanza entre sí, y no parecían haber estado unidas nunca; una de las superficies era de esteatita, y la otra era de marga, granulada con no sé qué materia metálica. El ancho, en promedio, o espacio entre los dos acantilados, era probablemente de unos veinte metros, pero no parecía haber allí ninguna regularidad en su formación. Sin embargo, más abajo, pasado el límite del que he hablado, el espacio se achicaba rápidamente, y los costados comenzaban a ser paralelos, aunque todavía en cierto lugar volvían a ser diferentes en su materia y en la forma de su superficie. Al llegar a unos quince metros del fondo, comenzaba a verse una regularidad perfecta. Los lados eran ahora completamente uniformes en su sustancia, color y dirección lateral, ya que la materia era un granito muy negro y brillante y la distancia entre las dos caras en todos sus puntos era exactamente de veinte metros. La forma exacta del barranco se comprenderá mejor mediante un dibujo tomado sobre el terreno, ya que afortunadamente yo llevaba un cuaderno de bolsillo y un lápiz, que he conservado con mucho cuidado a lo largo de toda la serie de aventuras que siguieron, y a los cuales debo notas sobre muchos asuntos que, de otra manera, se hubieran borrado de mi memoria.

Imagen 1.

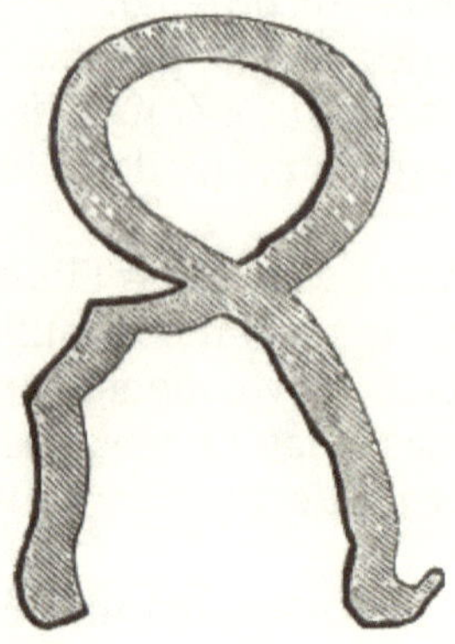

Esta imagen (ver imagen 1) indica el contorno general de la cima, sin las cavidades menores de los costados, que eran varias, ya que cada una de ellas correspondía a una saliente opuesta. El fondo del abismo estaba cubierto, hasta una profundidad de tres o cuatro pulgadas, de un polvo casi intangible, debajo del cual encontramos una prolongación del granito negro. A la derecha, en el extremo inferior, se observará una pequeña abertura; es la fisura a la que he aludido anteriormente, y cuyo examen más minucioso era el objeto de nuestra segunda visita. Nos lanzamos, entonces, por ella con energía, cortando un montón de zarzas que obstruían nuestro paso, y apartando un cúmulo de piedras filosas, algo parecidas en su forma a las puntas de una flecha. No obstante, nos sentimos animados a seguir, cuando percibimos una ligera luz que provenía de la última extremidad. Nos abrimos camino, por fin, arrastrándonos en un espacio de unos diez metros, y vimos que la abertura era una bóveda baja, de forma regular, cuyo fondo era del mismo polvo intangible que el que formaba el barranco principal. Una luz fuerte nos encandiló y, girando por una de las curvas, nos encontramos en otra cavidad elevada, parecida a la que acabábamos de dejar en todos los aspectos, menos en su forma longitudinal. Doy aquí su forma general. (Ver imagen 2).

Imagen 2.

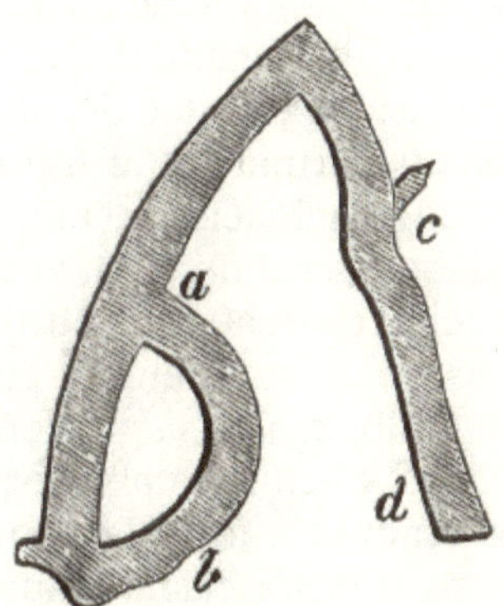

La longitud total de esta cima, comenzando en la abertura *a* y dando la vuelta por la curva *b* hasta el extremo *d*, es de unos quinientos cincuenta metros.

En *c* descubrimos una pequeña abertura semejante a aquella por la que habíamos salido del otro barranco y esta se hallaba obstruida de la misma manera con zarzas y un montón de piedras blancas como puntas de flecha. Nos abrimos camino a través de ella, viendo que tenía unos doce metros de largo, y que daba a un tercer barranco. Este era exactamente igual al primero, excepto en su forma longitudinal, que era de este modo. (Ver imagen 3).

Imágenes 3 y 5.

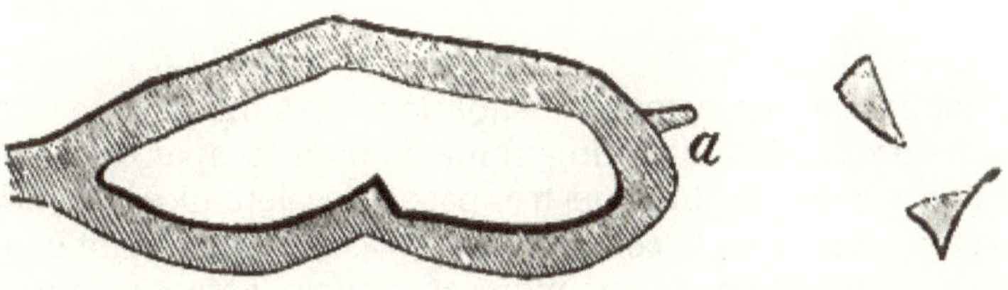

La longitud total del tercer barranco era de unos trescientos metros. En el punto *a* había una abertura de unos dos metros de ancho que penetraba más de cuatro metros en la roca, donde terminaba en una capa de marga, y no había ningún otro abismo más allá, como esperábamos. Estábamos a punto de abandonar esta fisura, en la que entraba muy poca luz, cuando Peters captó mi atención para mostrarme una hilera de escritos de singular aspecto en la superficie de la marga que formaba la terminación del callejón sin salida. Con un poco de imaginación, el tallado de la izquierda, es decir, el que se hallaba más al norte de aquellos escritos, podía tomarse como una deliberada, aunque burda, representación de una figura humana en posición erecta, con un brazo extendido. Los demás tenían también alguna pequeña semejanza con los caracteres alfabéticos, y Peters estaba dispuesto, en todo caso, a aceptar que eran realmente tales. Lo convencí de su error, finalmente, dirigiendo su atención hacia el suelo de la hendidura, donde, entre el polvo, recogimos, trozo por trozo, varios fragmentos gruesos de marga, que evidentemente habían saltado hacia afuera debido a algún movimiento de la superficie donde se veían las tallas. Esto probaba que aquello era obra de la naturaleza. La imagen 4 muestra una copia exacta del conjunto.

Imagen 4.

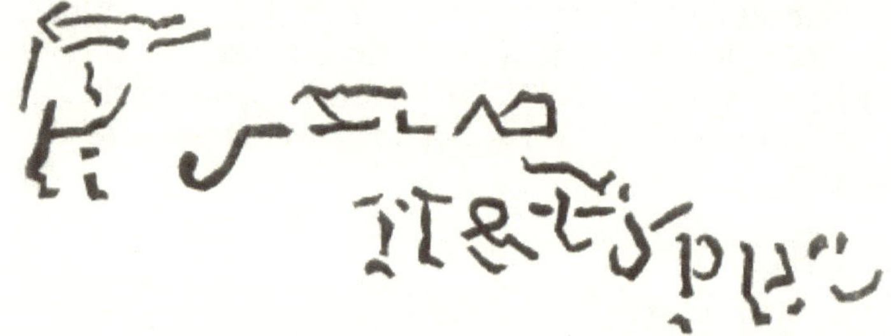

Después de convencernos de que aquellas singulares cavernas no nos proporcionaban ningún medio para escapar de nuestra prisión, volvimos sobre nuestros pasos, desalentados y abatidos, hasta la cumbre de la colina. Durante las próximas veinticuatro horas no sucedió nada que merezca mencionarse, excepto que, al examinar el terreno en la parte este del tercer barranco, encontramos dos agujeros triangulares de una gran profundidad, y cuyas paredes también eran de granito negro. No creímos que valiese la pena intentar descender a estos agujeros, porque tenían la apariencia de simples pozos naturales, sin salida. Cada uno de ellos tenía casi veinte metros de circunferencia, y su forma, así como su posición con respecto a la tercera cima, se muestra en la imagen 5.

CAPÍTULO XXIV

El día veinte de aquel mes, viendo que era desde todo punto imposible subsistir más tiempo a base de avellanas, cuyo consumo nos ocasionaba los dolores más agudos, decidimos hacer un intento desesperado para bajar por la vertiente sur de la colina. La pared del precipicio era allí de la especie más blanda de esteatita, aunque casi perpendicular a lo largo de toda su extensión (de unos cincuenta metros de profundidad, por lo menos), y en muchos lugares esta incluso sobresalía en forma abovedada. Luego de una larga búsqueda, descubrimos un reborde angosto a unos seis metros por debajo de la orilla de la cima, al que Peters consiguió saltar con la ayuda que pude prestarle mediante nuestros pañuelos atados. Con mayor dificultad también bajé yo; y vimos entonces la posibilidad de descender todo el camino con el procedimiento que habíamos empleado para subir del abismo en que nos había sepultado el derrumbamiento de la colina; es decir, abriendo escalones con nuestros cuchillos en la pared de esteatita. Apenas puede uno imaginarse lo arriesgado que era ese intento; pero, como no había otro recurso, decidimos intentarlo.

Sobre el reborde en el que estábamos situados crecían algunos avellanos, y atamos nuestra cuerda de pañuelos a uno de ellos. Con la otra punta sujeta alrededor de la cintura de Peters, lo fui bajando desde el borde del precipicio hasta que los pañuelos estuvieron tirantes. Entonces él se puso a cavar un hoyo profundo en la esteatita (como de unos veinticinco o treinta centímetros), horadando la roca por la parte de arriba, a unos treinta centímetros de altura, más o menos, de modo que le permitiese fijar, con la culata de la pistola, una estaca bastante fuerte. Entonces lo alcé unos cuatro metros más arriba, e hizo un agujero similar al de abajo, clavando en él otra estaca como la anterior, teniendo así un punto de apoyo para sus pies y sus manos. Desaté los pañuelos del arbusto, arrojándole la punta a él, que la ató a la estaca del agujero superior; dejándose luego deslizar suavemente unos diez metros más abajo que la primera vez, es decir, hasta donde llegaban los pañuelos. Allí abrió otro agujero y fijó otra estaca. Se levantó, de modo que sus pies quedasen justamente en el agujero que acababa de abrir; metiendo con sus manos la estaca en el de más arriba. Ahora era necesario desatar los pañuelos de la estaca superior, con el fin de atarlos a la segunda; y aquí se dio cuenta de que había cometido un error al abrir los agujeros a tanta distancia. Sin embargo, después de uno o dos intentos arriesgados e infructuosos para llegar al nudo (teniendo que sujetarse con la mano izquierda, mientras que con la derecha procuraba desatarlo), cortó al fin la cuerda, dejando un trozo de seis pulgadas sujeto a la estaca. Atando luego los pañuelos a la segunda estaca, descendió un trecho más por debajo de la tercera, procurando no bajar demasiado. Gracias a esto (que a mí nunca se me hubiese ocurrido, y que le debemos totalmente al ingenio y la intrepidez de Peters), mi compañero logró al fin, ayudándose a veces con los salientes de la pared, llegar al fondo del precipicio sin problemas.

Pasó un rato antes de que yo pudiese reunir el valor suficiente para seguirlo; pero al fin me decidí. Peters se había quitado su camisa antes de bajar, y uniéndola a la mía formé la cuerda necesaria para la aventura. Después de tirar el fusil que encontramos en el abismo, sujeté aquella cuerda a los arbustos, y me dejé caer rápidamente, procurando, con el vigor de mis movimientos, dominar el miedo. Esto me dio bastante buen resultado en los primeros cuatro o cinco escalones; pero en seguida mi imaginación se sintió terriblemente excitada pensando en la inmensa profundidad a la que tenía que descender aún y en la precaria naturaleza de las estacas y de los agujeros de esteatita, que eran mi único soporte. En vano me esforzaba por apartar aquellos pensamientos y por mantener mis ojos fijos en la superficie lisa del abismo que tenía ante mis ojos. Cuanto más ansiosamente intentaba *no pensar*, más intensamente vivas se volvían mis ideas, y más terriblemente claras. Al final, llegó la crisis de la imaginación, tan espantosa en estos casos, esa crisis en la que comenzamos a sentir por anticipado lo que sentiremos cuando *caigamos*, imaginándonos el malestar, el vértigo, la lucha final, el desvanecimiento y la amargura del descenso apresurado y precipitado. Y comprendí entonces que aquellas fantasías creaban sus propias realidades y que todos los horrores imaginados se volcaban sobre mí en realidad. Sentí que mis rodillas se entrechocaban con violencia, mientras mis dedos soltaban gradual pero inevitablemente su presa. Me zumbaban los oídos y dije: «¡Es el llamado de la muerte!». Y me consumía un deseo irresistible de mirar hacia abajo. No podía, no quería limitar mis miradas al abismo; y, con una emoción desenfrenada e indefinida, mitad de pánico, y mitad de alivio, dirigí mi vista hacia el abismo. Por un momento mis dedos se aferraron convulsivamente a su sostén, mientras, con el movimiento, la idea cada vez más débil de una última y posible liberación se alejó, como una sombra, por mi mente; y un instante después mi alma entera se sintió invadida por *las ganas de caer;* un deseo, un anhelo, una pasión totalmente irrefrenable. De pronto solté la estaca y, girando el cuerpo a medias sobre el precipicio, permanecí un segundo vacilante frente a su superficie desnuda. Pero entonces se produjo una convulsión en mi cerebro; una voz de sonido penetrante y fantasmal resonó en mis oídos; una figura oscura, diabólica y tenue se paró inmediatamente bajo mis pies; y, suspirando, sentí estallar mi corazón y me desplomé en sus brazos.

Me había desmayado, y Peters me sostuvo cuando caía. Había observado mis movimientos desde su posición en el fondo del abismo; y, dándose cuenta del peligro inminente, había intentado inspirarme valor por todos los medios que se le podían ocurrir; pero la confusión de mi mente era tan grande, que me impidió oír lo que me dijo, o ser consciente de lo que me decía. Al final, al verme vacilar, se apresuró a subir para auxiliarme, y llegó en el momento preciso para salvarme. Si hubiese caído con todo mi peso, la cuerda de lino se habría roto indefectiblemente, y me hubiera precipitado en el abismo; cuando esto sucedió, Peters se las ingenió para sostenerme con cuidado de modo que permanecí suspendido fuera de peligro hasta que me recuperé, cosa que sucedió al cabo de unos quince minutos. Al recobrar el conocimiento, mi temblor había desaparecido por completo; me sentí como un nuevo ser humano y, con una pequeña ayuda de mi compañero, llegué al fondo sano y salvo.

Entonces nos encontrábamos no muy lejos del barranco que se había convertido en la tumba de nuestros amigos, y hacia el sur del lugar donde la colina se había derrumbado. El lugar era muy agreste, y su aspecto trajo a mi mente las descripciones hechas por los viajeros de aquellas aterradoras regiones que señalaban el emplazamiento de las ruinas de Babilonia. Sin mencionar los escombros del acantilado destrozado, que formaban una barrera caótica hacia el norte, la superficie del terreno en todas las demás direcciones estaba sembrada de enormes túmulos, que parecían las ruinas de algunas gigantescas construcciones de arte, aunque, en detalle, no se veía nada que pareciese artístico. Abundaban las escorias, y grandes bloques de granito negro sin forma definida que se mezclaban con otros de arcilla,[9] ambos granulados con metal. No había ningún vestigio de vegetación en toda la extensión inhóspita que se alcanzaba a ver. Vimos algunos escorpiones inmensos, y varios reptiles que no se encuentran habitualmente en latitudes altas.

Dado que el alimento era nuestro objetivo inmediato, decidimos encaminarnos hacia la costa, que estaba tan solo a media milla, con el propósito de cazar tortugas, algunas de las cuales habíamos observado desde nuestro escondite en la colina. Habíamos avanzado unos cien metros, deslizándonos cautelosamente entre las enormes rocas y túmulos, cuando, al doblar en una curva, cinco bárbaros se lanzaron sobre nosotros desde una pequeña caverna, derribando a Peters al suelo de un garrotazo. Cuando cayó, todo el grupo se abalanzó sobre él para asegurar a su víctima, dándome tiempo para recuperarme de mi asombro. Yo todavía tenía el fusil, pero el cañón había quedado tan estropeado al arrojarlo desde el precipicio, que lo dejé a un lado como inútil, prefiriendo confiar en mis pistolas, que habían sido conservadas cuidadosamente en buen estado. Avancé con ellas hacia los asaltantes, disparándolas sucesivamente. Dos bárbaros cayeron, y otro, que estaba por atravesar a Peters con su lanza, saltó a sus pies sin conseguir llevar a cabo su propósito. Cuando mi compañero se liberó, no tuvimos mayores dificultades. Él también conservaba sus pistolas, pero le pareció prudente no utilizarlas, confiando en su gran fuerza personal, que superaba a la de todas las personas que he conocido en mi vida. Apoderándose del garrote de uno de los bárbaros muertos, les voló la tapa de los sesos a los tres restantes, matándolos instantáneamente de un solo mazazo, y así nos adueñamos por completo del campo.

Estos acontecimientos sucedieron con tanta rapidez, que apenas podíamos creer que eran reales, y permanecimos de pie ante los cadáveres en una especie de contemplación estúpida, cuando unos gritos que se oyeron a la distancia nos hicieron volver a la realidad. Era evidente que los bárbaros habían sido alertados por los disparos y que teníamos pocas probabilidades de no ser descubiertos. Para volver a ganar el barranco hubiera sido

9   La arcilla también era negra; de hecho, no notamos ninguna sustancia de color claro en la isla.

necesario avanzar en la dirección de los gritos, y aunque hubiésemos logrado llegar a su base, nunca hubiéramos podido subir sin ser vistos. Nuestra situación era muy peligrosa, y dudábamos en qué dirección comenzar la huída, cuando uno de los bárbaros contra quien yo había disparado, y al que creía muerto, se puso de pie súbitamente e intentó huir. Pero lo atrapamos antes de que hubiese dado unos pasos, y estábamos a punto de matarlo, cuando Peters sugirió que podíamos obtener algún beneficio obligándolo a acompañarnos en nuestra tentativa de escape.

Lo arrastramos, entonces, con nosotros, haciéndole comprender que lo mataríamos si ofrecía resistencia. En pocos minutos se hallaba completamente sometido, y corrió a nuestro lado mientras avanzábamos entre las rocas, en dirección a la costa.

Hasta ese momento, las irregularidades del terreno nos habían ocultado el mar, excepto a intervalos; cuando al fin lo vimos claramente por primera vez, se hallaba, quizás, a doscientos metros de distancia. Cuando salimos al descubierto en la bahía vimos, con gran espanto, una inmensa multitud de nativos que venían desde la aldea, y desde todos los lugares visibles de la isla, dirigiéndose hacia nosotros con gestos de furia extrema, y aullando como fieras. Estábamos a punto de dar la vuelta e intentar ponernos a resguardo en los refugios del accidentado terreno, cuando descubrí las proas de dos canoas que sobresalían por detrás de una gran roca que se prolongaba dentro del agua. Corrimos hacia ellas a toda velocidad y, al alcanzarlas, vimos que estaban desocupadas, sin más carga que tres tortugas de Galápagos y la acostumbrada provisión de remos para sesenta remeros. Sin demora, nos apoderamos de una de ellas y, obligando a embarcar a nuestro cautivo, nos lanzamos al mar con toda la fuerza que teníamos.

Pero no habíamos hecho más de cincuenta metros de la orilla cuando recobramos la calma suficiente como para darnos cuenta del gran error que habíamos cometido al dejar la otra canoa en poder de los bárbaros, quienes, en este momento, se hallaban a no más del doble de distancia que nosotros de la playa, y avanzaban rápidamente. No había tiempo que perder. En el mejor de los casos, nuestra esperanza era impotencia, pero no teníamos otra alternativa. Era muy dudoso que, haciendo un esfuerzo supremo, pudiésemos llegar con la suficiente antelación para apoderarnos de la canoa; pero todavía existía una oportunidad. Si lo conseguíamos, podíamos salvarnos; mientras que, si no lo intentábamos, teníamos que resignarnos a una inevitable carnicería.

Nuestra canoa tenía la proa y la popa iguales, y en lugar de girar, cambiamos simplemente el movimiento del remo. Tan pronto como los bárbaros se dieron cuenta de eso, redoblaron sus aullidos, así como su velocidad, acercándose con una rapidez inconcebible. Sin embargo, nosotros remábamos con toda la energía de la desesperación, y llegamos al sitio disputado antes de que llegasen los nativos. Un solo bárbaro había llegado a él. Este hombre pagó muy cara su mayor agilidad, ya que Peters le disparó un pistoletazo en la cabeza cuando se acercaba a la orilla. Los más adelantados del resto del grupo se hallaban probablemente a unos veinte o treinta pasos de distancia cuando nos apoderamos de la canoa. En primer lugar, nos esforzamos por empujarla hacia dentro del agua, fuera del alcance de los bárbaros, pero, al ver que estaba muy encallada y que no había tiempo para perder, Peters, logró hacer saltar una buena porción de la proa y uno de los costados dándole uno o dos golpes enérgicos con la culata del fusil. Entonces, la empujamos mar adentro. Mientras tanto, dos de los nativos se habían apoderado de nuestra barca, negándose obstinadamente a soltarla, hasta que nos vimos obligados a matarlos con nuestros cuchillos. Ahora la situación se había despejado, y avanzamos rápidamente hacia el mar. Al llegar a la canoa rota, el grupo principal de bárbaros, lanzó los gritos de furia y frustración más tremendos que se puedan concebir. En verdad, por lo que he podido saber de aquellos desdichados, es que pertenecían a la raza humana más malvada, hipócrita, vengativa, sanguinaria y completamente diabólica que existe sobre la faz de la tierra. Es evidente que no hubieran tenido ninguna misericordia con nosotros si hubiésemos caído en sus manos. Hicieron una loca tentativa para seguirnos en la canoa averiada; pero, al ver que no servía, expresaron de nuevo su furia con un griterío espantoso y corrieron de nuevo hacia sus colinas.

De esta manera, nos habíamos librado del peligro inmediato, pero nuestra situación seguía siendo bastante sombría. Sabíamos que cuatro de las canoas que teníamos habían estado en un momento determinado en poder de los bárbaros, e ignorábamos el hecho (que posteriormente nos informó nuestro prisionero) de que dos de ellas habían volado en pedazos durante la explosión de la *Jane Guy*. Por consiguiente, calculábamos que, no obstante, seríamos perseguidos tan pronto como nuestros enemigos diesen la vuelta a la bahía (distante unas tres millas), donde los botes se hallaban habitualmente amarrados. Temiendo esto, hicimos todo lo posible para dejar la isla atrás, y avanzamos velozmente sobre el agua, obligando al prisionero a tomar un remo. En aproximadamente media hora, cuando habíamos recorrido quizás cinco o seis millas hacia el sur, vimos una nutrida flota de balsas o de canoas planas que venían de la bahía con el evidente propósito de perseguirnos. Inmediatamente se replegaron, desesperados por encontrarnos.

CAPÍTULO XXV

Nos encontrábamos ahora en el océano Antártico, extenso y desolado, a una latitud que excedía los 84°, en una canoa frágil y sin más provisiones que las tres tortugas. Además, el largo invierno polar no podía considerarse lejano, y era imprescindible debatir sobre la ruta que debíamos seguir. Teníamos a la vista seis o siete islas, que pertenecían al mismo grupo y estaban a cinco o seis leguas unas de otras; pero no teníamos la menor intención de arriesgarnos por ellas. Al venir desde el norte en la Jane Guy habíamos ido dejando gradualmente detrás de nosotros las zonas glaciares más severas; y, aunque esto no se encuentre de acuerdo con las ideas generalmente admitidas acerca del Antártico; era un hecho que la experiencia no nos permitía negar. Por lo tanto, intentar volver sería una locura, sobre todo en una época tan avanzada de la estación. Solo una ruta parecía quedar abierta a la esperanza. Con determinación, decidimos dirigirnos hacia el sur, donde existía al menos la oportunidad de descubrir tierras, y una gran probabilidad de dar con un clima más templado.

Hasta aquí habíamos observado tanto el océano Antártico, como el océano Ártico, libre en particular de tormentas violentas o de oleaje muy revuelto; pero nuestra canoa era, en el mejor de los casos, de estructura frágil, aunque grande, y nos pusimos a trabajar intensamente, para hacerla tan segura como los limitados medios de los que disponíamos nos lo permitían. El cuerpo de la barca era de corteza, la corteza de un árbol desconocido. Las cuadernas eran de un mimbre resistente, muy bien adaptado para el uso que se le iba a dar. De proa a popa teníamos un espacio de unos quince metros, por metro y medio a dos de ancho, con una profundidad total de metro y medio, diferenciándose mucho por su forma de las de los demás habitantes de los mares del Sur con quienes tienen trato las naciones civilizadas. Nunca creímos que fueran obra de los ignorantes isleños que las poseían, y unos días después descubrimos, interrogando a nuestro prisionero, que en realidad habían sido construidas por los nativos de un archipiélago al sudoeste de la región donde las encontramos, quien había caído accidentalmente en manos de nuestros bárbaros. Poco podíamos hacer por la seguridad de nuestra barca, en verdad. Descubrimos algunas grietas anchas cerca de ambos extremos, y nos las ingeniamos para taparlas con trozos de nuestras chaquetas de lana. Con ayuda de los remos sobrantes, de los que había muchos allí, levantamos una especie de armazón en torno a la proa para amortiguar la fuerza de las olas que podían amenazar con inundarnos por ese lado. Armamos también dos remos a modo de mástiles, colocándolos uno frente a otro; uno en cada borda, evitándonos así la necesidad de una verga. Atamos a estos mástiles una vela hecha con nuestras camisas, cosa que nos costó un poco de trabajo, porque no podíamos pedirle ayuda a nuestro prisionero para nada, aunque nos la había prestado con buena voluntad para trabajar en todas las demás actividades. La vista de la tela blanca parecía impresionarlo de una manera singular. No pudimos convencerlo de que la tocara o se acercase a ella, porque se ponía a temblar cuando intentábamos obligarlo, gritando: «*¡Tekeli-li!*».

Cuando terminamos nuestros arreglos relativos a la seguridad de la canoa, zarpamos hacia el sudeste por el momento, con la intención de sortear la isla más meridional del archipiélago que se hallaba a la vista. Después de hacer esto, pusimos proa al sur sin dudar. El tiempo no podía considerarse desagradable. Había una brisa suave y constante procedente del norte, un mar en calma y luz del día continuo. No se veían hielos por ninguna parte; ni siquiera habíamos visto un solo témpano después de atravesar el paralelo del islote Bennet. En realidad, la temperatura del agua allí era demasiado templada para que pudiese existir hielo. Después de matar a la tortuga más grande, y obtener de ella no solo alimento, sino también una buena provisión de agua, continuamos nuestra ruta, sin ningún incidente por el momento, durante siete u ocho días tal vez, durante los cuales avanzamos una gran distancia hacia el sur, porque el viento soplaba continuamente a nuestro favor, y una corriente muy fuerte nos llevó constantemente en la dirección que deseábamos.

1 de marzo.[10] Muchos fenómenos inusitados nos indicaban que ahora estábamos entrando en una región nueva y maravillosa. Una franja elevada de vapor gris aparecía constantemente en el horizonte sur, reavivándose a veces con rayos majestuosos, moviéndose de este a oeste, y en otras ocasiones, en dirección con-

10 Por razones obvias no puedo pretender una exactitud estricta en estas
    fechas. Se presentan principalmente con el fin de lograr cierta claridad
    en la narración y tal como están anotados a mano en mis apuntes.

traria, uniéndose en la cumbre, formando una sola línea. En una palabra, mostrando todas las variaciones de la aurora boreal. La altura media de aquel vapor, tal como se veía desde donde estábamos, era de unos veinticinco grados. La temperatura del mar parecía aumentar por momentos, alterándose perceptiblemente el color del agua.

2 de marzo. Hoy, gracias a un insistente interrogatorio realizado a nuestro prisionero, nos hemos enterado de muchos detalles relacionados con la isla de la masacre, sus habitantes y sus costumbres; pero ¿puedo detener ahora al lector con estas cosas? Solo diré, no obstante, que supimos que el archipiélago estaba formado por ocho islas; que estaban gobernadas por un rey común, llamado Tsalemon o Psalemoun, quien residía en una de las islas más pequeñas; que las pieles negras con las que se vestían los guerreros provenían de un animal enorme que se encontraba únicamente en un valle, cerca de la residencia del rey; que los habitantes de esa tribu no construían otros botes más que aquellas balsas planas; las cuatro canoas era todo lo que poseían de otra clase, y las habían obtenido, por mero accidente, en una isla grande situada al sudeste; que el nombre de nuestro prisionero era Nu-Nu; que no tenía conocimiento alguno del islote de Bennet; y que el nombre de la isla que había dejado era Tsalal. El comienzo de las palabras «Tsalemon» y «Tsalal» se pronunciaba con un prolongado sonido sibilante, que nos resultó imposible imitar, pese a nuestros repetidos esfuerzos, sonido que era precisamente del mismo tono que el lanzado por la garza negra que comimos en la cumbre de la colina.

3 de marzo. El calor del agua era ahora realmente intenso, y su color estaba experimentando un cambio rápido, perdiendo su transparencia, adquiriendo en cambio una tonalidad lechosa y opaca. A nuestro alrededor reinaba la calma, nunca se agitaba tanto como para poner en peligro la canoa; pero nos sorprendíamos con frecuencia al percibir, a nuestra derecha y a nuestra izquierda, a diferentes distancias, alteraciones repentinas y extensas de la superficie, las cuales, como advertimos por último, iban siempre precedidas de extrañas fluctuaciones en la zona de vapor, hacia el sur.

4 de marzo. Hoy, con objetivo de agrandar nuestra vela, mientras la brisa del norte se apagaba sensiblemente, saqué del bolsillo de mi chaqueta un pañuelo blanco. Nu-Nu estaba sentado a mi lado, y cuando la tela rozó, por casualidad, su cara, comenzó a tener convulsiones. Estas fueron seguidas de un estado de letargo y somnolencia, y unos pequeños murmullos que decían: «*¡Tekeli-li! ¡Tekeli-li!*».

5 de marzo. El viento había cesado por completo; pero era evidente que seguíamos yendo rápidamente hacia el sur, bajo la influencia de una corriente poderosa. Y ahora, por cierto, hubiera sido razonable que experimentásemos alguna alarma ante el giro que estaban tomando los acontecimientos, pero no sentimos ninguna. El rostro de Peters no indicaba nada de este tipo, aunque a veces tuviera una expresión que yo no podía comprender. El invierno polar parecía acercarse, pero llegaba sin alertas. Yo sentía cierta insensibilidad en cuerpo y espíritu —una sensación de irrealidad—, pero eso era todo.

6 de marzo. El vapor gris se había elevado ahora muchos grados por encima del horizonte, e iba perdiendo gradualmente su tinte grisáceo. El calor del agua era extremo, incluso desagradable al tacto y su tono lechoso se volvió más evidente que nunca. Hoy tuvo lugar una alteración violenta sobre la amplia superficie del agua, muy cerca de la canoa. Iba acompañada, como de costumbre, por un estallido del vapor en la cima, y una división momentánea en la base. Un polvillo blanco, muy fino, parecido a la ceniza, cayó sobre la canoa y sobre una gran superficie del agua, mientras el destello se disipaba entre el vapor y la conmoción se apaciguaba en el mar. Nu-Nu, entonces, se tiró al fondo de la barca tapándose el rostro y no hubo manera de convencerlo para que se levantase.

7 de marzo. Hoy le preguntamos a Nu-Nu acerca de los motivos que impulsaron a sus compatriotas a matar a nuestros compañeros; pero parecía demasiado dominado por el terror como para darnos una respuesta razonable. Seguía obstinadamente en el fondo de la barca y al repetirle nuestras preguntas respecto al motivo de la matanza, solo respondía con gestos idiotas, tales como levantar con el dedo índice su labio superior y mostrar los dientes. Eran negros. Hasta ahora nunca habíamos visto los dientes de un habitante de Tsalal.

8 de marzo. Hoy flotó cerca de nosotros uno de esos animales blancos cuya aparición en la playa de Tsalal habría ocasionado gran conmoción entre los bárbaros. Yo lo hubiese levantado, pero de repente el desinterés se apoderó de mí, y desistí. La temperatura del agua seguía aumentando, y ya no podía mantener la mano dentro del agua por mucho tiempo. Peters habló poco, y yo no sabía qué pensar de su apatía. Nu-Nu no hacía más que suspirar.

9 de marzo. Toda la ceniza caía ahora incesantemente sobre nosotros, y en grandes cantidades. La cordillera de vapor hacia el sur se había elevado asombrosamente en el horizonte, y comenzaba a tomar una forma más clara. Solo puedo compararla con una catarata ilimitada, precipitándose silenciosamente en el mar desde alguna inmensa y muy lejana muralla que se alzaba en el cielo. La gigantesca cortina corría a lo largo de toda la extensión del horizonte sur. No producía ruido alguno.

21 de marzo. Sombrías tinieblas flotaban sobre nosotros; pero de las profundidades brumosas del océano surgió un resplandor luminoso que se deslizó por los costados del bote. Estábamos casi abrumados por aquella lluvia de cenizas blanquecinas que caía sobre nosotros y sobre la canoa, pero que se deshacía al caer en el agua. La cima de la catarata se perdía por completo en la oscuridad y en la distancia. Pero era evidente que nos acercábamos a ella a una velocidad espantosa. Por momentos se veía en ella unas grietas anchas y profundas, y desde esas grietas, en su interior, había un caos de imágenes flotantes y confusas, soplaban vientos impetuosos e imponentes, aunque silenciosos, rompiendo, a su paso, el océano encendido.

22 de marzo. La oscuridad había aumentado sensiblemente, atenuada solamente por el resplandor del agua reflejando la cortina blanca que teníamos adelante. Muchas aves gigantescas y pájaros de color blanco pálido volaban sin cesar por detrás del velo, y su grito era el eterno «¡Tekeli-li!» cuando se alejaban de nuestra vista. Inmediatamente después, Nu-Nu se revolcó en el fondo de la barca; pero al tocarlo vimos que su espíritu había partido. Entonces corrimos al abrazo de la catarata, donde se abrió un abismo para recibirnos. Pero he aquí que en nuestro camino surgió una figura humana amortajada, de un tamaño mucho más grande que las de cualquier habitante de la tierra. Y el color de su piel tenía la perfecta blancura de la nieve.

Las circunstancias relacionadas con la repentina y lamentable muerte del señor Pym, son ya de conocimiento el público, gracias a los medios de prensa. Se teme que los capítulos restantes que debían completar su narración, y que había dejado a un lado para revisarlos, mientras los precedentes se encontraban en prensa, se hayan perdido irremediablemente a consecuencia de la catástrofe en la que él mismo pereció. Sin embargo, bien pudiera ser que no fuera este el caso, y si el manuscrito se encontrase al fin, se dará a conocer al público.

Se han intentado todos los medios para remediar esa falta. El caballero cuyo nombre se ha citado en el prefacio, y al cual se hubiera supuesto capaz, según lo que de él se dice, de llenar el vacío, ha rechazado la ejecución de semejante tarea, por razones suficientes derivadas de la inexactitud de los detalles que le fueron comunicados, y de su relativa desconfianza en la verdad absoluta de las últimas partes del relato. Peters, del cual se podría esperar alguna información, vive aún y reside en Illinois; pero por el momento no ha podido ser localizado. Se lo podrá ubicar en el futuro, y sin duda alguna proporcionará documentos para completar el relato del señor Pym.

La pérdida de dos o tres capítulos (porque no fueron más de dos o tres), es una pérdida más que lamentable dado que contenían, sin lugar a dudas, información relacionada al polo en sí mismo o, al menos, a las regiones más próximas a él; y las afirmaciones del autor acerca de dichas regiones podrían ser verificadas o contradichas próximamente por la expedición al océano Antártico que prepara en estos días el gobierno.

En un punto de la narración se podrían presentar algunas observaciones, y será muy placentero para el autor de este apéndice, si sus reflexiones dan por resultado cierto crédito a las muy singulares páginas recientemente publicadas. Nos referimos a los abismos descubiertos en la isla de Tsalal y del conjunto de las imágenes contenidas en el capítulo XXIII.

El señor Pym presenta los dibujos de dichos abismos sin comentarios, y concluye resueltamente que los huecos hallados en la extremidad de la cima situada más al este, solo tienen una semejanza fantasiosa con caracteres alfabéticos y, en pocas palabras, no son letras. Semejante afirmación es hecha de manera tan sencilla, y sostenida por una especie de demostración tan concluyente (a saber, al ajuste de los fragmentos encontrados en el polvo, cuyos salientes se acomodaban exactamente en las incisiones del muro), que nos vemos obligados a creer en la buena fe del escritor, y ningún lector sensato puede dudar que no sea así. Pero como todo lo que concierne a todas las figuras es más que singular (particularmente cuando se las compara con ciertos detalles del contexto del relato), no estará por demás examinar algo de lo dicho en el conjunto de los hechos, y esto nos parece tanto más apropiado dado que los mismos han escapado, sin duda, a la atención del señor Pym.

De este modo, las figuras 1, 2, 3 y 5, unidas unas con otras en el orden preciso según el cual se presentan las mismas cimas, y cuando se las despoja de las ramificaciones laterales o galerías abovedadas (las que, como recordarán, servían simplemente de medio de comunicación entre las galerías principales y eran caracteres totalmente diferentes), constituyen una palabra —la raíz verbal etíope ⟨⟩, que significa «estar en tinieblas»—, de donde derivan todos los vocablos que tienen que ver con la sombra y las tinieblas.

En cuanto a las hendiduras situadas «más a la izquierda y en dirección norte», en la figura 4, es más probable que la opinión de Peters fuera acertada, y que su aspecto jeroglífico fuese verdaderamente una obra de arte y una representación intencional de la forma humana. El lector tiene el dibujo ante sus ojos; y puede advertir o no el parecido indicado; pero la serie de hendiduras proporciona una poderosa confirmación de la idea de Peters. El segmento superior es, evidentemente, la palabra de raíz árabe ⟨⟩, «Ser blanco», de donde parten todos los derivados relacionados con el esplendor y la blancura. El segmento inferior no es tan nítido ni tan fácil de entender. Los caracteres se encuentran un tanto quebrados y desunidos; no obstante, no hay ninguna duda de que en su estado perfecto formasen de manera completa la palabra egipcia completa ΠᏰͰΥΡΗϹ, o sea «La región del sur». Obsérvese que estas interpretaciones confirman la opinión de Peters en lo que respecta a la figura «situada más al norte». El brazo se extiende hacia el sur.

Tales conclusiones abren un vasto campo a la fantasía y a conjeturas por demás apasionantes. Quizás se deben contrastar con algunos incidentes menos detallados del relato; aunque el encadenamiento de las comparaciones, a la vista, no está completo. «¡Tekeli-li!» era el grito de los nativos de Tsalal aterrorizados al descubrir el cadáver del animal *blanco* recogido en el mar. «¡Tekeli-li!» era asimismo la exclamación de terror del cautivo tsalaliano al descubrir los objetos *blancos* pertenecientes al señor Pym. Era también el grito de los pájaros gigantescos que emergían de la cortina *blanca* de vapor del sur. Nada *blanco* se podía encontrar en Tsalal, así como tampoco se encontró en el siguiente viaje hacia la región. No sería extraño que «Tsalal», el nombre de la isla de los abismos, sometido a un minucioso análisis filológico, revelase algún parentesco con las cimas alfabéticas, o alguna relación con los caracteres etíopes tan misteriosamente escritos en sus ondulaciones.

«Esto he grabado en las montañas, y mi venganza está escrita en el polvo de la Roca».

ROSETTA EDU

CLÁSICOS EN ESPAÑOL

Esperamos que haya disfrutado esta lectura. ¿Quiere leer otra obra de nuestra colección de *Clásicos en español?*

En nuestro Club del Libro encontrarás artículos relacionados con los libros que publicamos y la literatura en general. ¡Suscríbete en nuestra página web y te ofrecemos un ebook gratis por mes!

Recibe tu copia totalmente gratuita de nuestro *Club del libro* en rosettaedu.com/pages/club-del-libro

CLÁSICOS EN ESPAÑOL

Una habitación propia se estableció desde su publicación como uno de los libros fundamentales del feminismo. Basado en dos conferencias pronunciadas por Virginia Woolf en colleges para mujeres y ampliado luego por la autora, el texto es un testamento visionario, donde tópicos característicos del feminismo por casi un siglo son expuestos con claridad tal vez por primera vez.

Oscar Wilde escribe una sola novela, *El retrato de Dorian Gray*, ésta fue el objeto de una crítica moralizante mordaz por parte de sus contemporáneos que no pudieron ver que dentro de una trama perfectamente compuesta se escondía toda la tragedia del romanticismo. Cien años después no ha perdido su impacto original y sigue siendo un texto fundamental para los debates sobre la estética y la moral.

Otra vuelta de tuerca es una de las novelas de terror más difundidas en la literatura universal y cuenta una historia absorbente, siguiendo a una institutriz a cargo de dos niños en una gran mansión en la campiña inglesa que parece estar embrujada. Los detalles de la descripción y la narración en primera persona van conformando un mundo que puede inspirar genuino terror.

rosettaedu.com

EDICIONES BILINGÜES

En una atmósfera constante de misterio y amenaza, *El corazón de las tinieblas* narra el peligroso viaje de Marlow por un río (sin duda el Congo aunque no es nombrado en el relato) africano. Lo que el marino puede observar en su viaje le horroriza, le deja perplejo, y pone en tela de juicio las bases mismas de la civilización y la naturaleza humana.

Durante décadas, y acercándose a su centenario, *El gran Gatsby* ha sido considerada una obra maestra de la literatura y candidata al título de «Gran novela americana» por su dominio al mostrar la pura identidad americana junto a un estilo distinto y maduro. La edición bilingüe permite apreciar los detalles del texto original y constituye un paso obligado para aprender el inglés en profundidad.

En *La señora Dalloway* Virginia Woolf relata un día en la vida de Clarissa Dalloway, una señora de la clase alta casada con un miembro del parlamento inglés, y de un ex-combatiente que lucha contra su enfermedad mental. La innovación de la novela es la corriente de consciencia: Woolf sigue el pensamiento de cada personaje, siendo excelente a la hora de narrar emociones, asociaciones y sentimientos.

rosettaedu.com

www.ingramcontent.com/pod-product-compliance
Lightning Source LLC
Chambersburg PA
CBHW061444210726
48287CB00007B/2343